Disney

Cruella

HELLO,

WILDES HERZ

MAUREEN JOHNSON

CARLSEN

MIX
Papier | Fördert gute Waldnutzung
FSC® C014496
www.fsc.org

Wir produzieren nachhaltig
- Klimaneutrales Produkt
- Papiere aus nachhaltigen und kontrollierten Quellen
- Hergestellt in Deutschland

978-3-551-28084-8

Die deutsche Ausgabe erscheint bei:
Carlsen Verlag GmbH, Völckersstraße 14–20, 22765 Hamburg

Originaltitel: Cruella – Hello, cruel heart (© Disney 2021)
Text: Maureen Johnson
Übersetzung: Petra Sparrer

Lektorat: Imke Sörensen
Redaktion: Constanze Steindamm
Cover: awendrich grafix, Hamburg
Satz: Pinkuin Satz und Datentechnik, Berlin
Herstellung: Nadine Beck

www.carlsen.de

Für Gig. Danke für die Musik. Sie war großartig.

1

ALLES FÜR ALLE UND ÜBERALL

„NA, SO was, du schon wieder!“, ertönte eine Stimme.

Die sechzehnjährige Estella drehte sich um. Vor ihr stand einer der Harrods-Sicherheitsleute, ein rotgesichtiger Mann mit dichtem Schnurrbart.

„Wie bitte?“, fragte sie entgeistert. „Nehmen sie Ihre Finger von mir.“

Sie sprach so laut, dass sich mehrere Leute gleichzeitig umdrehten. Ein Tourist hob eine Kamera, also zog der Mann Estella an ihrer Tasche mit sich und führte sie ein paar Meter weiter außer Sichtweite. Der Wachmann wusste genau, was er tat: Das große Londoner Kaufhaus

Harrods war kein passender Ort für eine Szene. Schon gar nicht im Hochsommer, wenn es in dem Geschäft von Touristen aus aller Welt nur so wimmelte.

„Die Tasche", sagte er. „Aufmachen!"

„Nein", erwiderte sie schnippisch. „Ich beschwere mich bei Ihrem Vorgesetzten!"

„Öffnen Sie die Tasche!"

Estella seufzte.

Sie musste es zugeben: Alles war schiefgelaufen.

Estella war einer Frau in einem pinkfarbenen Kleid gefolgt, die ihr rotes Haar neckisch zu einer wackelnden Hochsteckfrisur drapiert hatte und von Theke zu Theke ging. Sie kaufte Käse, überteuerte Kekse, kandierte Früchte und eingelegte Nüsse. Sie hatten den ganzen Weg bis zur Meeresfrüchtetheke zurückgelegt, wo die Frau den Fischverkäufer mit der Frage löcherte, wie frisch der Fisch sei. Schließlich lautete Harrod's Motto: „Alles für alle und überall", dabei hätte es eigentlich heißen müssen: „Alles für alle Reichen überall". *Alles* traf durchaus zu. Wer von etwas träumte – und es bezahlen konnte –, der bekam bei Harrods alles.

Satin und Pelze? Ja, klar.

Schuhe, Mäntel und Hüte? Selbstverständlich.

Ein Spielzeugauto? Ein echtes Auto? Ein Flugzeug? Eine Jacht? Alles kein Problem. Einen Sarg? Ein Diadem? Einen Löwen? Einen Goldbarren? Harrods machte es möglich. Aber nirgends nahm das Kaufhaus sein Motto ernster als in seinen riesigen Food Halls mit ihren kilometerlang wirkenden, elegant gefliesten Fußböden. Hier gab es die besten und vielfältigsten Lebensmittel, die England – und die Welt – zu bieten hatte. Hier regierten der unverkennbare Duft der Käsetheke, das Geräusch der Messer, die der Metzger wetzte, und die Süßwarenabteilung, die in allen Farben des Regenbogens schillerte. Mitten in dieser Pracht stand Estella in ihrem grünen Schulrock und Blazer. Ihr rötliches Haar trug sie lang, glatt und mit Pony wie die berühmteste Rothaarige der Hauptstadt, Jane Asher, die glamouröse Freundin von Paul McCartney.

Estella, die versuchte, es sich im Leben so leicht wie möglich zu machen, genoss die Kühle der Meeresfrüchtetheke, die an diesem heißen Freitagnachmittag hoch mit Eis bepackt war, aus dem glasäugige Fische schauten.

„Wie frisch sind Ihre Austern?“, fragte die Frau in Pink den Mann hinter der Theke.

„Äußerst frisch, Madam“, antwortete der Mann. „Heute Morgen frisch geliefert.“

Die Frau starrte auf die klobigen Austernschalen, als wollte sie sie für sich selbst sprechen lassen.

„Sicher?"

„Absolut sicher, Madam."

Die Frau war in ihr Austern-Verhör vertieft. Ihre Tasche hing locker von ihrer Armbeuge herab, und sie achtete nicht auf Estella, die in ihrer Schuluniform völlig harmlos wirkte. Ihre Brieftasche hatte einen einfachen Verschluss, der sich innerhalb von einer Sekunde öffnen ließ. Solche Geldbörsen waren ein Geschenk für Taschendiebe und Kleinganoven. Der Mann hinter der Meeresfrüchtetheke beachtete Estella nicht, denn sie hatte genauso rotbraunes Haar wie die Frau. Wer sollte Estella denn sonst sein als die Tochter dieser reichen Kundin?

Dieser einfache Trick funktionierte immer.

Estella rückte näher und interessierte sich intensiv für den großen Hummer, der jämmerlich auf dem Eis lag. Nur noch ein paar Zentimeter ...

Da tauchten die Touristen auf.

„Hierher! Hier geht's lang!" Vom Eingang dröhnte eine Stimme in die Halle:

„Hier entlang, meine Damen und Herren! Passen Sie auf sich auf, kommen Sie durch, kommen Sie durch, ganz genau, hier geht's weiter."

Ein Mann, der eine kleine Fahne mit der Aufschrift

Swinging London Tours trug, führte eine Gruppe von etwa fünfzig Personen. Die Besucher staunten über die Szenerie. Sie bewunderten die endlos langen Feinkosttheken. Zückten ihre Kameras und knipsten. Die Frau an der Meeresfrüchtetheke drehte sich abrupt um. Ihre Handtasche mit ihr. Sie war nun außerhalb von Estellas Reichweite zwischen dem Körper der Frau und dem Glas der Vitrine.

„Ach du meine Güte“, sagte die Frau und betrachtete die Gruppe. „Diese grässlichen Leute. Warum lassen sie die hier rein?“

Es war eine rhetorische Frage, und der Mann hinter der Theke antwortete nicht.

Die Touristen drängten sich in der Halle und beanspruchten den gesamten Raum – und die gesamte Luft. Sie trugen formlose Reisekleidung, grauenhafte Kleider und noch grässlichere Hosen und Hemden.

Estella fiel das auf, denn über so etwas konnte sie einfach nicht hinwegsehen. Sie analysierte immer Schnitt und Nähte jedes Kleidungsstücks, das ihr unter die Augen kam. Ihr Geist stellte rasend schnell Berechnungen zu Outfits an.

Estella designte Mode. Hervorragende Mode. Möglicherweise die beste Mode in ganz London. Nur wusste London das noch nicht.

Einige der Touristen näherten sich der Meeresfrüchtetheke.

„Sehen Sie sich das an!“, staunte einer der Männer mit einem breiten amerikanischen Akzent. „So viel Fisch!“ Die Gruppe murmelte zustimmend, zugleich überrascht und erfreut über die Tatsache, dass es an einer Fischtheke Fisch gab.

„Dann nehme ich jetzt einfach ein paar Dosen geräucherte Austern“, erklärte die rothaarige Frau schnippisch und ging zu den Konserven. Estella seufzte und folgte ihr, weil sie sich langweilte. Warum waren die Rothaarigen, die ihr die beste Tarnung boten, nur immer am wählerischsten und pingeligsten? Mit dem Rotton hatte das bestimmt nichts zu tun.

Als sie der Frau hinterherging, winkte ihr einer der Touristen aus der Gruppe zu. „Miss, könnten Sie bitte ein Foto von mir und meiner Frau machen?“

Estella hätte Nein sagen sollen. Sie war beschäftigt. Sie war seit über zwanzig Minuten ihrer Beute gefolgt, die jetzt zum Greifen nah war. Aber der Mann sah aus, als sei er verzaubert von ihr.

Da war es, das Gegenmittel zu ihrer Langeweile, die Gelegenheit für ihren Auftritt. Liebenswert zu sein. Ihr Plan war gescheitert, und Estella lebte gern im Hier und Jetzt.

„Ah!“, rief sie. „O ja! Na klar!“

„Schau mal, ein Schlips!“, rief die Frau und klatschte aufgeregt in die Hände, als Estella sich neben sie stellte. „Tragen die Mädchen hier Krawatten?“

„In der Schule“, antwortete Estella höflich.

„Wollt ihr ein Foto mit dem englischen Mädchen?“, rief die Frau eifrig ihren Freunden zu. „Millie! Jake! Schaut sie euch an! Sie trägt einen Schlips!“

Estella blieb für einige Minuten still. Sie hatte ihre rothaarige Tarnung verloren, aber eine ganze Horde lauter, frecher amerikanischer Fans gefunden. Sie ging von einem zum nächsten, lächelte, posierte – ein perfektes englisches Teenager-Mädchen.

Dann sah sie plötzlich vom Weitem ein Gesicht. Es sah sich suchend um – es war auf der Suche nach ihr. Das Rotgesicht mit dichtem Schnurrbart war ihr nur allzu bekannt. Die Augen von Red Face fixierten die ihren. Zeit, zu verschwinden.

„Ach ja ...“, improvisierte Estella, „meine Mum. Ich habe sie verloren. Ich muss sie suchen.“

„Natürlich.“ Die Gruppe winkte ihr nach. „Einen schönen Tag!“

Estella bahnte sich ihren Weg durch die Menge. Zuerst war sie höflich und sagte in freundlichem Ton „Entschuldigung“, während sie Richtung Tür drängte. Aber dann wurde sie immer energischer, bis sie am Ende gar nicht mehr um Entschuldigung bat und sich einfach durch die Menschen schob. Sie war fast am Ziel – die große schwere Tür war nur noch ein paar Schritte entfernt.

Estella stemmte sich dagegen. Sobald sie es nach draußen geschafft hatte, atmete sie tief die schwüle Londoner Luft ein.

Da zerrte etwas von hinten an ihr. Jemand hielt den Riemen ihrer Tasche fest. Weglaufen konnte sie nicht.

„Machen Sie die Tasche auf."

Estellas Gesichtsausdruck wechselte von berechtigter Wut zu energischer Abwehr.

„Sie sind nicht zuständig!", rief sie. Ihr Ton war nun überhaupt nicht mehr weich und vornehm. Jetzt sprach sie die Sprache des unverfälschten, rauen London.

„Der Gehweg unter der Markise ist noch Eigentum von Harrods", erwiderte das Rotgesicht. „Ich rufe die Polizei, falls Sie es darauf anlegen. Hier sind jede Menge Polizisten in der Nähe. Also ..."

Mit der freien Hand holte er eine Pfeife aus seiner Tasche und schob sie zwischen die Lippen.

„Na dann", sagte Estella und öffnete ihre Tasche. „Hier. Bitte schön."

Red Face griff in die Tasche und untersuchte den Inhalt. Er fand ein Französischbuch und ein Federmäppchen.

„Innentaschen nach außen kehren."

„Ich habe Rechte, das wissen Sie", sagte Estella, leerte aber trotzdem ihre Tasche. Ein kleines zerknittertes Stück Papier fiel heraus. Red Face beugte sich vor und hob es auf.

„Was ist das?" Er faltete es auseinander.

Ich liebe Bullen stand auf dem Papierschnipsel.

Die Visage des Wachmanns war nun tief gerötet.

„Ich liebe die Polizei." Ihr Ton war jetzt wieder pflaumenweich.

„Was haben Sie damit gemacht?", schnauzte er sie an. „Ich habe Sie gesehen!"

„Was haben Sie gesehen? Sie schmutziger alter Mann, der junge Mädchen wie mich beobachtet."

„Sie haben der Touristin die Brieftasche gestohlen", rief er zornig. „Ich habe es ganz genau gesehen."

„Die Hitze macht Ihnen wohl zu schaffen", antwortete sie und klimperte mit den Wimpern.

„Verschwinden Sie", sagte er und wurde noch röter. „Wenn ich Sie noch einmal hier sehe, dann werde ich ..."

„In eine Riesenhimbeere verwandelt? Ein Tänzchen machen? Flügel und einen Schnabel bekommen? Sagen Sie es. Was werden Sie dann?"

Red Face hob die Pfeife erneut an seine Lippen. Estella riss sich los, machte einen Schritt rückwärts und lief davon.

„Auf Wiedersehen, Schatz.“ Sie hauchte ihm einen Kuss zu. „Ich werde unsere gemeinsame Zeit nie vergessen.“

Als Estella weg war, näherte sich ein verwirrter Tourist dem Wachmann.

„Machen Sie das mit allen, die den Laden verlassen?“, fragte er. „Ist das die englische Art?“

2

DIE SCHRECKLICHE PARTY

ESTELLA SCHLENDERTE durch die Brompton Road und mischte sich unter eine große Gruppe Schüler, die wie sie gekleidet waren. Smaragdgrüne Schuluniform, grün-gold gestreifte Krawatten und flache Matrosenmützen. Die meisten hatten in der Hitze ihre Blazer ausgezogen, was Estella nun ebenfalls tat. Wie jedes Mal, wenn sie es geschafft hatte, zu entwischen, durchströmte sie eine entspannte, unbekümmerte Freude. Je knapper es gewesen war, desto größer die Freude.

Ein Doppeldeckerbus mit einer Werbung für das neue Beatles-Album *Sgt. Pepper's Lonely Hearts Club Band* fuhr vorbei. Die Beatles hatten fantastische neue Klamotten –

Militäruniformen aus edwardianischer Zeit in Lindgrün, Fuchsia, Stahlblau und Pfirsichrot. Etwas kam ins Rollen in diesem Sommer 1967. London war zum coolsten Ort der Welt geworden. Die Presse sprach über *Swinging London*. Keine schwerfällige graue Kleidung mehr. Keine düsteren Gesichtsausdrücke oder höfliche Zurückhaltung mehr. Keine Rationierung mehr, keine stille Würde. Es war wie in *Der Zauberer von Oz*, in dem Moment, in dem sich das schwarz-weiße Kansas plötzlich in die kräftigen, satten eines neuen, unbekannten Lands verwandelt. In London war die Mode, die Musik, die Szene – und die ganze Welt wollte die Show sehen. Daher auch die vielen Touristengruppen.

Das reiche, pralle Leben war nicht zu übersehen. Es zeigte sich überall – in den Farben der Kleidung und der Busse und der Bäume im Park, im Geruch der Erde nach dem Regen, in der Stimmung der Schülergruppe, unter die sich Estella gemischt hatte. Sie gehörte eigentlich nicht zu ihnen, war aber in ihren lärmenden, drängenden Strom hineingeraten, der noch stärker pulsierte als sonst, da das Ende des Schuljahrs alle beflügelte.

Sie hatte fast das Gefühl, die Witze zu verstehen, die sich die anderen erzählten. An so einem Tag wurde niemand abgewiesen. Die Londoner Jugend war eine einzige große, bewegende Kraft, und alles war wunderbar.

Die Schüler gingen zum Hyde Park, wie jeden Tag nach der Schule. Sie wollten sich an The Serpentine entspannen, dem langen Freizeitsee im Park. Hier konnte man Boote mieten und einen so schönen Nachmittag wie diesen wunderbar genießen.

Estella ließ sich ins Gras fallen, nah genug bei den anderen, um das Gefühl zu haben, Teil ihrer Gemeinschaft zu sein.

Ein paar Minuten später tauchten zwei Jungen in ihrem Alter auf, ebenfalls in Schuluniformen, und ließen sich neben Estella nieder. Einer war groß und schlaksig, hatte ein markantes Kinn und braune Locken. Der andere war korpulent und hatte einen rötlichen Teint. Er sah unglaublich selbstzufrieden aus.

„Ich dachte schon, das wäre es gewesen", sagte Jasper, der größere. „Musstest du wirklich auch noch für Fotos posieren? Bist du ein Popstar?"

„Ich wollte die Touristen nicht enttäuschen", antwortete sie.

„Das war riskant. Er war dir dicht auf den Fersen."

„Ich wusste, wo er war, und hatte genug Zeit, zu verschwinden."

Horace griff sich ihre Schultasche. Für den Kaufhausdetektiv von Harrods hatte sie leer ausgesehen, aber Horace griff in ein verstecktes Innenfutter und förderte mehrere Dinge zum Vorschein. Er zählte. „Sechs Brieftaschen, eine Uhr, ein paar dieser Reiseschecks – die taugen nichts – und immerhin mindestens fünfzig Pfund."

„Ach ja, und das …" Estella griff in den Bund ihres Rocks und holte das schmale Lederportemonnaie hervor. Sie hatte es beim Hinausrennen dem Touristen an der Tür aus der Tasche gezogen. Sie warf es Horace zu, der es sofort durchsuchte.

„Da sind noch dreißig Pfund drin!", stellte er zufrieden fest.

Jasper streckte sich lang im Gras aus und lächelte in die Sonne hinauf. „Ich liebe die Touristensaison", sagte er. „Und dieses Jahr wird sie richtig gut. *Swinging London* für immer!"

„Wenn es so weitergeht, können wir uns vielleicht ein Auto leisten! Stell dir vor, ein Auto!" Horaces Blick war träumerisch verklärt.

„Was würdest du mit einem Auto machen?", fragte Jasper. „Du kannst nicht fahren."

„Ich lerne es, und dann fahre ich damit herum."

„Wahrscheinlich gegen einen Pfosten."

„Ganz sicher nicht", protestierte Horace beleidigt. „Ich kann fahren lernen."

„Bitte sag mir, dass du mir etwas zu essen mitgebracht hast", mischte sich Estella nun ein.

Horace holte eine Papiertüte mit einem in fettdichtes Papier eingewickelten Sandwich hervor.

„Dosenfleisch und Senf", sagte er und reichte Estella das Sandwich. „Extraviel Senf, alles voller Pfeffer."

Sie packte es in Windeseile aus. Sie hatte einen Mordshunger. Estella aß gern scharf und liebte Senf. Sie mochte es, wenn es so scharf war, dass sie fast niesen musste. Und am allermeisten liebte sie Pfeffer. Sie pfefferte alles so stark, dass es andere zum Husten und Würgen gebracht hätte.

Jasper und Horace fabulierten weiter darüber, was sie mit der ganzen Beute machen könnten, die sie in diesem Sommer bestimmt einfahren würden. Was sie alles kaufen könnten. Einen richtigen Fernseher. Neue Schuhe. Estella aß ihr Sandwich und spürte die Sonne auf ihrer Haut. Es war ein guter Tag. Mit Einnahmen wie diesen konnten sie gut leben.

Die Touristensaison war immer gut, aber jetzt, da London zum beliebtesten Ort der Welt avanciert war, würde alles noch besser laufen.

Die Schüler um sie herum amüsierten sich, lachten, unterhielten sich und rempelten sich gegenseitig an. Einer hatte ein tragbares Radio dabei. Gerade lief ein Lied, das der Ansager als *Everybody's Sun* von der Gruppe Electric Teacup angekündigt hatte. Electric Teacup. Aus dem Kreischen einiger der Mädchen in Schuluniform schloss Estella, dass die Band oder jedenfalls der Song beliebt war. Der Text war ein bisschen zu kitschig – etwas über Tee und die Sonne, die allen gehörte. Aber die Melodie hatte etwas und regte Estellas Fantasie an. Unter dem fröhlichen Klaviergeklimper lag das Echo einer Orgelstimme – eine tiefere, düsterere Variante der gleichen Melodie. Der Bass wob sich hypnotisch durch das Stück. An der Oberfläche mochte der Song glatt wirken, aber er hatte einen Unterton, etwas Dunkles und Verspieltes – wie ein verschlüsselter Scherz, der nur für jene bestimmt war, die ihn hören wollten.

„Ich liebe dieses Lied", schwärmte eines der Mädchen. „Sie sind besser als die Stones."

„Du spinnst ja", protestierte eine andere.

„Nein, gar nicht. Er hat eine bessere Stimme als Mick Jagger."

Die Gruppe diskutierte über Bands und ihre Vorzüge, während Estella sie unauffällig beobachtete. Was sie wohl heute Abend machten? Einige würden nach Hause in ihre schönen Häuser gehen. Andere würden über das Wochenende wegfahren. Viele von ihnen, so vermutete sie, gingen abends zum Musikhören und Tanzen in einen der vielen Londoner Clubs. Sie wirkten alle so glücklich.

Ein Paar lag nebeneinander im Gras. Der Junge hatte seinen Kopf dem Mädchen zugewandt. Sie flüsterten innig miteinander. Was kümmerte Estella dieses romantische Paar, dessen junge Liebe sicher dem Untergang geweiht war? Und was gingen diese Schüler sie überhaupt an? Schließlich war Estella schon vor langer Zeit schmerzlich klar geworden, dass die Schule – und sämtliche Kinder, die dorthingingen – nichts für sie war.

So hatte eigentlich alles angefangen.

Es war nicht Estellas Schuld. Wirklich nicht. Das meiste, was in ihrem Leben bisher schiefgelaufen war, lag an ihrem Haar – ihrem *echten* Haar. Es war schwarz auf der einen und weiß auf der anderen Seite. Sie fiel damit auf, aber nicht so, wie sie es gern wollte.

Estella war eine Visionärin. Ein Genie, um ehrlich zu sein. Sie hätte auffallen müssen, weil sie die begabteste, kreativste Schülerin der ganzen Schule gewesen war. Stattdessen war sie ein Sozialfall mit einem Wohltätigkeitsstipendium und Haaren wie ein Stinktier.

Es spielte keine Rolle, wie oft ihre Mutter Catherine ihr gesagt hatte, sie habe genauso ein Recht, ihre noble Schule zu besuchen, wie alle anderen Schüler dort. Sobald sie auf diese Schule gekommen war, hatten sie sie schikaniert – die Mobber.

Noch einmal: Es war nicht Estellas Schuld.

Wenn sie sie anspuckten – was sie getan hatten –, musste sie sich doch verteidigen. Wenn sie ihr die Schuld für einen gemeinen Streich gegen eine Lehrerin in die Schuhe schoben – was sie getan hatten –, musste sie doch etwas unternehmen. Wenn sie sie in den Müllcontainer warfen – was sie getan hatten –, musste sie darauf reagieren. Selbst wenn der Aufenthalt im besagten Container Estella ihren Hund und treuesten Begleiter Buddy beschert hatte.

Estella war mit diesen Tyrannen fertiggeworden. Sie hatte ihre Rache sorgfältig geplant, obwohl Catherine sie angefleht hatte, es nicht zu tun. Und ihre Rache war süß gewesen, hatte allerdings auch ihre Schullaufbahn beendet. Zum Glück hatte Estellas Mutter sie aus der Schule geholt, bevor der Rektor sie rauswerfen konnte – etwa fünf Sekunden, bevor sie geflogen wäre, aber darauf kam es an.

Die Wahrheit war, anders als Estella hatte Catherine es kommen sehen. Catherine hatte Estella schon sehr früh das Nähen beigebracht. Anfangs hatte sie Estella noch angeleitet, sich an die Schnittmuster zu halten und entlang der Linien zu schneiden. Aber es hatte sich schnell herausgestellt, dass Estella keinem anderen Muster als ihrem eigenen folgen konnte. Ihre Entwürfe waren besser, einfallsreicher.

Catherine wusste, dass Estella eine größere Bühne brauchte, eine Chance, in der Welt zurechtzukommen. Als Estellas kurze und skandalumwitterte Schulkarriere abrupt endete, war Catherine bereit, sich dem Schicksal zu fügen und die Gelegenheit zu nutzen, das Unvermeidliche am Schopf zu packen. Sie entschloss sich, Estella die Chance zu geben, ihr Talent so zu entfalten, wie sie es verdiente.

Catherine hatte ihre Habseligkeiten in ihr klappriges kleines Auto gepackt und die beiden – plus Buddy – waren nach London gefahren. Estella hatte einen kurzen Anflug von Traurigkeit verspürt, als sie und ihre Mutter ihr kleines Haus zum letzten Mal verließen, aber er verflog schnell, als sie auf die Autobahn fuhren und sie das erste Schild nach London sah.

London. Die Hauptstadt. Der Ort, an dem jede Menge passierte.

Die Zukunft. Etwas brodelte in Estella, eine Aufregung, die so stark war, dass es sich anfühlte, als wirbelte sie sie aus dem Auto bis ganz zu den Wolken hinauf. Sie und ihre Mutter lächelten sich an, beide spürten die Magie dieses Moments – der Regen im Nebel schimmerte silbern, wie verzaubert. Dieser theatralische Nebel würde sich bald auflösen, um Wunderbares zu enthüllen. Alles lag vor ihnen.

Wären sie nur direkt nach London gefahren, wäre alles gut gewesen.

„Ich muss auf dem Weg in die Stadt anhalten“, hatte Catherine gesagt. „Um einen Freund um Hilfe zu bitten, damit wir wieder auf die Beine kommen.“

„Was für einen Freund?“

Darauf antwortete Estellas Mutter ihr nicht. Stattdessen fuhr sie den Wagen durch mehrere große Tore. Auf ihnen prangte ein seltsames Symbol – ein Familienwappen mit einem dreiköpfigen Dalmatiner, wie der Hund, der die Pforten der Hölle bewacht, nur war dieser Hund schwarzweiß gefleckt.

Seltsam.

Als sie das Haus sah, zu dem die Auffahrt gehörte, vergaß Estella das merkwürdige Wappen. Es war großartig. Den Anblick des alten Herrenhauses vor dem Nachthimmel würde sie nie vergessen. Die Umrisse des Hauses sahen wie Zähne aus. Beinahe unwirkliches Licht erleuchtete jedes Fenster von innen. Sie hörte Musik, die aus dem Herrenhaus erklang und die Luft rundum erfüllte. Neben ihnen fuhren weitere Autos vor, die allerdings viel teurer waren als ihres.

Es stiegen die außergewöhnlichsten Menschen aus.

Oder vielleicht die gewöhnlichsten Menschen in der außergewöhnlichsten Kleidung. Estella verstummte trotzdem ehrfürchtig.

Alle waren gekleidet wie am Hof von Ludwig XVI. Die Frauen trugen langhaarige, gepuderte Perücken und unglaublich prächtige, riesige Kleider aus Seide und Pelz. Diese ganzen Farben! Das schockierende Pink mit himmelblauen Streifen. Violett mit Gold. Zartes Blattgrün mit butterweichem Gelb.

„Bleib im Auto", hatte ihre Mutter ihr befohlen.

Das war das Einzige, was sie tun musste – im Auto bleiben.

Ganz einfach. Und Estella wollte brav sein. Das wollte sie wirklich.

Aber die Motte muss ins Licht fliegen. Die Natur verlangt es so.

Estella musste sich diese Kleider einfach genauer ansehen. Alles in ihr schrie danach, sie aus der Nähe zu betrachten oder wenigstens von ein bisschen näher. Also stieg sie mit Buddy im Schlepptau aus dem Wagen.

Ins Haus zu kommen, war kein Problem. Estella folgte ein paar Dienern und schlüpfte durch die riesige Küche. In der Hektik wurde sie unsichtbar. Zwölfjährige können sich in der Welt der Erwachsenen leicht unsichtbar machen. Sie müssen sich kaum darum bemühen.

Von der Küche aus gelangte sie in den Kern des Hauses, wenn man es überhaupt als Haus bezeichnen konnte. Denn die meisten Häuser hatten keine großen Ballsäle aus glänzendem Marmor mit geschwungenen Treppen. In den meisten Häusern ließen sich keine Modenschauen veranstalten, mit großen Laufstegen, auf denen Models hin- und herstolzierten, um die neuesten Kreationen der Saison vorzuführen. Während Estella das Geschehen mit offenem Mund verfolgte, schwebte eine Frau auf einer Schaukel von der Decke. Sie war schöner gekleidet als alle im Saal und schien auch wichtiger als alle anderen zu sein.

„Auf zum Kuchenessen!“, rief sie und landete sanft auf der Treppe, wo ein Dalmatiner-Trio auf sie wartete.

Es gab wirklich eine riesige Torte, und alle jubelten. Die Szene war so überwältigend, dass Estella eine Weile ihre Mutter vergaß. Sie vergaß auch alles andere in ihrem Leben.

Und genau in diesem Moment ging alles schief.

Buddy war auch nicht schuld daran. Wie hätte er widerstehen können, einem Eichhörnchenfell-Kleid nachzujagen? Solchen Rufen der Natur musste man gehorchen.

Er sprang auf den Laufsteg.

Estella musste ihn wieder einfangen. Vergeblich versuchte sie, ihn zur Vernunft zu bringen. Doch wenn sie ehrlich war, war es sehr lustig gewesen, zu sehen, wie die Models flohen und das Personal hinter ihr herlief. Und wer konnte schon widerstehen, eine so große Torte umzuwerfen?

Es wäre einer der Höhepunkte in ihrem kurzen Leben gewesen, wären nicht im nächsten Augenblick die drei wilden Dalmatiner hinter ihr und Buddy her gewesen. Die beiden rannten aus dem Haus in die Nacht und versteckten sich zwischen den Büschen. Na gut. Vielleicht hätte sie im Auto bleiben sollen.

Dann sah Estella etwas, das keinen Sinn ergab. Ihre Mutter und die Frau von der Schaukel, die wie eine Königin aussah, waren beide draußen und führten eine hitzige Diskussion. Sie standen direkt am Rand einer Klippe. Über ihnen zuckten Blitze.

Die Dalmatiner tauchten wieder auf und rannten über den Rasen. Estella schluckte. Aber sie stürzten an Buddy und Estella vorbei. Hielten zähnefletschend auf Estellas Mutter und die Frau zu. Und das letzte Bild, das Estella von ihrer Mutter im Kopf behielt, war: Die Dalmatiner schossen direkt auf sie zu und Catherines anmutige, geschmeidige Gestalt stürzte die Klippe hinunter.

Irgendeine innere Stimme riet Estella, davonzulaufen. Sie rannte über das Gelände. Buddy war direkt neben ihr. Sie sah Scheinwerfer. Einen Lastwagen, und sie schaffte es zusammen mit Buddy, hinten auf seine Ladefläche zu springen.

Estellas nächste Erinnerungen waren Verkehrsgeräusche gewesen. Sie hatte durch die Plane gespäht und London gesehen.

Der Lastwagen fuhr am Regent's Park vorbei, einer Sehenswürdigkeit, die sie ihrer Mutter in dem Reiseführer gezeigt hatte, den sie im Auto durchgeblättert hatte. Als der Lastwagen an einer roten Ampel hielt, sprangen sie und Buddy ab. Vollkommen erschöpft hatte sie es gerade noch zu einem Springbrunnen geschafft, der sanft plätscherte. Es war so beruhigend. Sie streckte sich neben dem Brunnen aus und schlief sofort ein.

Als sie wieder aufwachte, starrte ihr ein kleiner Hund mit einer Augenklappe ins Gesicht. Dann trat ein großer Junge in Estella Gesichtsfeld. Sie kniff die Augen zu und tat, als schliefe sie noch. Sie spürte, dass der Junge neben ihr stand.

„Morgen", sagte er.

Estella bewegte sich nicht.

„Also ...", ertönte eine andere Stimme, „was ist mit ihr?"

„Sie beobachtet uns", antwortete der große Junge. „Aber sie stellt sich schlafend."

„Verdeckte Ermittlerin?"

„Für eine Polizistin sieht sie zu verängstigt aus."

Das war zu viel für Estella.

„Ich habe keine Angst“, sagte sie und presste immer noch ihre Augen zu.

„Außerdem“, fügte der Junge hinzu, „scheint sie erst ungefähr zwölf zu sein, also wahrscheinlich zu jung.“

Das war nun wirklich eine Zumutung. Niemand hatte ihr je gesagt, sie hätte Angst, und bisher hatte sich auch noch niemand darüber lustig gemacht, dass sie noch nicht ganz erwachsen war. Estella sprang auf und starrte die beiden Jungen an. Sie freute sich, als sie ihren Gesichtern ansah, dass ihre plötzliche Aktion sie erschrocken hatte.

„Bleibt zurück!“, sagte sie.

Buddy knurrte zu ihrer Verteidigung. Der seltsame einäugige Hund stellte sich vor den Jungen auf.

„Ich trage sie einfach weg“, sagte der zweite Junge.

Er ging auf sie zu. Estella trat ihm sofort in den Bauch. Der erste Junge baute sich vor ihr auf.

„Hör zu, Schätzchen“, sagte er in breitem Londoner Akzent. „Die Bullen kommen hier jeden Tag um acht Uhr morgens vorbei, pünktlich wie ein Uhrwerk. Du solltest mit uns kommen.“

Der zweite Junge, der sich immer noch den Bauch hielt, schaute seinen Freund ungläubig an.

„Auf keinen Fall! Geh zurück zu deiner Familie, kleines Madchen.“

„Sie hat keine Familie“, sagte der erste Junge.

Sie hat keine Familie. Die Worte hallten in Estellas Kopf wider.

Er hatte recht. Ihre Mutter war weg, verschwunden auf der anderen Seite dieser Klippe. Deshalb war sie hier.

Sie war allein – allein auf der Welt. Sie hatte niemanden außer Buddy, der seinen felligen Körper an ihr Schienbein drückte und ihren Schmerz spürte.

„Woher weißt du das?“, fragte der zweite Junge.

„Das sehe ich ihr an.“

Seine einfühlsame Freundlichkeit war zu viel. Sie würde nicht anfangen zu weinen. Das wollte sie nicht. Sonst würde sie nie wieder aufhören.

In diesem Moment tauchte die Polizei auf.

„Fünf vor acht“, sagte der große Junge. „Wie ungerecht.“ Er wandte sich an Estella. „Du musst weglaufen. Wir müssen alle abhauen. Jetzt sofort!“

In diesem Moment lief Estella zum ersten Mal vor der Polizei weg, aber sicher nicht zum letzten Mal. Die beiden Jungen waren Jasper und Horace.

Das Trio wurde bald unzertrennlich.

Jasper und Horace waren mehr als nur Estellas Freunde – sie waren ihre Familie und füllten, so gut sie konnten, die Lücke, die ihre Mutter in Estellas Leben hinterlassen hatte. Sie waren alles, was sie brauchte.

Mit ihnen war sie zufrieden und glücklich. Sie vermisste niemanden aus ihrem früheren Leben – außer ihrer Mum –. und sie brauchte definitiv niemanden sonst.

So viel war sicher.

„Wenn wir genug einnehmen, können wir uns sogar ein Motorrad kaufen ...“, sagte Horace.

Estella blinzelte einmal, dann noch einmal, denn sie hatte das Paar auf der Wiese gedankenverloren angestarrt. Sie küssten sich nicht. Sie redeten. Sehr intensiv. In mancher Hinsicht kam es ihr intimer vor als Küssen. Was sagten sie zueinander? Was sagte man zu jemandem, wenn man sein Gesicht so nah vor sich hatte?

Was war es, was war daran so wichtig, so geheimnisvoll, so ...

„Au!“

Ein zusammengeknülltes Stück Papier traf Estella am Hinterkopf.

„Kommst du mit nach Hause?“, fragte Jasper.

Estella schob sich das letzte Stück Sandwich in den Mund. Dann stand sie auf, strich den Schmutz von ihrem Rock und sah das Paar ein letztes Mal verstohlen und mit gesenktem Kopf an. Sie bemerkten es nicht. Ein Monster hätte aus The Serpentine auftauchen können und sie hätten es wahrscheinlich nicht bemerkt.

„Komm jetzt!", sagte Jasper.

Estella schüttelte das beunruhigende Gefühl ab, das sie plötzlich überfallen hatte. Sie wollte nicht zulassen, dass sie sich darin verlor, andere Leute anzustarren und darüber nachzudenken, was oder wen sie hatten. Oder darüber, was für Entscheidungen sie im Leben getroffen hatte, die sie von ihnen unterschied.

London swingte in diesem Sommer, und Estella wollte daran teilhaben.

3

ROT ODER GELB

IN LONDON gab es viele Welten.

Die strahlend weißen Hochhäuser, die zwei Halbmonde um den Piccadilly Circus bildeten, eine bunte, laute Kreuzung mit greller Werbung für Seife, Make-up und Veranstaltungen.

Die Paläste und Parks voller Enten, Schwäne und in der Sonne sitzender Menschen.

Die gold-roten Backstein-Reihenhäuser von Kensington.

Das verwinkelte, düstere Viertel Soho, in dem sich die Umgebung abrupt in dunkle und schmutzige Ecken und Winkel verwandeln konnte, man wunderbare und schreckliche Dinge sah und dann ebenso abrupt wieder ein klassisches Museum oder eine Straße mit teuren Geschäften auftauchte.

Und dann gab es Orte wie den, wo Estella, Jasper und Horace wohnten und den sie liebevoll als ihren Unterschlupf oder ihre Höhle bezeichneten. Dort hatte es im Krieg vor über zwanzig Jahren Bomben gehagelt und nichts war wiederaufgebaut worden. Sie wohnten in einem Haus, das in Wirklichkeit nur ein halbes war.

Eine Bombe hatte einfach eine ganze Seite weggerissen, und die andere Hälfte war eindrücklich von diesem Mangel gezeichnet. Ein Flickenteppich aus Farbe und Tapeten wies darauf hin, wo früher Zimmer gewesen waren: ein rosa Viereck, ein Stück rosa Flockdruck-Tapete aus Viktorianischer Zeit, chinesisches Blau. Überreste von Treppen, lustige Zickzacklinien, verbanden diese bunten Mosaikstücke.

Kaum jemand wollte in einem halben Haus wohnen, also stand es leer und war dem Verfall preisgegeben. Hausbesetzer, Landstreicher und andere Streuner nahmen es in Besitz. Dazu gehörten Jasper und Horace und mit ihnen auch Estella.

An diesem heißen Sommernachmittag studierten die besagten Herumtreiber ihre auf einem klapprigen Tisch ausgebreitete Beute des Tages. Jeder nahm etwas Geld für sich, und der Rest kam in einen Krug. Uhren und andere Ware wurden aussortiert. Sie würden sie an ein paar sympathische Verkäufer aus ihrem Bekanntenkreis verkaufen.

Jetzt war Zeit zum Entspannen. Jasper ging zum Plattenspieler.

„Was wollt ihr hören? Rolling Stones? Beatles?“

Die Musikauswahl in ihrer Höhle war nicht groß. Meistens hörten sie Radio. Aber sie hatten drei Alben.

„Beatles“, sagte Estella in einem Ton, der keinen Widerspruch duldete, während sie zu ihrem Nähtisch durch den Raum ging.

„Wir müssen uns ihre neue Platte kaufen, die gerade herausgekommen ist. Wie heißt sie noch mal? *Captain Beetroot* oder so?“

„*Sergeant Pepper.*“

„Ja, genau. Die sollten wir uns besorgen. Wir haben ein bisschen Kohle übrig.“

Wink, der einäugige Chihuahua von Jasper und Horace, schlief in einem Korb mit Stoffen neben Estellas Nähmaschine.

„Los, zieh Leine“, befahl sie Wink. Er sollte da nicht reingehen, aber jedes Mal, wenn sie nicht da waren, hielt er dort sein Nickerchen. Wink sprang ohne zu protestieren heraus und ging zu seinem Bett, das ein weiterer Stapel aus Stoffen und alter Kleidung war.

In Estellas Teil des Unterschlupfs war es am vollsten. Ihr Schlafzimmer war nicht der Rede wert. Es bestand aus einem durchgelegenen Bett und einem Nachttisch. Aber an ihrem Arbeitsplatz standen eine kostbare Nähmaschine, riesige Stoffstapel und mehrere Schaufensterpuppen.

Die Geschäfte sortierten sie erstaunlich oft aus. Keiner wollte eine Schaufensterpuppe, deren Kopf nur noch nach hinten schauen konnte, weil jemand ihn zu heftig zur Seite gedreht hatte, oder der ein Arm aus dem Ärmel gerutscht und auf den Boden gefallen war. Sie landeten im Müll, und Leute wie Estella zogen sie heraus.

Ihre wackeligen Schaufensterpuppen stabilisierte sie mit Schnüren und Draht von Kleiderbügeln. So arbeitete die Modedesignerin Mary Quant sicher nicht, aber es erfüllte seinen Zweck. Sie nach Hause zu bringen, war natürlich eine andere Sache. Es musste im Schutz der Dunkelheit geschehen, da es ziemlich verdächtig war, etwas in ein leerstehendes Haus zu schleppen, das aussah wie ein lebloser Körper.

Bevor sie sich setzte, schaute Estella in den Spiegel. „Ich muss mir wieder die Haare stylen“, stellte sie fest.

Sie ging ins Bad und holte ihr rotes Haarfärbemittel unter dem Waschbecken hervor. Estella musste es alle paar Wochen verwenden, damit ihre natürliche, schwarz-weiße Haarfarbe nicht durchschimmerte. Niemand durfte ihr echtes Haar sehen, denn wer es einmal gesehen hatte, vergaß es nicht mehr. Und nicht vergessen zu werden, war für jemanden in ihrer Branche sehr schlecht.

Sie hatte nur sehr kurz überlegt und sich dann entschlossen, ein Rotschopf zu werden. Als Estella das erste Mal in ihr Versteck gekommen war, hatte Horace ihr zwei Tuben mit Farbe angeboten, eine rote und eine gelbe. Sie wählte die rote. Es hatte sie einige Zeit und Mühe gekostet, den Farbton richtig hinzubekommen. Die weiße Seite ihres Kopfs hatte wie ein Bus geleuchtet und die schwarze war ein schlammig trübes Kastanienbraun geworden. Aber Estella gab sich Mühe und arbeitete daran, so wie sie an allem arbeitete. Bald war ihr ein gleichmäßiges intensives Rotblond gelungen, mit dem sie nicht ganz unattraktiv aussah, wie sie selbst zugeben musste.

Estella drückte die Tube mit dem widerlich riechenden Färbemittel in ihr Haar und rieb die Chemikalien von der Wurzel bis zu den Spitzen ein, während sie im Bad ihr Spiegelbild prüfte.

„Und was nehmen wir uns morgen vor?“, fragte Jasper und kletterte mit seiner Gitarre im Schlepptau in die von Balken zu Balken gespannte Hängematte.

„Das British Museum? Das ist am Wochenende perfekt. Schön voll."

„Aber langweilig", kommentierte Horace, ohne den Blick von seinem The-Beano-Comic zu lösen. „Nur ein Haufen alter Steine und so."

„Was denkst du, Stel?", fragte Jasper.

„Museum geht immer", meinte sie und stopfte ihr klebriges Haar unter eine Gummikappe. „Aber das Wetter ist so schön. Wir könnten es im Regent's Park versuchen. Oder im St. James's Park und uns dann bei der Wachablösung zu Pferd die Menschenmenge vor dem Palast vornehmen."

„O ja, ich mag das Gedränge vor dem Palast", sagte Jasper. „Horace?"

„Ich bin dafür. Park und Palast. Dann können wir wenigstens ein Eis kaufen."

Die Haare sicher verpackt, kehrte Estella an ihren Tisch zurück und nähte ein paar neue Verkleidungen mit versteckten Taschen im Innenfutter fertig. Anschließend arbeitete sie an einem neuen Kleid weiter – keine Verkleidung, sondern eines ihrer eigenen Designs.

Es war ein Patchworkstück – kein Quilt, sondern ein Mosaik. Die Idee war ihr gekommen, als sie eines Tages beim Betrachten der Außenwand des Hauses bemerkt hatte, dass das Gebäude sie von Weitem von der Seite an einen Garten erinnerte. Ihr fiel ein, dass sie viele winzige Stoffstücke in verschiedenen Farben und Mustern besaß. Denn egal wie groß oder klein, Estella bewahrte alle Stoffreste auf. Schon in ihrer Kindheit hatte sie aus den Stoffresten, die ihre Mutter, eine Näherin, auf den Boden fallen ließ, eigene Kreationen gebastelt. Sie hatte ihre Schätze auf dem Boden ausgelegt und ein Kleid entworfen, das aussah wie ein Blumenlabyrinth in voller Blüte. Aus der Ferne entstand ein klares Bild, aber je näher man dem Kleid kam, desto detaillierter waren die einzelnen Drucke und Muster zu erkennen.

Es war eine filigrane, komplizierte Arbeit, der sich Estella seit Wochen zwischen ihren Jobs widmete. Sie war fast fertig. Nur noch ein kleiner Teil war noch nicht ganz perfekt.

Das frustrierte sie. Zum Glück für das Kleid ließ Estella sich durch Frust nie von etwas abhalten.

Stunden später streckte sie ihre Arme in die Luft und ließ ihren verspannten Rücken knacken. Der Nachmittag und der Abend waren der Nacht gewichen. Jasper und Horace lagen längst schnarchend in ihren Betten. Sie hatte ziemliche Fortschritte gemacht, aber nicht genug. Für Estella war nie etwas genug, bis es absolut perfekt war. Sie rieb sich die Augen und stand auf.

„Zeit zum Fressen", sagte sie zu Buddy.

Erleichtert, seinen Platz an der Nähmaschine endlich verlassen zu können, folgte Buddy ihr, als sie in die kleine Küche ging.

Sie füllte Buddys Napf mit Hundefutter.

Auf der Herdplatte standen kalte Spaghetti.

Estella nahm den Topf, streute Unmengen Pfeffer auf die klebrigen Nudeln und die klumpige rote Soße und aß ihr Abendessen kalt.

Schwer zu sagen, ob es Buddy oder Estella besser schmeckte.

Anschließend ging Estella ins Bad und füllte die alte Wanne mit lauwarmem, rostrotem Wasser. Die Nacht hatte keine Erleichterung von der Hitze des Tages gebracht, und es war stickig. Selbst in dem lauwarmen Wasser lief ihr noch der Schweiß den Rücken hinunter.

Sie schrubbte sich, so gut sie konnte, zog ein leichtes Nachthemd über und legte sich ins Bett.

Im Versteck der drei wurde es nie ganz dunkel. Es gab ein großes rundes Fenster ohne Fensterläden oder Gardinen. Estella starrte hinaus in den Nachthimmel und auf den Mond über London. Sie war nicht müde. Ihre Gedanken schweiften ab, und ihr kam das Paar wieder in den Sinn, das eng umschlungen im Gras gelegen hatte. Wie es wohl wäre, ein Teil dieses Paars zu sein, eine Hälfte eines Ganzen? Wie konnten sie so sein, sich so vorbehaltlos hingeben, bereit, ihre innersten Wünsche und Ängste mit einem anderen Menschen zu teilen?

Weil sie normal sind, dachte Estella. *Weil sie zur Schule gehen und ein Zuhause haben. Sie leben nicht in einem Versteck mit zwei Straßenjungs. Sie klauen nicht für ihren Lebensunterhalt. Sie tun normale Dinge.*

Estella verabscheute alles Normale, aber in diesem Fall ... wäre es vielleicht ganz in Ordnung, normal zu sein.

Sie schüttelte den Kopf, drehte sich von links nach rechts und wieder zurück, seufzte und schaltete das Licht wieder ein.

Es hatte keinen Sinn, über so etwas nachzugrübeln.

Also griff sie nach einem der vielen Bücher, die sie neben ihrem Bett aufbewahrte.

Estella liebte die Bibliothek, auch wenn sie sie nicht ganz verstand. Dort verlangten sie kein Geld für Bücher – man durfte sie mitnehmen. Aber dafür brauchte man einen Bibliotheksausweis, was bedeutete, dass man seinen Namen – seinen richtigen Namen – und seine Adresse angeben musste. Und das konnte Estella nicht. Also nahm sie die Bücher einfach stillschweigend mit. Manchmal brachte sie sie sogar in die Bibliothek zurück, wenn sie sie ausgelesen hatte, und stellte sie in die Regale, in die sie gehörten. Nicht immer, aber manchmal.

Sie schlug ein Buch über Textildesign aus dem 18. Jahrhundert auf, dann ein anderes mit Blumenzeichnungen.

Ist das alles, wozu du bestimmt bist?

Estella zuckte zusammen. Ach so. Cruella.

Wann sie zum ersten Mal wahrgenommen hatte, dass es Cruella gab, wusste sie nicht. Wahrscheinlich war dieser Teil von ihr schon immer dagewesen, etwa in der Art, wie sie aus Frust nach ihren Spielsachen gegriffen hatte oder zur Schule gestapft war. Cruella hatte ihr geholfen, die Mobber zu besiegen, die sie schikaniert hatten.

Ihre Mutter hatte sie zuerst beim Namen genannt.

„Was sagst du zu Cruella, wenn sie dich ärgert?“, hatte sie gefragt.

„Danke, dass du gekommen bist“, antwortete Estella, „aber jetzt kannst du gehen.“

„Gut. Dann verabschiede dich jetzt von ihr.“

„Auf Wiedersehen, Cruella“, sagte Estella.

Aber Cruella ging nie wirklich weg. Sie trat ein paar Schritte zurück, aber sie folgte ihr immer, sie war stets da.

Estella konnte ihre Schritte hören.

Cruella hatte Estella in vielerlei Hinsicht am Leben gehalten, als sie allein und verängstigt in London angekommen war. Sicher, Horace und Jasper hatten ihr auch sehr geholfen, aber Cruella half ihr beim Überleben.

Denn Cruella stahl gern Geldbörsen und Brieftaschen.

Cruella hatte kein Problem damit, das Gesetz zu brechen. Cruella plagte kein schlechtes Gewissen. Cruella nahm sich, was sie brauchte, und ihr Herz blieb hart.

Estella hatte sich viele Nächte in den Schlaf geweint, was Cruella nie tat. Cruella blieb ruhig und gelassen.

Cruella überlebte alles.

Cruella konnte aber auch herrisch sein und sie nerven. So wie heute Abend.

Estella versuchte, sich Cruellas Frage aus dem Kopf zu schlagen, aber sie wollte einfach nicht verschwinden. Estella war jetzt sechzehn. Sie ging zwar nicht zur Schule, aber sie hatte ihren natürlichen Intellekt und Instinkt, und sie hatte diese Bücher. Sie war gut darin, sich selbst zu unterrichten. Vielleicht bekam sie nicht immer alles mit, aber sie wusste, was sie wissen musste. Sie kam schon zurecht. Wer genial war – und das war sie zweifellos –, brauchte kein Stück Papier, um seinen Wert zu beweisen.

Sie konzentrierte sich wieder auf die Zeichnungen.

Ist das alles, was dich in Zukunft erwartet? Verkleidungen zu nähen? Kalte Spaghetti? Rostiges Wasser?

„Ich werde nicht ewig so leben müssen", sagte Estella laut und ganz ruhig. „Ich werde Modedesignerin. Eine berühmte!"

Das brachte Cruella einen Moment zum Schweigen. Estella wandte sich wieder den Büchern zu.

Ist das alles?

„Ist das alles?“, sagte Estella zu sich selbst. „Was erwartet mich wohl noch?“

Als Antwort stieg ihr wieder das Bild des Paars im Gras vor Augen. Aber nicht nur von den beiden, sondern von der ganzen Schülergruppe, die sich unterhalten und zusammen gelacht hatte. Sie waren Teil von etwas, das über sie selbst hinausging. Sie waren Freunde.

Ich bin auch Teil von etwas, überlegte Estella. Schließlich hatte sie Jasper und Horace und Wink und Buddy. Sie alle schnarchten um sie herum.

Soll das alles gewesen sein? Cruellas Stimme bedrängte sie weiter mit ihrer Fragerei. *Für immer?*

„Ich weiß es nicht“, sagte Estella laut. „Ich werde es später herausfinden.“

Vielleicht ist später jetzt.

„O wie tiefgründig“, antwortete sie mit einem sarkastischen Unterton, bis ihr klar wurde, dass sie mit sich selbst sprach – wohl weil sie niemanden sonst hatte, mit dem sie sprechen konnte.

Das sprach für Cruellas Argument. Die prompt in selbstgefälliges Schweigen verfiel.

Estella schlug die Bücher wütend zu und ging zum Fenster. Es zählte zu ihren Lieblingsplätzen im Unterschlupf, das den Krieg und die darauf folgenden Jahre der Vernachlässigung irgendwie überstanden hatte. So war London: So vieles war beschädigt, sei es durch die Zerstörungen des Krieges, durch das Wetter oder die größte und ständige Bedrohung – die Zeit. Und trotzdem war es noch da – Millionen schöner kleiner Stücke Geschichte. Alles hatte nur überlebt, um wiederentdeckt, verehrt und gefeiert zu werden. Wie Estella. Sie hatte überlebt und würde weiterhin überleben. Und die Welt würde sie entdecken und erkennen, dass sie begabt war.

Aber wie? Die Antwort war: mehr Arbeit. Sie würde Kleider entwerfen, und irgendwie würden diese Kleider sie dorthin bringen, wo sie sein wollte.

4

DAS UNSCHEINBARSTE MÄDCHEN VON GANZ LONDON

NUR WENIGE Menschen bemerkten das Mädchen im Teenageralter, das langsam und bedächtig durch die Stoffabteilung des Londoner Kaufhauses Liberty schlenderte. Es trug einen schlichten, knielangen grauen Faltenrock, eine zugeknöpfte Strickjacke im Matschton einer Pfütze und dicke feste Schuhe, die mit streitlustigem Quietschen den Boden peinigten. Unter dem Arm trug Estella ein dickes Buch mit dem Titel *Die Vogelwelt Großbritanniens.*

Ihr Outfit war natürlich Absicht. Estella hatte die Stoffe und Farben sorgfältig ausgewählt und ihre Kleidung so formlos geschnitten, dass sie völlig unauffällig war. Estella konnte Kleider entwerfen, die ihre Trägerin so strahlend wirken ließen, als drehte sie sich ganz von allein tänzerisch um die eigene Achse. Ebenso konnte sie Kleider entwerfen, die unsichtbar machten. Sie ging umher und war ungreifbar wie ein Geist, die Verkörperung des Unscheinbaren, keinerlei Aufmerksamkeit wert.

Es gab nur wenige Orte, die Estella so gefielen wie die Stoffabteilung von Liberty of London. Das Geschäft im Tudor-Stil war zu Recht weltberühmt. Seine Architektur erinnerte eher an einen Prunkbau als an ein Kaufhaus für Haushaltswaren, Kleidung und Schmuck.

Aber kein Geschäft hatte etwas so Einzigartiges zu bieten wie Liberty-Stoffe. Die Stoffabteilung von Liberty stellte seit Jahrzehnten einige der besten Textilien der Welt her. Estella kannte alle Muster – die klassischen wie die modernen – und die Jahr um Jahr an ihnen vorgenommenen, subtilen Veränderungen. Sie hatten die zartesten Blumenmotive, die man sich vorstellen konnte. Exquisite, raffinierte Jugendstildrucke.

Auch die Qualität des Materials war unvergleichlich. Die Samtstoffe waren dick wie Gras, die Seiden glänzten beinahe wie Spiegel. Die Baumwollstoffe waren so meisterhaft gewebt, dass sie zu gleichen Anteilen aus Fasern und Luft zu bestehen schienen.

Heute hatte Estella sich einen Nachmittag von den Jungs freigenommen, um sich zu vergnügen. Sie ging zwischen den Schätzen umher und betrachtete sie mit einem aufmerksam prüfenden Blick. Sie wollte etwas Neues, etwas Belebendes. Sobald sie es sah, würde sie wissen, dass es das Richtige war. Und auf einmal ...

Das war es: ein gelber Baumwollstoff von Tana Lawn, gepunktet mit einem Muster aus rosa und orangefarbenen Knospen. Estella spürte das Glücksgefühl, das sie jedes Mal überkam, wenn sie einen perfekten Stoff sah.

Jetzt begann ihre eigentliche Arbeit.

Während sie nach oben blickte, scheinbar in eine Tischtücher-Auslage vertieft, rieb Estella an ihrem linken Ärmel, als jucke sie etwas. In Wirklichkeit schob sie ein Schneidemesser vor, das an einem Gummiband darunter versteckt war. Sie führte es an ihrem Arm hinab, bis sie es in der Hand hatte. Dann zog sie ein paar Zentimeter des Stoffs von der Rolle und machte vorsichtig den ersten Schnitt. Sie hätte den Stoff aufritzen und ein Stück ungleichmäßig abreißen können, aber das brachte sie nicht übers Herz. Stoff von Liberty behandelte sie mit Respekt. Sie konnte vollkommen gerade schneiden. Selbst mit geschlossenen Augen gelangen Estella präzise Schnitte. Nach ihrem ersten Schnitt bückte sie sich und tat, als ob sie ihren Schuh zubände. Und dann ... schnitt sie noch mal.

Ein langes Stück Stoff fiel auf den Boden. Sie öffnete ihr großes Vogelbuch, das innen hohl war. Der Stoff wanderte hinein. Buch zu. Messer zurück in den Ärmel.

Das Ganze dauerte zehn Sekunden.

Gerade als sie mit dem nächsten Stück Stoff weitermachen wollte, hörte sie die Stimme eines Mädchens.

„Das hier, Richard! Das hier! Schau mal."

Estella blickte auf und sah in ihrer Nähe zwei Personen an den Stoffregalen. Das Mädchen trug ein Minikleid in einem so grellen Orange, dass Estella einen Moment die Augen abwenden musste. Ein riesiger brauner Sonnenhut hob sich von dem schicken dunkelblonden Bubikopf ab, der gerade kokett ihren Nacken streichelte. Um ihren Hals lag eine buttergelbe Federboa.

In jeder normalen Situation wäre sie die auffälligste Person im Raum gewesen, aber der Junge neben ihr stand ihr in nichts nach. Sein Haar hatte die gleiche Farbe und Länge wie ihres, und er trug einen tadellos geschnittenen violetten Anzug und eine breit gestreifte Krawatte in allen möglichen Farben.

Abgesehen von ihren Haaren und ihrer ähnlich auffälligen und gewagten Kleidung hatten beide große Augen, gewölbte Lippen und markante rechtwinklige Wangenknochen. Sie waren praktisch gleich groß.

„Meinst du?", fragte der als Richard Angesprochene.

„Für die unteren Etagen, ja. Aber die oberen sollten wir wie einen Regenbogen gestalten, meinst du nicht auch? Wie einen Regenbogen, der sich über den ganzen Raum spannt."

Estellas erster natürlicher Instinkt war der Blick auf die kleine Lucite-Handtasche, die locker am Arm des Mädchens baumelte. Sie legte sie mehrmals ab und entfernte sich ein Stück, in der festen Überzeugung, dass niemand sie bei Liberty stehlen würde. *Nein*, dachte Estella, *in Wirklichkeit macht sich dieses Mädchen nie Sorgen, dass ihr die Handtasche gestohlen werden kann.* So etwas passierte jemandem wie ihr nicht. Und falls doch, wäre es nicht schlimm. Sie bekäme eine neue, mit mehr Geld drin, warum sollte sie sich also Sorgen machen?

Es war Estellas Lieblingsmarke. Auch die Tasche selbst gefiel ihr. Sie war sehr schön, eine durchsichtige Schatulle mit einem roten Plastikring als Griff, aber Estella fand das Gespräch der beiden interessanter. Sie folgte ihnen unauffällig. Sie bewegten sich in diesem Geschäft wie auf einem Markt im East End. Einige der feinsten und teuersten Stoffe Londons zu erstehen, schien für sie keine größere Bedeutung zu haben, als Kartoffeln zu kaufen.

Besonders fiel Estella ihr Geschmack auf, der zugegebenermaßen gut war, wenn auch nicht so gut wie ihr eigener.

Hätten sie einen furchtbaren Geschmack gehabt, hätte

Estella sich das Täschchen genommen und wäre weitergezogen. Aber sie waren so nah dran. Der Chinakrepp hatte *fast* den richtigen Rosa-Ton. Der geblümte Samt passte beinahe perfekt zu dem gebürsteten Seidengarn.

Es war wie ein Juckreiz. Estella kämpfte mit sich selbst, sie war hin- und hergerissen zwischen der Handtasche des Mädchens und der Stoffsuche der beiden. Sie konnte in der Tasche ein dickes Portemonnaie sehen. Eine leichte Beute. Aber dann griff Richard nach einem orangefarbenen Pfauenfedermuster, und Estella konnte sich nicht mehr zurückhalten.

„Nein“, hörte sie sich selbst laut sagen. „Nein, den nicht!“

Das Duo drehte sich um, das Mädchen so schnell, dass ihre massiven Ohrringe klirrten und sie im Gesicht trafen.

„Was?“, fragte sie mit einer geradezu unmöglich vornehmen Stimme, die ebenso gelangweilt wie verärgert klang.

„Das Pfauenmuster passt nicht zu dem anderen, das du da in der Hand hast“, fuhr Estella fort. Sie näherte sich ihnen vorsichtig wie einem Paar scheuer exotischer Tiere und nahm Richard behutsam das Stoffmuster aus der Hand. „Ihr braucht so einen Lanthe-Druck hier ...“

Sie bedeutete den beiden, ihr zu einer Rolle mit einem leuchtenden, abstrakten Jugendstilmuster in grellen Rot-, Blau- und Goldtonen zu folgen. „Nehmt das hier für die

Möbel, für die Sofa- und Bodenkissen. Für die Fenster braucht ihr so etwas wie diese rosa Duchesse-Seide, die gefüttert werden kann, oder den pfingstroten Vintage-Samt da drüben.“

Sie folgten ihr schweigend und hörten ihr zu. Estella sprach über den schweren Luxus gebürsteter Seide, die katzenhafte Geschmeidigkeit von Samt, die gediegene Kraft von Leinen. Sie stellte sich dieses Zimmer vor, das sie nie gesehen hatte, wie das Licht durch das Gewebe der Vorhänge dringen, auf die weichen Sitzmöbel fallen und einen regelrechten Kokon aus Farben und Strukturen schaffen würde.

„Für diesen hier braucht ihr natürlich Quasten.“ Sie betrachtete ein abstraktes Muster aus verschlungenen Ranken. „Grüne Quasten. Daraus lässt sich etwas völlig Organisches machen, sodass es wirkt, als wäre der Stoff selbst ...“

„Wer bist du?“, unterbrach der Junge, der Richard hieß, sie schließlich.

Estella schreckte wie aus einem Traum auf. Sie hatte sich einen Moment lang vergessen. Den Faltenrock und die Kniestrümpfe. Das dicke Vogelbuch, das unter ihrem Arm klemmte. Die Brille.

„Estella“, antwortete sie.

„Nein, ich meine, *wer* bist du? Was machst du hier?“

Das war nicht leicht zu beantworten. Was sollte Estella sagen? Dass sie ein verkleidetes Mädchen war, das Stoffreste und Knöpfe stehlen wollte? Man *sagte* den Leuten nicht, dass man stehlen wollte. Das war Regel Nummer eins beim Stehlen.

„Ich bin hier, um Stoff zu stehlen", antwortete sie schlicht.

Warum habe ich das getan?

Estella war sich nicht sicher, ob sie es wusste. Eine Ahnung, etwas nicht Greifbares, hatte ihr verraten, dass es diesen Leuten gefallen würde, und sie wollte, dass diese bunten, kultivierten Menschen sie mochten.

Es entstand eine lange Pause, in der vieles hätte passieren können, zum Beispiel, dass die beiden völlig Fremden den Sicherheitsdienst des Kaufhauses riefen und Estella mit ihrem Buch voller gestohlener Gegenstände geschnappt würde und in den Knast käme.

Und das hatte sie absolut verdient, denn sie Idiotin hatte ihnen gerade gesagt, dass sie stehlen wollte.

Mit jedem Sekundenbruchteil, der verstrich, spürte Estella mehr Kälte und Unbehagen durch ihre Adern fließen. Ihr Drang, zu fliehen, wuchs. Der Drang, zwischen den gediegenen Kunden des großen Liberty die Treppe hinunter und hinaus auf Londons Straßen zu stürmen und sich nie wieder herzutrauen.

„Das ist nicht wahr“, sagte das Mädchen und lächelte.

Und Estella vergaß allen Schrecken und alles Bedauern über ihr Geständnis und verfiel erneut in einen seltsamen Automatismus, den nicht ihre Vernunft steuerte, sondern ein niederer Instinkt. Sie klappte das riesige Buch auf und zeigte das hohle Innere voller Knöpfe und Stoffe.

Ihr Herz klopfte, als wäre sie gerade über acht Kilometer gelaufen.

Was tat sie da nur?

Da lachten die beiden hell auf, klirrend wie die Kirchenglocken an einem Sonntagmorgen.

„Ich bin Magda“, sagte das Mädchen und deutete mit ihrer manikürten Hand auf den Jungen, der neben ihr stand. „Das ist Richard. Und du kommst mit uns in die Raupe.“

Tja. Das war eine verwirrende Wendung.

„Wohin?“, fragte Estella.

Aber die beiden gingen schon weiter und lachten vor sich hin. Sie waren zu den Aufzügen unterwegs.

„Wartet!“, rief Estella. „Der Stoff.“

„Wir können jederzeit Stoff besorgen“, antwortete Magda und sah sich über die Schulter zu ihr um. „Los, komm!“

Estella stand einen Moment lang in der Mitte der Stoffabteilung. Nach ihrem überraschenden Geständnis wollten diese zwei sie jetzt zu einer Raupe bringen? Arbeiteten sie als verdeckte Ermittler in Technicolor-Farben, die so taten, als wollten sie Stoffe bei Liberty kaufen? War *Raupe* das neue Wort für *Polizeiwache*?

Nein. Kein Polizist war angezogen wie sie. Sie waren seltene und feine Vögel, vielleicht aus der King's Road. Diese Leute kamen aus einer höheren Modewelt, als Estella sie je kennengelernt hatte. Leute wie sie existierten sonst nur in Zeitschriften.

Der Aufzug klingelte freundlich, als er in ihrem Stockwerk ankam.

„Kommst du mit?", rief Richard.

Estella rannte zu ihnen, ihre Schuhe protestierten auf Schritt und Tritt.

Draußen schien die Sonne auf den Asphalt und trieb Estella den Schweiß auf die Stirn. Sie riskierte einen Seitenblick auf Magda und Richard. Sie wirkten körperlich so kühl, wie sie gesellschaftlich cool waren. Offenbar schwitzten die Reichen nicht.

Vielleicht bezahlten sie andere Leute dafür, dass sie für sie schwitzten. Estella wischte sich verstohlen die Stirn und maßregelte sich selbst: *Nicht schwitzen, hör auf zu schwitzen, kein Schweiß mehr.*

Die beiden schlenderten mit großen selbstsicheren

Schritten über den Gehweg, und Estella folgte ihnen. Vor einem Jaguar Cabrio blieben sie stehen. Wie alles andere an den beiden hatte auch das Auto eine grelle Farbe – Pfefferminzgrün.

„Steig ein", forderte Richard sie auf, öffnete die Tür und klappte einen Sitz zurück, sodass Estella sich auf die enge Rückbank zwängen konnte.

„Was meinst du mit Raupe?", fragte sie und stieg nicht gerade anmutig ein.

„Das wirst du gleich sehen", antwortete Magda.

Bevor Estella weitere Fragen stellen konnte, trat Richard aufs Gaspedal und fädelte sich rasant in den Verkehr ein.

5

DIE RAUPE

RICHARD FUHR entweder sehr gut oder sehr schlecht – vielleicht auch beides. Wie auch immer, er fuhr schnell. In letzter Sekunde fuhr er über eine Kreuzung mit einer gerade noch so eben grünen Ampel. Er schnitt die Kurven so sehr, dass Estella auf der Rückbank hin- und herflog. Magda drehte die ganze Zeit am Radio herum, bis sie den für ihren Geschmack perfekten Song fand, den sie dann zehn Sekunden später wieder änderte. Der Wind, der durch das offene Fenster kam, ließ ihre Boa flattern und wehte Estella Staub ins Gesicht, was sie zum Niesen brachte.

Es war schrecklich aufregend und dauerte nicht lange. Das war der große Vorteil. Mit einem Auto konnte man genau dorthin fahren, wo man hinwollte. Man musste nicht den umständlichen Bus nehmen oder zur Haltestelle der Tube laufen. Die Stadt gehörte einem, man konnte man sich nach Belieben bewegen. Ein großartiges Gefühl.

Das Auto hielt abrupt an irgendeiner Straßenecke in Soho.

Magda lief den Bürgersteig entlang. Ihre Federboa flatterte wie das Gefieder eines sehr seltsamen Vogels hinter ihr her.

Und Estella verstand jetzt, was die Raupe war.

Sie hatten vor einem Laden in einer der bekannteren Einkaufsstraßen des Viertels geparkt. Die gesamte Fassade des Gebäudes war weiß – alle Ziegel, die Fenster und Eingangstreppen.

Ein Wandgemälde der Raupe aus *Alice im Wunderland* war auf die weiße Fassade gesprayt. Eine perfekte Nachbildung, bis zu den Grashalmen und der kleinen Alice, die über den Rand des wuchtigen Fliegenpilzes schaute, auf dem die Raupe saß. In einer geschwungenen, orangefarbenen Schrift stand auf dem Rücken der Kreatur *Die kosmische Raupe.*

Der Eingang war nicht zu erkennen, denn das Bild nahm die gesamte Wand ein. Magda jedoch schien zu wissen, wo er war. Sie drückte auf eine Stelle am Fuß des Fliegenpilzes, und die Tür öffnete sich.

Von innen war das Café sogar noch kunstvoller und unwirklicher gestaltet als von außen. Die Tische waren alle mit gefleckten Fliegenpilzen bemalt und reichten Estella gerade mal bis zu den Knien. Stühle gab es nicht. Stattdessen lagen überall Kissen auf dem Boden, der ebenfalls ganz weiß gestrichen war. Auf seine Oberfläche projizierte blaue Schatten ließen ihn wie einen Himmel mit sanft dahintreibenden Wolken aussehen. Als Estella zur Decke blickte, fiel ihr auf, dass sie mit grünem Kunstrasen beklebt war.

Magda und Richard ließen sich an einem Ecktisch auf Kissen fallen und winkten Estella, ihnen zu folgen. Estella versuchte, ihre bequeme Haltung zu spiegeln, nachzuahmen, wie sie ihre Körper einfach in den luxuriösen Kissen versinken ließen, aber sie hatte keine Wand zum Anlehnen.

Daher landete sie in einer seltsamen halben Hocke und versuchte, würdevoll auszusehen, während sie neben dem niedrigen Fliegenpilz kauerte. Die anderen Gäste musterten sie, betrachteten ihre klobige Kleidung und ihr überdimensionales Vogelbuch.

Sie gehörte nicht hierher. Das war die Botschaft. In ihrem Kostüm war sie uncool, und die anderen schienen sich zu wundern, warum Magda und Richard so jemanden mitgebracht hatten. All dies drückten ihre beiläufigen Blicke aus.

Die Gäste in diesem Lokal waren viel zu höflich, um sie anzustarren. Sie wandten sich ab, doch ihre abfällige Meinung kroch Estella die Wirbelsäule hinunter wie eine kleine Spinnenarmee.

Es war, als könnten sie allein durch ihre steife und starre Haltung ein Urteil über sie fällen. „Bitte sehr." Magda schob ihr die Speisekarte über den Tisch.

Estella ging nicht oft in Lokale, die Speisekarten hatten. Meistens aß sie mit Jasper und Horace zu Hause. Sie ernährten sich von auf dem Gasherd erwärmten Baked Beans und ungleichmäßig getoastetem Brot. Wenn sie etwas Besonderes wollten, holten sie in einem Imbiss um die Ecke Spiegeleier und Pommes. Sie kannte das meiste gar nicht, das auf dieser Karte stand.

Quiche Lorraine? Avocadohälfte?

„Wir nehmen das Übliche", sagte Richard zu der Kellnerin, die sich ihrem Fliegenpilz näherte.

„Für mich auch." Estella nickte und legte die Speisekarte weg. „Alles, was die beiden bestellt haben."

Die Kellnerin nickte, entfernte sich und verschwand durch einen Perlenvorhang in dem großen Pilz an der Wand.

„Also …", sagte Magda, „woher kommst du?"

„O!“ Estella überlegte und zauderte. „Ähm ... aus dem Norden.“

„Nach Norden hörst du dich aber nicht an“, erwiderte Richard.

„Ich habe schon mit zwölf hier gewohnt“, sagte Estella.

„Wegen der Schule?“ fragte Magda.

„Nee, mit der Schule hat es bei mir nicht so richtig geklappt“, sagte Estella.

„Bei uns auch nicht“, antwortete Magda. „Ich bin von Wycombe Abbey und Roede geflogen. Richard hat es gerade so geschafft, Winchester zu überstehen. Ich habe keine Ahnung, wie.“

Richard zuckte heftig mit den Schultern und meinte, so etwas könne man nie wissen – und man forsche am besten auch gar nicht weiter nach.

„Und was arbeitet ihr?“, fragte Estella.

„Arbeiten?“ Magdas mattrosa Lippen formten einen perfekten Kreis um das A, während sich ihre Augen weite ten. Sie und Richard fingen an zu lachen.

„Tja ...“, sagte Magda und lehnte sich zurück gegen die Kissen, als sie sich wieder im Griff hatte, „wir leben von dem, was uns unsere geliebten verstorbenen Eltern hinterlassen haben.“

Als Estella dies hörte, flackerte ein altbekanntes Gefühl in ihr auf.

Vielleicht hatte sie sich darum zu den beiden hingezogen gefühlt, und vielleicht beruhte das auf Gegenseitigkeit. Irgendwie erkannten Waisenkinder einander. Sie erkannten das hart erkämpfte Selbstvertrauen, die aus Not und Gewohnheit entstandene Fassade, weil niemand hinter ihnen stand und sie unterstützte.

Letztlich hatten auch sie, Jasper und Horace auf diese Weise zueinandergefunden.

„Eure Eltern sind tot?“, fragte Estella. „Das tut mir sehr leid. Meine Mum …“

„Das muss es nicht. Sie sind vor langer Zeit gestorben“, unterbrach Magda sie. „Ein Autounfall im Urlaub in Griechenland, als wir noch ziemlich klein waren. Wir erinnern uns kaum an sie.“

„O, das ist …“

„Vater hat sein Geld mit Süßigkeiten verdient“, redete Magda munter weiter. „Unsere Mutter war Griechin. Ihre Familie war im Baugewerbe oder etwas Schreckliches in der Art. Wir bekamen unser Taschengeld durch einen Treuhänder, und als wir Anfang des Jahres achtzehn geworden sind, haben wir das ganze Geld bekommen. Jetzt ist es unsere Aufgabe, es auszugeben. Und darin sind wir sehr, sehr gut.“

„Genau das hätten sie gewollt“, fügte Richard lächelnd hinzu.

Die Kellnerin servierte Tee in feinen Porzellantassen und beendete damit diesen Teil des Gesprächs. Was wahrscheinlich das Beste war. Estella verdrängte ihre Erinnerungen und Gefühle, die sie so plötzlich mit den beiden hatte teilen wollen, wieder tief in ihr Inneres an ihren angestammten Platz. Sie würde darüber hinweggehen, so wie Magda und Richard. Das war der einzige Weg. Nicht an ihre Mum denken, die neben ihr gesessen und ihr das Nähen beigebracht hatte. Nicht über die Nacht in Hellman Hall nachgrübeln oder an den kalten, grauenvollen Moment denken, als sie ihre Mutter hatte fallen sehen …

Tee. Kopf hoch. Trinken.

Estella griff nach der Tasse. Was auch immer sie enthielt, es war heiß und hatte eine teeähnliche Konsistenz, aber es war grün. Reflexartig zog sie ihre Hand zurück.

Magda lachte. „Hast du noch nie grünen Tee getrunken?“ Ihre Lippen kräuselten sich langsam zu einem Lächeln.

„Ich …“

„Er schmeckt wundervoll. Probier mal.“

Estella sah sich nach Milch und Zucker um, die immer zum Tee gehörten – vergeblich. Magda und Richard tranken ihren Tee ohne, also tat sie das Gleiche.

Sie hob die Tasse an ihre Lippen und probierte zaghaft einen Schluck.

Gar nicht so schlecht. Trinkbar, wenn auch etwas grasig. Die Tassen waren aus hauchzartem transparentem Porzellan und stammten nicht vom selben Service. Eine war geblümt, eine andere rosa mit Goldrand, eine war blau-weiß. Es hatte etwas, aus echtem Porzellan zu trinken. Der Tee schmeckte daraus besser.

Allerdings hätte Estella gern etwas Milch und Zucker gehabt.

Das Essen kam ebenfalls auf Porzellantellern, die nicht zusammenpassten.

Estella stellte immerhin fest, dass das Hauptgericht etwas mit Eiern zu tun hatte. Außerdem gab es irgendwelchen Salat, den sie normalerweise nicht aß. Sie wartete einen Moment in der Hoffnung, dass eine Flasche Ketchup auftauchen würde, aber die Raupe war wohl kein Ort, an dem es Ketchup gab.

Normalerweise stürzte sich Estella auf das Essen, sobald es vor ihr stand, als könnte es vom Tisch fliehen. Sie griff nach ihrer Gabel, bemerkte aber, dass Magda und Richard ihre Teller nicht einmal anschauten. Worauf warteten sie? Estella konnte die Eier riechen, und ihr Magen gluckerte vor Verlangen. Warum aßen sie nicht jetzt, so lange alles heiß und frisch war? Obwohl es ihr schwerfiel, ließ Estella das Essen vor sich abkühlen, ohne es zu probieren, und nippte an ihrem Tee, damit ihr Magen nicht mehr knurrte.

Magda und Richard schienen niemanden und nichts Bestimmtes anzuschauen, aber Estellas geübtes Auge sah, dass sie den Raum heimlich inspizierten, so ähnlich wie sie es mit den Theken bei Harrods machte.

Zwischendurch unterhielten sich Magda und Richard locker mit ein paar Leuten, die hereinkamen oder hinausgingen, allesamt ausgezeichnet gekleidet. Estella fiel auf, wie lässig die beiden waren, die manchmal nur ein kurzes Winken oder Lächeln andeuteten. Alle Dinge und Menschen schienen sich ganz einfach um sie zu drehen.

Estella spürte, dass etwas Wichtiges geschah, etwas, das sie verinnerlichen und sich zu eigen machen musste.

Die Leute hier kamen aus der Welt der Mode, und trendige Leute stürzten sich offenbar nicht auf ihr Essen. Angesagte Menschen ließen andere auf sich zukommen. Sie sprachen, wenn sie Lust dazu hatten, und sie schwiegen, wenn es ihnen passte. Sie lebten in dem Königreich, das Estella eines Tages mit ihren Entwürfen regieren wollte. Vielleicht konnte sie ihnen dorthin folgen und die Gepflogenheiten des Hofes von ihnen lernen.

Aber das bedeutete langes Stillsitzen und kein Essen.

„Also, vorhin sagtest du, ihr seid beide achtzehn geworden?“, sagte Estella schließlich, die das Bedürfnis hatte, das Gespräch wieder aufzunehmen. „Ihr seid …“

„Zwillinge.“ Richard nickte. „Sie ist zwei Minuten älter.“

Magda wackelte mit ihren perfekt gewölbten Augenbrauen. „Deshalb bin ich so weise.“

Richard prustete.

„Ich bin ein Teil der Szene hier, wie du siehst“, sagte Magda, als hätte Estella sie gebeten, ihre Situation zu erläutern. „Richard ist Schriftsteller. Er arbeitet an einem Roman.“

„Es ist kein Roman, sondern eine Reihe kurzer Skizzen, die lose miteinander zusammenhängen“, stellte er klar.

„Er hat noch nicht angefangen.“

„Noch nicht“, sagte er. „Ich sammle Material durch Leben und Beobachten.“

„Und du bist eine Diebin?“, fragte Magda und griff endlich nach ihrer Gabel. Erleichtert wartete Estella einen oder zwei Takte, bevor sie ihr eigene in die Hand nahm.

„Ich stehle“, korrigierte Estella sie.

Magda aß einen kleinen Bissen und kaute nachdenklich. „Was ist der Unterschied?“, fragte sie, nachdem sie hinuntergeschluckt hatte.

Für Estella war das völlig klar. Dieb war eine eindeutige Bezeichnung – die Summe dessen, was eine Person war. Zu stehlen, was anderen gehörte, war nicht die ganze Estella, sondern nur, was sie tat, um über die Runden zu kommen und ihre wahre Berufung zu finanzieren. Sie stahl Essen oder Geld, um Essen zu kaufen. Sie stahl Stoff, um Kleider zu fertigen. Und sicher, sie stahlen hier und da manchmal etwas, um ihren Unterschlupf ein bisschen zu verschönern, aber nur, um aus ihrer ausgebombten Höhle ein Zuhause zu machen.

Vögel wurden schließlich auch nicht als Diebe betrachtet, nur weil sie sich nahmen, was sie zum Nestbau brauchten, oder?

Estella stahl also, ja, aber sie war keine Diebin.

Für Estella war das alles ganz klar, aber sie wusste nicht, wie sie auch nur anfangen sollte, es Magda und Richard zu erklären. Wie sollte sie den Wert von Geld für Leute in Worte fassen, denen es noch nie an Geld gemangelt hatte? Wie sollte sie ihnen von dem Hunger erzählen, von dem sie nachts manchmal aufwachte und der so sehr schmerzte, dass sie zitterte? So wie Magda und Richard in ihrem Essen herumstocherten, sah Estella, dass sie keine Ahnung davon hatten und es auch nicht verstehen würden.

Plötzlich fühlte sie sich ein bisschen elend. Das war mit unter das Grausamste an der Armut: Sie fühlte sich klein und war sich beinahe selbst peinlich. Dafür gab es keinen Grund. Es war nicht ihre Schuld. Es bedeutete nicht, dass sie weniger wert war als andere. Aber da war es wieder, dieses schleichende Gefühl der Demütigung.

Zum Glück für Estella stellte Richard eine weitere Frage. „Warum Stoffstücke? Sie können nicht viel wert sein. Willst du sie ... verkaufen oder so?“ Nachdenklich trank er einen Schluck Tee. „Marktstände im Dunkel der Nacht? Schmuddelgeschäfte im East End mit Leuten mit aufregenden Namen? Tony The Hammer oder Razor Jim?“

Magda lachte. „Bist du ein Gangster?“, fragte sie. „O, das hoffe ich doch.“

„Nein“, sagte Estella. „Ich nehme den Stoff, um – etwas daraus zu machen. Ich designe Mode.“

Ungläubig fingen ihren beiden Begleiter an, laut zu lachen. Das Echo hallte durch den Raum und weckte die Aufmerksamkeit der trägen Gäste an den anderen Tischen.

Estella wurde flau in der Magengrube.

Sie lachen? Über dich? Unerträglich.

Verschwinde, Cruella.

Aber Cruella hatte nicht ganz unrecht. Es war unerträglich für Estella, vor einer Herausforderung zurückschrecken, besonders wenn es um Kleidung ging. Wenn dies ein Test war, würde sie ihn mit Bravour bestehen.

Sie würde diese unbeeindruckten Leute beeindrucken, um sie wissen zu lassen, dass sie eine Modegröße war, mit der man rechnen musste und die Respekt verdiente.

„Ich bin gleich wieder da", sagte sie und legte ihre Gabel vorsichtig auf den Tellerrand.

Magda und Richard sahen überrascht auf, als sie den Tisch und das Restaurant verließ.

Estella brauchte etwas Schnelles, etwas Verfügbares. Und sie brauchte es sofort. Suchend blickte sie die Straße hinauf und hinunter. An der Ecke verkaufte ein Mann an einem Stand Zeitungen.

Sie rannte zu ihm und kramte in ihrer Tasche nach irgendwelchen Geldstücken. „Fünf Mal den London Evening Standard." Sie klatschte ihm die Münzen in die Hand und nahm sich Zeitungen. „Oder was auch immer Sie haben. Es ist mir egal."

Anschließend suchte sie sich die nächstbeste der vielen Gassen in Soho. Diese hier war zu eng für Autos und daher für ihr Vorhaben geeignet.

Sie legte Zeitungspapier glatt auf den Boden. Für etwas Einfaches. Sie hatte schon mal Leute in Papierkleidern gesehen. Ein einfacher A-Linien-Schnitt.

Ein bisschen besser würde sie es hinkriegen.

Estella klappte *Die Vogelwelt Großbritanniens* auf und schaute ihre Materialien durch. Eine Form erschien in ihrem Kopf. Papier war recht einfach zu bearbeiten, schließlich machte sie damit ihre Schnittmuster. Dieses Mal würde sie das Muster einfach tragen.

Estella zückte ihr Messer – vielleicht war sie doch Razor Jim – und schlitzte die Zeitung auf. Mit einigen langen Schnitten definierte sie den Grundschnitt ihres Kleids. Dann setzte sie in Feinarbeit mit dem Messer die Markierungen und Abnäher und die Passzeichen zum Zusammennähen.

Während sie arbeitete, kam ein Junge auf einem Motorroller in die Gasse.

„Hey!", rief er. „Aus dem Weg! Ich will hier durch!"

„Jetzt geht das nicht", antwortete Estella, die Augen auf ihre Arbeit gerichtet.

„Du kannst nicht einfach ..."

„Mach einen Umweg."

Sie bedachte den Fahrer mit einer groben Geste. Er antwortete ähnlich vulgär und fuhr mit seinem Roller wieder aus der Gasse auf die Straße zurück.

Estella kramte in ihrem Buch und fand ein Stück blaues Band, das sie am Vormittag gestohlen hatte. Sie schnitt es in zwei Teile und verwendete es, um das Kleid an beiden Seiten zusammenzunähen.

Im schnellen Umziehen in dunklen und verlassenen Ecken Londons geübt, zog Estella geschickt ihre Strickjacke und den Rock aus und schob sich das zarte Papierkleid über den Kopf. Es machte ziemlich viel Lärm für ein Kleid, und es war nicht das bequemste Outfit, aber es passte gut.

Estella kannte ihre Maße. Sie passte einige Falten an und zog an den Schnüren an den Seiten.

Als Estella die kosmische Raupe wieder betrat, war sie eine ganz andere als zuvor. In ihre neue Kreation gekleidet, war sie selbstbewusst. Und als sich alle Blicke auf sie richteten, drückten sie etwas anderes aus.

Jetzt waren sie interessiert. Sie waren beeindruckt.

„Ich wusste es!“, sagte Magda, während Estella lässig zurück zu ihrem Fliegenpilztisch ging. Sie konnte sich das Lächeln nicht verkneifen.

„Sie ist eine Zauberin! Ich habe es dir gesagt, Richard. Du weißt ja, ich habe ein Gespür für so etwas.“

Estella sah, dass ihr Teller weg war. Sie hatte kaum etwas gegessen. Das war ein Tiefschlag, aber kein großer. Am meisten zählte das Kleid. Das Kleid hatte ihren Tag gerettet.

„Wie sollen wir sie nennen?“, fragte Magda ihren Bruder. „Essie? Stella?“

„Stellar, finde ich“, antwortete Richard.

„Stellar! Das klingt sehr gut.“

Die Kellnerin kam mit Schüsseln voller Eis zurück, die sie feierlich vor ihnen abstellte.

„Oooh, heute gibt es Honig-Ingwer-Eis“, trällerte Magda. „Meine Lieblingssorte.“

Estella hatte nicht gewusst, dass es überhaupt Ingwer-eis gab, aber Honig war köstlich, und wie konnte Eis nicht lecker sein? Diesmal wartete sie nicht. Sie nahm ihr Eisschälchen in die Hand und aß genüsslich, während Richard und Magda nur ein paar Löffelchen nahmen und den Rest schmelzen ließen.

Aus den Lautsprechern des Restaurants ertönte ein neues Lied, das Estella sofort erkannte: Es war *Everybody's Sun* von dieser Band mit dem lächerlichen Namen, das sie neulich im Hyde Park von den Schülern gehört hatte. Die nun vertrauten Worte umspülten sie wie ein warmes Bad:

Over the city, it's coming down
Day is done for Londontown
Rises up and wants its tea
Eggs and beans and hot coffee

It's everybody's sunrise
That's when the day starts
It's everybody's sunset
Just where the day parts
Everybody's sun
It belongs to everyone.

„Mir gefällt dieses Lied", sagte Estella.

„Stehst du auf Electric Teacup?", fragte Magda.

Estella schluckte. War das etwas Schlechtes? Wenn ja, dann war es zu spät. Sie hatte sich schon geoutet. Sie nickte.

„Du hast einen guten Geschmack. Sie sind bald total angesagt. Morgen Abend geben wir eine Party für sie, um ihr neues Album zu feiern. Du solltest kommen."

„Zu einer Party?" Estella musste lachen. „Für sie? Ich?"

Ihre völlige Uncoolness schwappte einen Moment lang über den Tisch. Sie schüttelte heftig den Kopf, um sich wieder zu fangen. „Vielleicht kann ich mir morgen etwas Zeit nehmen", sagte sie dann und versuchte, wieder langsam zu sprechen und lässig zu klingen.

„Hier." Magda riss ein Stück von Estellas Kleid ab und schrieb mit Bleistift eine Adresse darauf. „Es ist in der Oakley Street, ganz in der Nähe der King's Road."

„Wir müssen los", kündigte Richard an und unterdrückte ein Gähnen.

Magda griff nach ihrer Boa und warf sie sich wieder um den Hals. Dann standen sie und Richard auf und gingen direkt zur Tür.

Estella war schon mehrmals nach dem Essen einfach rausgerannt, aber darum ging es hier wohl nicht. Die Kellnerin kannte die beiden, und es gab offensichtlich kein Problem mit dem Geld. Sie war sich unsicher, ob sie gehen sollte. Sollte sie bezahlen?

Die Kellnerin sah Estella an, die Magda und Richard von hinten nachstarrte. „Sie kommen fast jeden Tag“, flüsterte sie ihr zu, als sie ihre Verwirrung bemerkte. „Wir schicken ihnen einmal im Monat eine Rechnung.“

Estella spürte, wie ihre Wangen leicht erröteten. „Richtig. Ja, natürlich. Ich weiß. Ich habe nur nach meinen ...“ Sie hatte nichts bei sich außer ihrem Buch und ihrem Kleiderbündel, auf das sie lahm zeigte. „Oh, ich habe sie. Ich danke Ihnen.“

Draußen wirkte das normale London seltsam. Der Himmel hatte wieder seine gewohnte Position. Die grauen Steine, der cremefarbene Anstrich und die schwarzen, schmiedeeisernen Geländer wirkten seltsam, wie Dekorationen nach den Farbexplosionen des Restaurants und ihrer Begleiter.

Richard saß bereits hinter dem Steuer seines Wagens. Magda ließ sich gerade auf dem Beifahrersitz nieder. „Die Party beginnt morgen um neun“, rief sie Estella durch das offene Fenster zu. „Aber vor zehn oder so wird niemand da sein. Zieh dir etwas Spektakuläres an. Zeig uns, was du kannst.“

Dann fuhr das Auto davon und ließ Estella vor der Raupe stehen, die sich darüber wunderte, was sie gerade erlebt hatte.

6

DER JUNGE IN DER KÜCHE

ALS ESTELLA nach Hause kam, hing Horace halb aus dem Fenster und Jasper balancierte auf einem Fuß und hielt eine Fernsehantenne nahe über den Boden, während er die andere Antenne mit dem hängenden Bein wegdrückte.

„Wie sieht es jetzt aus?“, fragte Jasper.

„Runter. Nein. Die andere. Nach unten. Nein. Hoch.“

„Welche?“ fragte Jasper.

„Die untere nach oben und die obere nach unten. O! Stel ist da.“

„Gott sei Dank“, ächzte Jasper, als er auf den Boden purzelte.

„Das Fußballspiel läuft. Du kümmerst dich um die Antenne. Horace hält in der ersten Halbzeit durch das Fenster nach dem Detektorwagen Ausschau und ich in der zweiten."

Das Trio hatte seinen Fernseher in einem Haus gefunden, in dem die Fenster viel zu häufig offen standen, und wie allgemein bekannt war, konnten Fernseher wegfliegen, wenn man das Fenster offen ließ.

Das Problem war natürlich, dass für den Betrieb eines Fernsehers eine Lizenz erforderlich war. Die BBC war in dieser Angelegenheit sehr streng. Sie ließ einen Detektorwagen herumfahren, der nach unerlaubten Signalen suchte. Jedes Mal, wenn der Fernseher lief, bestand daher das Risiko, dass sie aufflogen. Immer wenn jemand im Unterschlupf fernsehen wollte, musste einer von ihnen die Antenne ausrichten und versuchen, Empfang zu bekommen, und eine anderer Wache halten und schreien, sobald fremde Lieferwagen in der Nähe herumfuhren. Das war anstrengend, und der Empfang war schlecht, aber immerhin lief die Flimmerkiste.

„Ich kann nicht", antwortete Estella ein wenig atemlos und eilte zu ihrem Nähtisch.

„Warum nicht?", wollte Horace wissen.

„Hast du eine Zeitung an?", fragte Jasper erstaunt.

„Ja. Und ich muss dieses Kleid bis morgen fertig haben."

„Warum?“ fragte Jasper.

Estella hatte Horace und Jasper noch nie etwas verheimlicht. Sie hatte nie das Bedürfnis verspürt, etwas vor ihnen zu verbergen. Seltsamerweise hatte sie aber nicht wirklich Lust, ihnen von ihrem Nachmittag zu erzählen und von den Möglichkeiten, die sich für sie ergeben könnten, wenn sie den nächsten Schritt sehr, sehr geschickt anstellte. Aber eine andere Erklärung fiel ihr nicht ein. Sie musste es ihnen sagen.

„Ich gehe zu einer Party.“

„Eine Party?“, wiederholte Jasper, als er in die Hängematte kletterte. „Ich mag Partys. Wo gehen wir denn hin?“

„Äh ... nicht wir“, stellte Estella klar. „Ich. Ich bin eingeladen.“

„Eingeladen?“

„Wer schmeißt die Party denn?“, fragte Horace.

„Ein paar Leute, die ich kennengelernt habe.“ Estella bemühte sich, lässig und beiläufig zu klingen. „Bei Liberty.“

„Zielpersonen?“, fragte Horace.

„Keine Zielpersonen“, sagte Estella. „Leute.“

„Zielpersonen“, wiederholte Jasper.

„Nein.“ Estella schüttelte den Kopf. „Menschen. Nette Leute. Sie haben mich mitgenommen in die Raupe ...“

„Die was?“, fragte Jasper. „Stel, alles klar bei dir?“

„Das ist ein Café. Ich habe ein Omelett gegessen oder

so was. Und sie haben mich gefragt, ob ich zu einer Party kommen will. Da will ich hin, und ich brauche ein tolles Kleid, das ich dort trage, also ..." Estella verstummte und zeigte auf ihre Nähmaschine.

Die Jungen verdauten das einen Moment lang. Horace hantierte noch immer mit den Fernsehantennen. Jasper schaukelte in der Hängematte hin und her.

„Was ist ein Omelett?", fragte Horace schließlich.

„Und wir sind deine Gäste auf dieser Party", fügte Jasper hinzu. „Oder? Warum sollten wir diese netten Leute und ihre Brieftaschen nicht mal kennenlernen."

„Nein", sagte Estella und biss sich frustriert auf die Unterlippe. „Und jetzt – Ruhe. Ich muss mich konzentrieren."

Jasper und Horace schwiegen, aber beide beobachteten sie, während sie den Stoff mit der Schere zurechtschnitt. Das Geräusch, das winzige Klicken, mit dem die Schere die Fasern durchtrennte, hallte durch den Unterschlupf. Es war schwer, zu arbeiten, wenn sie ihr im Nacken saßen und sie anstarrten.

„Du willst ohne uns zu dieser Party?", fragte Horace.

Jasper und Horace sahen nicht wirklich sauer aus, eher verwandelte sich ihre Verwirrung langsam in Gekränktheit.

„Es ist etwas ... in schicken Klamotten", stammelte sie. „Deshalb brauche ich das Kleid."

Die Jungen entspannten sich sichtlich und sofort. „Warum hast du das nicht gleich gesagt?“, meinte Horace und beschäftigte sich erneut mit dem Fernseher und der Bedienung der Antennen.

Es stimmte ja. Es war sogar völlig richtig, wenn sie darüber nachdachte. Es ging um Kleidung, um Stoff, um Mode. Ja, es war eine Party für eine Band, eine bekannte Band – und ja, Jasper und Horace würden wahrscheinlich gern zu einer Party für eine berühmte Band gehen. Aber alles hatte mit den Kleidern und dem Stoff zu tun, die sie dort an den anderen sehen würde und damit, was für ein Outfit die Leute an ihr sehen würden. Es war also in Ordnung, sie nicht zu mitzunehmen. Gut.

Estella öffnete *Die Vogelwelt Großbritanniens* und nahm den Stoff heraus, den sie am Nachmittag bei Liberty gestohlen hatte. Sie untersuchte den Stoff, ertastete ihn unter ihren Fingern. Studierte das Muster, die Art, wie er sich bewegte. Aus dem Kopf zog sie Linien und behielt das Papierschnittmuster sorgfältig bei, während sie ihr neues größeres Muster darüberskizzierte. Buddy rollte sich auf ihren Füßen zusammen, während sie sorgfältig die letzten Details des Designs hinzufügte.

Nachdem ihr die Idee zu dem Kleid bei Liberty gekommen war, hatte sie vorgehabt, wochenlang daran zu arbeiten, aber nun brauchte sie es sofort.

Ihre Finger bewegten sich immer flinker, ihre ganze

Konzentration war auf die Aufgabe gerichtet, die sie bewältigen wollte.

Als es am Abend des folgenden Tags dunkel wurde, war Estella fertig.

Vorsichtig hob sie das Kleid vom Tisch und brachte es zum Anprobieren hinter den Wandschirm. Es passte hervorragend. Sie schaute an sich hinab auf die Blütenpracht, die sie geschaffen hatte. An ihren Armen liefen Ranken hinunter und endeten in rosa- und orangefarbenen Knospen an ihren Handgelenken. Als sie hinter dem Paravent hervortrat, bemerkten Jasper und Horace sie nicht, da sie abermals versuchten, die Antennen und den Detektorwagen zu überwachen.

Sie räusperte sich.

„Wow, großartig!“, sagte Jasper, als Estella sich im Kreis drehte.

„Du siehst aus wie – ein Mädchen“, fügte Horace hinzu.

Estella verstand.

„Also, wenn es gutes Essen gibt, bringst du uns etwas mit, ja?“ Horace zwinkerte ihr zu.

„Ja“, versprach sie. „Ja, natürlich. Klar.“

Sie bereitete sich vor, bürstete ihr Haar, steckte es

hoch, ließ es wieder hängen, nahm es wieder hoch und ließ es dann lang und glatt hängen.

Dann schminkte sie sich schnell und umrandete ihre Augen mit dunklem Kajal. Sie trat zurück, drehte sich von einer Seite zur anderen und betrachtete sich in ihrem zerbrochenen Spiegel. Das Kleid entsprach wirklich komplett ihren Vorstellungen. Es hatte etwas Fließendes und lag zugleich eng am Körper an, genau richtig. Es war mini, aber nicht übertrieben. Einen Minirock konnte jeder schneidern, aber sie hatte erreicht, dass der Saum ihres Kleids den Wind auffing und der Rock sich beim Tanzen wiegte. *Falls ich tanze.*

Als sie in den warmen Abend hinaustrat, regte sich ihr schlechtes Gewissen, weil sie gelogen hatte.

Estella sah zu dem Patchwork-Gebäude hoch, das ihr Zuhause war.

Patchwork-Haus, Patchwork-Kleid, Patchwork-Leben …

Nein.

Es ging darum, was sie konnte und dass die richtigen Leute ihre Arbeit sahen. Es ging darum, dass sie ihre Vorteile nutzte und das Beste aus einer Geschäftsgelegenheit machte, schlicht und einfach.

Und außerdem war nur sie eingeladen.

Die Oakley Street in Chelsea war nicht weit von Estella, Jasper und Horace entfernt – zwei Bushaltestellen oder eine ziemlich kurze Fahrt mit der Tube.

Aber sozial gesehen hätte sie genauso gut auf einem anderen Planeten sein können.

Marktstände oder Leute, die Schrott auf der Straße verkauften, gab es dort nicht. Falls etwas zerbombt worden war, war es zeitnah wiederaufgebaut worden. Viele der herrschaftlichen Häuser standen schon seit Hunderten von Jahren. Dichter, Wissenschaftler, Schriftsteller und Entdecker hatten sie bewohnt.

Das Gras war grüner, weil es Gras gab. Die Themse war nur einen Katzensprung entfernt. Dies war das London, das die Touristen sehen wollten, mit umherfahrenden schwarzen Taxis und leuchtend roten Telefonzellen. Es gab zwar auch in Estellas Gegend Telefonzellen, aber sie waren viel schmutziger und auf ihren Glasscheiben klebte schäbige Werbung.

Die Adresse, die sie bekommen hatte, lag in einer ruhigen Wohnstraße mit düsteren Häusern. Ihr war sofort klar, in welchem von ihnen die Party stattfand. Bunte Vorhänge verdunkelten das Innere, aber Estella konnte sehen, dass dahinter alle Lichter brannten.

Musik ließ das gesamte Gebäude leicht vibrieren.

Estella blieb einen Moment lang auf dem Gehweg vor

dem Haus stehen und dachte darüber nach, wegzulaufen. *Wie dumm*, schalt sie sich selbst. Estella lief vor nichts weg, außer manchmal vor einem Polizisten. Aber schon gar nicht vor schicken Häusern. Sie atmete tief ein. Sie war auf dem Weg, etwas zu entdecken, das sie wollte und nicht wirklich verstand. In diesem Haus gab es etwas, das sie brauchte.

Estella klopfte. Keine Antwort. Nur der Beat der Musik und das gedämpfte Geräusch von Stimmen waren von innen zu hören.

Sie versuchte es mit dem Knauf, und die Tür öffnete sich. Als sie eintrat, erschrak sie über die Weihrauchwolke, die ihr ins Gesicht wehte. Die Luft war davon ganz gelb. Ihre Augen tränten. Sie hustete einige Sekunden lang und ging dann weiter hinein.

Die Diele war schwach von einer Messinglampe beleuchtet, die von der Decke hing und durch farbiges Glas weich in Violett und Rot strahlte.

Es war klar, dass viele Leute im Haus waren, aber außer einem Mädchen in einer orangefarbenen Haremshose mit dazu passendem Top und einem auf die Wange gemalten Gänseblümchen war niemand zu sehen. Sie tanzte in der Mitte des Flurs einen Schlangentanz, die Augen genussvoll geschlossen.

Estella musste weiter ins Haus gehen, das war klar.

Als sie versuchte, an den Haremshosen vorbeizukommen, hörte das Mädchen plötzlich auf zu tanzen und sah sie an.

„Rotschopf!“, sagte sie, beugte sich vor und berührte Estellas leuchtend rotes Haar. „Hallo, Rotschopf, hallo. Hallo, Ginger.“

„Hallo“, erwiderte Estella.

„Hier ist eine Party, weißt du?“, sagte das Mädchen verschwörerisch.

„Ja. Deshalb bin ich hier.“

„Ich bin schon eine ganze Weile hier.“ Das Mädchen bewegte seine Arme wieder schlangenartig und starrte sie fasziniert an. „Vielleicht war ich schon immer hier.“

„Ich gehe jetzt rein“, erklärte Estella.

Aber das Mädchen war noch nicht fertig. Sie näherte sich Estella und flüsterte ihr ins Ohr: „Ich kann mit Blumen sprechen.“ Sie tippte auf das Gänseblümchen auf ihrer Wange.

„Das ist schön.“

„Sie sprechen auch mit mir“, fuhr das Mädchen fort, „aber nur manchmal. Meistens Hortensien. Aber neulich habe ich eine Pfingstrose getroffen, die mir ein Geheimnis verraten hat.“

Estella nickte und versuchte vorsichtig, an ihr vorbeizukommen.

„Die violetten sagen am meisten“, flüsterte das Mädchen ihr zu. „Die blauen lügen immer.“

„Das werde ich mir merken“, versprach Estella.

Das Mädchen schien zufrieden zu sein, nachdem es ihr dies mitgeteilt hatte. Sie wandte sich ab und krabbelte auf Händen und Knien die Treppe hoch.

Estella bahnte sich weiter ihren Weg ins Haus, durch immer dichtere Weihrauchwolken und schummeriges Licht.

Jetzt sah sie mehr Leute, in allen möglichen Outfits aus Samt und Seide und kleinen metallischen Minikleidern. Es war unmöglich zu sagen, wessen Haus es war. Es war einfach nur dunkel und voll und laut. Trauben von Menschen – alle sahen sehr cool aus – standen in Ecken oder lümmelten sich auf Kissen. Es war eine Sache, Kleider wie ihre im Schaufenster oder auf Werbeplakaten zu sehen. Etwas ganz anderes war es, die Sachen in dem Lebensumfeld zu sehen, für das sie entworfen worden waren. Dies waren Menschen, die Mode trugen.

Es war, als stiege Estella in eine Zeitschrift. Da war ein Ossie-Clark-Kleid, perfekt geschnitten und fließend wie Wasser. Dort ein Mary Quant, kurz und knackig. Estella registrierte alles, jedes Muster, jeden Schnitt. Und solches Make-up hatte Estella noch nie aus der Nähe gesehen – senfgelbe Lidschatten, glitzernden Gesichtsschmuck, verrückte Zeichnungen mit Gesichtskreide und Eyeliner.

Die Partybesucher trugen Federn um den Hals und silberne Bänder im Haar. Ihre Füße steckten in extravaganten Pantoffeln und Plateauschuhen. Es war ein Wunderland.

Schön und gut, was die anderen trugen. Aber Estella war nicht nur gekommen, um sich die Kleidung der anderen anzuschauen. Es kam auf ihr Kleid an. Ihr Kleid war ihr Reisepass in diese Welt. Die Reaktion war diskret, wie von solchen Leuten nicht anders zu erwarten. Aber sie sah, dass die anderen das Kleid – und sie – anerkennend beäugten. Sie sagten nichts und lächelten sie nicht an, machten ihr aber vorsichtig Platz und akzeptierten sie wortlos als eine der ihren.

Sie drängte sich weiter durch, in immer dunklere Zimmer. Dann kam sie in eines, in dem es fast stockdunkel war, so viele Schals hingen über den Lampen. Nach einigen Minuten des Durchschlängelns fand Estella endlich Richard und Magda, die auf einem Sofa herumhingen. Ein Typ schmiegte sich an Magda und spielte lässig mit den Strähnen ihrer kurzen Haare.

„Darrrrrling", Magda streckte elegant einen Arm aus. Ihre Hand hing schlaff wie ein schwerer Blumentopf an einem starken Stängel. Irgendwie schaffte sie es, dieses eine Wort scheinbar eine ganze Minute wirken zu lassen. Und mit diesem einen Wort drückte sie unendlich viel aus: ein Leben voller Vertrauen, Geborgenheit und Sicherheit.

Kurz gesagt, ein Leben voller Geld.

„Wow, dein Kleid!“, rief sie dann. „Hast du das auch genäht?“

Estella nickte.

„Setz dich!“

Unbeholfen stand sie am Rand der Gruppe und suchte nach einem Platz. Trotz Magdas Aufforderung, sich zu ihnen zu setzen, rutschte niemand aus der kleinen Gruppe für Estella zur Seite. Sie passte nicht mit ihnen auf das Sofa. Sie überlegte, sich auf die Armlehne zu setzen, aber ein Mädchen hatte seinen Ellenbogen daraufgestützt und schien nicht gewillt, sich zu bewegen. Es gab ein winziges bisschen Platz, vielleicht genug für eine halbe Person. Estella entschied sich, setzte sich auf die Kante und lehnte sich sanft zurück. Endlich zog das Mädchen seinen Ellenbogen weg, auch wenn sie dabei aussah, als falle es ihr schwer.

„Das ist Michael.“ Magda wies auf den Jungen, der weiter mit ihrem Haar spielte. Er schien völlig vertieft zu sein. Sie wandte sich zu ihm, legte ihre Hand sanft um sein Kinn und küsste ihn.

Estella winkte Michael zu, der zu sehr mit Magda beschäftigt zu sein schien, um ihren Gruß zu erwidern.

„Da war ein Mädchen im Flur. Sie sagte, sie könne mit Blumen sprechen, und ist dann die Treppe hochgekrabbelt“, erzählte Estella.

„Oh, das ist Gogo“, sagte Magda und lachte leise. „Sie ist im wahrsten Sinne des Wortes weggetreten, weißt du? Vielleicht etwas zu viel Sonne.“

Estella wusste es nicht, aber sie nickte. So zu tun als ob, zumindest eine Weile, war der einzige Weg, wie sie das hier schaffen konnte – lernen konnte, was sie wissen musste. Viel Nicken und viel behalten. Wie sie sich alle auf einen Ellenbogen stützten, die Füße lässig unter sich geklemmt. Die enge, beiläufige Art, sich aneinander anzulehnen.

Michael kaute an Magdas Haarspitzen, was Magda gar nicht zu bemerken schien.

„Es sieht alles ziemlich furchtbar aus“, meinte Magda und deutete auf den Raum und alle darin, „aber so schlimm nun auch wieder nicht.“

Zwanglos stellte sie die anderen vor. Sie hießen Penelope, Roger, Jane, Max, Felicity. Es war nicht sehr wichtig, wer wie hieß. Magda stellte alle mit einer Bewegung aus dem Handgelenk vor und setzte dann ihr Gespräch fort, dem Estella absolut nicht folgen konnte.

„Es wird eine Stelle bei Revolution frei“, sagte Magda. „Für Apple.“

„Ich habe den Verrückten neulich vor Mr. Fish gesehen“, erwiderte das Mädchen, das vielleicht Penelope hieß.

„Sie sind gerade in der Savile Row, weißt du.“

Estella versuchte, sich ihre Verwirrung nicht anmerken zu lassen. Ab und zu standen ein oder zwei Leute auf und tanzten. Die meisten unterhielten sich oder ließen lange coole Blicke durch den Raum wandern. Estella konnte zum Gespräch nichts beitragen, aber zusehen konnte sie.

Sie bemühte sich, zugleich desinteressiert und aufmerksam zu wirken, aber es fiel ihr schwer, sich auf ihren Gesichtsausdruck zu konzentrieren, denn der scharfe Weihrauchgeruch schien aus allen Richtungen zu kommen und kitzelte ihre Nase und ihren Rachen. Sie unterdrückte das Husten, aber ihre Kehle war unerträglich trocken. Sie blickte sich um und sah, dass einige Leute etwas zu trinken hatten. Woher hatten sie es? Wenn sie nichts zu trinken bekam, würde sie unverzeihlich zu röcheln und husten beginnen. Sie schniefte. Offenbar wurde ihre Nase jetzt auch aktiv, und das ging einfach nicht. Nicht vor so vielen Leuten.

„Entschuldigung", sagte sie und erhob sich so lässig, wie sie konnte. „Ich glaube, ich habe jemanden gesehen, den ich kenne."

Es war schwierig, den drohenden Niesanfall zurückzuhalten, aber sie schaffte es, während sie sich den Weg zurück bahnte und in jeden Raum spähte, bis sie etwas entdeckte, das wie die Küche aussah.

Sie ging hinein – und ihr Niesanfall brach aus.

So hatte sie noch nie niesen müssen. Es war eine explosive, sich wiederholende Attacke. Wie ein Maschinengewehr. Ihr Körper schien den Weihrauch so weit wie möglich aus ihren Nasengängen wegschleudern zu wollen. Estella blinzelte. Als es vorbei war, schwankte sie einen Moment lang.

Dann begann jemand zu klatschen.

Eine Stimme sagte: „Das war unglaublich. Mach das noch mal."

In dem schummrigen Raum war jemand. Sie erkannte einen Jungen, vielleicht in ihrem Alter. Im schwachen Licht, das durch das Küchenfenster fiel, sah sie die wohl am wenigsten bunt gekleidete Person im Haus. Er trug eine einfache braune Hose und ein cremefarbenes Hemd. Mit einem ebenfalls braunen Schal um den Hals hatte er sich wenigstens etwas gestylt. Schade, dass er so schlicht gekleidet war, denn auf den zweiten Blick fand Estella ihn recht gut aussehend. Sein Gesicht war fast herzförmig; von seinem spitzen Haaransatz aus wurde es bis zum Kinn immer schmaler. Sein staubblondes, grob geschnittenes Haar fiel ihm bis in den Nacken.

Er hielt sich am Griff eines Wasserkessels fest, als könnte er ihm weglaufen.

„Meinetwegen musst du nicht aufhören", fuhr er fort und stellte den Kessel auf den Herd. „Ich wünschte, ich hätte das aufgenommen. Ich könnte es bestimmt verwenden."

Estella konnte sein Lächeln nicht sehen, aber sie hörte es in seiner Stimme. Sie richtete sich auf und sah ein paar Gläser, die auf einem Tisch gestapelt waren. Sie nahm sich eins, ging zum Waschbecken, füllte es mit lauwarmem Wasser und trank gierig. Ein Rinnsal lief an ihrem Kinn hinunter.

„Durstig", bemerkte der Junge. „Du bist diese Luft nicht gewöhnt?"

„Der Weihrauch ist vielleicht zu viel."

„Er stinkt", formulierte er es deutlicher. „Den Leuten scheint er zu gefallen, aber ich hasse ihn."

Der Kessel pfiff. Er nahm ihn vom Herd und füllte seine Tasse.

„Möchtest du eine Tasse?", fragte er.

„Nein danke."

„Ich bin der Einzige, der hier heute Abend, Tee trinkt", sagte er. „Einer von uns muss das wahrscheinlich tun."

„Warum?", fragte Estella.

Der Junge blinzelte sie an, als wäre sie etwas langsam von Begriff. „Einer von uns", wiederholte er.

„Aber warum?"

„Es kommt in unserem Namen vor", erklärte er erstaunt. „Electric Teacup."

„Ach ja. Die Band. Natürlich. Sind sie schon da?"

„Nun, ich schon."

Estella brauchte einen Moment. Dann machte es klick. „O!", sagte sie peinlich berührt. „O, du bist in der ..."

„Ja, bin ich."

„Entschuldigung." Estella spürte, wie sie errötete. Sie hätte ihre Hausaufgaben machen und etwas über die Band in Erfahrung bringen sollen, bevor sie zu ihrer Party ging. Aber der Junge schien kein bisschen beleidigt zu sein. Er grinste Estella schief an. „Du musst dich nicht entschuldigen", sagte er und ließ den Teebeutel an der Schnur baumeln, bevor er ihn auf einen Teller legte. „Du musst nicht wissen, wie wir alle aussehen. Ich glaube, die anderen sind zu spät. Wenn Chris kommt, wirst du es merken, denn dann spielt der ganze Laden hier verrückt. Chris ist der Sänger. Du wirst schon sehen. Verrückt."

„Aber warum bist du allein hier?", fragte Estella. „Es ist doch eure Party. Für euch alle."

Der Junge schüttelte den Kopf. „Ich weiß nicht, wer hier wohnt. Man hat mir eine Adresse gegeben und gesagt, ich soll kommen. Also bin ich hier. Ich war eine Weile im Wohnzimmer und hab den Leuten beim Reden zugehört. Bloß habe ich keine Ahnung, wovon sie reden. Ich habe mich gelangweilt. Also bin ich hier reingegangen, um mir eine Tasse Tee zu machen."

Er rührte den Tee um. Dann stöberte er ein wenig herum, um Zucker und Milch zu finden. „Ich bin der Langweiler. Aber verlässlich." Er grinste und klopfte sich auf die Brust. „Ich bin wie die Kirchenglocken, Bow Bells."

„Du magst so etwas also nicht", sagte Estella.

„Ich finde es grauenhaft. Ich gehe gleich nach Hause, höre Musik und spiele auf meiner Gitarre. Aber sie haben gesagt, ich soll vorbeischauen und mein Gesicht zeigen. Da du dich hier am Waschbecken versteckst, gefällt es dir wohl auch nicht besonders. Wie bist du hier gelandet?"

„Ich bin eingeladen worden", sagte Estella schlicht. „Also bin ich gekommen. Ich werde nicht oft zu Partys eingeladen."

„Du Glückliche", sagte er. „Wie heißt du?"

„Estella."

„Ich bin Peter. Schön, dich kennenzulernen."

Plötzlich lärmte es in der Diele, und es ertönten Jubelschreie.

„Oje, oje", murmelte Peter. „Da sind die anderen. Auf jeden Fall Chris. Ich habe es dir ja gesagt. Alle spielen verrückt, wenn er auftaucht."

Das Getöse aus dem Flur näherte sich, viele laute Männerstimmen und eine Lache, die alle Fenster zum Wackeln bracht.

„Peter!", rief er. „Pe-ter!"

Peter seufzte und löste sich von der Küchenzeile. „Ich bin hier drin!“, rief er.

Jemand stellte sich in die Tür. Selbst im schwachen Licht des Flurs konnte Estella erkennen, dass er gut aussah. Er hatte hohe Wangenknochen und langes dunkles Haar. Das heisere Timbre in seiner Stimme erkannte sie aus dem Song *Everybody's Sun* wieder. Er war der Sänger. Das war klar.

Er schwang mit der Hüfte und schaute durch die Tür. „Was machst du hier?“, fragte er.

„Tee trinken“, sagte Peter. „Reden. Ich plane eine Mordserie, wenn du es unbedingt wissen willst.“

„Zeit, gesellig zu sein. Die Leute wollen dich kennenlernen. Hör auf, dich in den Schatten zu stellen. Los, komm.“

Plötzlich bemerkte Chris Estella. „O! Tut mir leid, Schätzchen. Aber wir brauchen ihn. Komm schon, Pete.“

„Ja“, antwortete Peter. „In einer Minute.“

„Hüte dich vor ihm“, sagte Chris zu Estella. „Der macht nur Ärger.“ Dann drehte er sich um und verschwand im Trubel der Party.

„Hätte ich die Morde nicht erwähnen sollen?“, spottete Peter besorgt. „Ich kann es auch nicht lassen. Wie auch immer, das war Chris. Er trägt enge Hosen, und zehn Mädels werden sich heute Abend in ihn verlieben. Aber er singt gut, also behalten wir ihn. Na ja, ich gehe jetzt besser da raus. Die Show muss weitergehen."

Bevor er ging, nahm Peter etwas von der Anrichte und gab es ihr. Es war das Album der Band.

„Hier, für dich", sagte er. „Mit den besten Empfehlungen vom Management. Viel Spaß damit."

Estella stand eine Weile in der leeren Küche und drückte das Album an ihre Brust.

7

EIN BISSCHEN SHOPPING

ALS ESTELLA zurückkehrte, schliefen beide Jungs schon lange – Horace in seinem Bett und Jasper in der Hängematte. Ihr Schnarchen ließ die heiße Luft vibrieren. Sie zog ihre Schuhe aus, schlich über den knarrenden Boden und blieb stehen, um Wink den Kopf zu kraulen. Dabei schaute sie sich um. Nach dem Überfluss und der Extravaganz, die sie gerade erlebt hatte, nahm sie den Unterschlupf mit anderen Augen wahr. Was sie sah, gefiel ihr nicht. Und was sie roch auch nicht. Ein Hauch von Schimmel, Bohnen und weiteren, noch weniger appetitlichen Gerüchen durchzog den Raum. Ein Gefühl tiefer Unzufriedenheit überkam sie, das sich noch verstärkte, während sie ihn leise mit ihren Schuhen in der Hand durchquerte. Als Estella ihre Ecke erreichte, sprang Buddy zur Begrüßung aufgeregt um sie herum. Er leckte an ihren Händen und Beinen und sprang auf ihr Bett und wieder herunter. Er war es nicht gewohnt, dass sie so spät noch allein ausging.

„Ist schon gut", flüsterte sie ihm zu und kraulte seine Ohren. „Ich war auf einer Party."

Buddy schnupperte heftig an ihrem Haar und nieste ihr dann ins Gesicht.

Sie legte das Album auf ihr Kopfkissen, zog vorsichtig ihr Kleid aus und hängte es zum Lüften ans Fenster. Nachdem sie ihr Gesicht mit kaltem, rostigem Wasser gewaschen hatte, kletterte sie ins Bett, wo sie sich hin- und herwälzte und die Decke wegstrampelte. Sie schaute aus dem großen runden Fenster und dachte über den Abend nach, als wäre sie aus einem aufregenden Traum erwacht.

Es war wirklich wie in einem Traum gewesen, von der merkwürdigen Gogo bis hin zu Estellas überraschender Begegnung mit Peter in der dunklen Küche. Kurz nachdem Electric Teacup zu spielen begonnen hatte, waren Magda und Richard gegangen und hatten sich mit einer weiteren Einladung von Estella verabschiedet, sie am nächsten Tag in der Raupe zu treffen.

„Trag doch bitte wieder eine deiner unglaublichen Kreationen", hatte Magda gesagt und Estella einen Abschiedskuss zugeworfen.

Estella versuchte, es sich bequem zu machen. *Die Betten in dem Haus, in dem die Party war, haben bestimmt schöne weiche Laken*, dachte sie. *Kühl, frisch, regelmäßig gewaschen und gebügelt.* Estellas Laken stammten von einem Marktstand. Sie waren kratzig und dünn, und sie rissen, sobald man sie schief ansah. Sie war durchaus in der Lage, ein Laken zu nähen, aber Künstler wie Estella schneiderten und nähten nicht ohne Grund. Laken waren nicht kreativ. Sie waren einfach nur Rechtecke.

Frustriert nahm Estella das Electric-Teacup-Album und sah sich die Hülle an. Auf dem Cover war ein Foto der vier Bandmitglieder. Sie posierten in einem Garten wie bei einer Teegesellschaft. Alles drehte sich um Chris. Er saß der Kamera am nächsten und hielt mit ausgestrecktem Arm eine Teetasse hoch, als wolle er sie seinen vielen Fans anbieten. Mit seinen Wangenknochen und dem dichten dunklen Haar sah er sehr gut aus, keine Frage. Aber Peter – der hatte etwas. Er stand hinter den anderen im Hintergrund, hielt seine Teetasse und lächelte sanft.

Sie drehte das Album um und las die Songtitel und Infos. Jedes Lied war von Peter Perceval. Musik und Text. Und als sie überflog, wer welche Instrumente spielte, fiel ihr auf, dass auch hier Peter die meiste Arbeit zu machen schien. Gitarre, Klavier, Orgel, Mellotron, Mundharmonika ...

„Warum bist du dann nicht der bekannteste?“, fragte Estella das Album laut, „schließlich machst du doch fast alles.“

Sie legte es auf ihren klapprigen Nachttisch und schaute zur Decke.

Trag doch bitte wieder eine deiner unglaublichen Kreationen.

Ihr Kleid war der Hingucker schlechthin. Natürlich hatte sie noch andere Outfits, aber keins erschien ihr passend. Wenn sie wollte, dass Magda, Richard und die anderen sie als Designerin ernstnahmen, sodass sie sich in dieser neuen Welt fest etablieren konnte, musste sie sich etwas einfallen lassen.

Sie schloss die Augen und versuchte, sich an alles zu erinnern, was sie an diesem Abend gesehen hatte – alle Materialien, alle Farben und Texturen.

Metallic, Samt, Seidenschals, Federn – so vieles war schon verwendet worden.

Hatte sie noch etwas anderes?

Was würde Peter gefallen?

Das war ein unerwarteter Gedanke. Warum interessierte sie, was Peter mochte? Er war nur ein Junge, der auf einer Party eine Tasse Tee getrunken hatte. Außerdem gab es keine Garantie, dass sie ihn je wiedersehen würde, schon gar nicht in der Raupe. Doch der Gedanke beantwortete ihre Frage ein wenig. Peter würde etwas Ungewöhnliches gefallen, etwas Schlaues. Sie hatten sich in einer Küche kennengelernt. Vielleicht könnte ihre Kreation irgendetwas mit Küche zu tun haben? Sie könnte aus Alltäglichem und Gewöhnlichem etwas Spektakuläres und Amüsantes machen.

Die Idee kam ihr ganz plötzlich, in dem Moment, als ihre Augenlider schwer wurden.

Noch bevor am nächsten Morgen jemand im Haus erwachte, war Estella schon in Geschäften unterwegs gewesen. In vier Geschäften, um genau zu sein.

Auf dem Tisch stand eine hohe Pyramide Heinz-Backbohnen. Von jeder Dose hatte sie das Etikett entfernt. Estella saß auf dem Boden neben ihrem Nähtisch und wühlte in einem ihrer vielen Kartons mit Stoffen und Stoffresten. Dutzende Etiketten mit der Ausschrift *Heinz Baked Beans* lagen auf dem Boden verstreut um sie herum.

„Was machst du denn da?“ Jasper schlurfte auf seinen großen nackten Füßen herbei.

„Ich habe euch ein paar Bohnen besorgt.“

„Du hast uns diese ganzen Bohnen besorgt? Warum?“

So. Endlich hatte sie gefunden, was sie suchte. „Das ist es!“, verkündete sie und hielt wie eine Trophäe zwei durchsichtige Regenjacken hoch, die sie ganz unten in einem der Kartons gefunden hatte.

„Was?"

Da Jasper keine Antwort bekam, gab er auf, ging davon und setzte den Kessel auf.

„Wie war deine Party?", fragte er einen Moment später.

„Was?" Estella riss die Verpackungen auf und breitete die Regenjacken auf dem Boden aus. „Ach so. Gut."

„Hattest du gute Arbeitsmöglichkeiten?"

„Was? Ja. Später."

Nun wachte auch Horace auf, rieb sich den Schlaf aus den Augen und starrte verwirrt auf die glänzende Pyramide aus Dosen ohne Etiketten auf dem Tisch.

„Was ist das denn?", fragte er.

„Estella hat ein paar Bohnen gekauft", antwortete Jasper.

„Woher weißt du, dass es Bohnen sind?"

„Sie hat die Etiketten abgemacht."

„Warum?", fragte Horace.

Jasper zuckte mit den Schultern.

„Wenn wir sie zu den anderen Dosen stellen, wie sollen wir dann wissen, in welchen Bohnen sind? Hey, Stel, wie sollen wir ..."

„Weil die Bohnen in den Dosen ohne Etiketten sind",

brummte Estella, die den Mund voller Stecknadeln hatte, während sie um die Dosen herumging und Linien zog.

„Was ist, wenn das Etikett von einer anderen Dose abfällt?"

„Ich arbeite", sagte sie entnervt.

Jasper und Horace tauschten wissende Blicke aus. Wenn Estella in diesem Ton mit ihnen redete, war es an der Zeit, sich leise zurückzuziehen.

Estella kramte herum, bis sie dicke, schwere Nadeln gefunden hatte, um das Plastik zu bearbeiten. Nach einer langen, heißen Stunde an der Nähmaschine, hob sie den Kopf. Ihre neue Kreation war fertig: ein durchsichtiges Kleid aus Plastik, mit vielen Taschen auf der Innenseite. In diesem Fall waren die Taschen nicht für Diebesgut, sondern für die Etiketten der Bohnendosen. Sie schob ein Etikett nach dem anderen hinein und vergewisserte sich, dass das Muster stimmte. Jasper und Horace sahen ihr völlig verdutzt zu. Schließlich verschwand Estella hinter ihrem Wandschirm und kam in ihrer neuen Kreation wieder hervor.

„Und?", fragte sie die beiden.

„Ein Kleid aus gebackenen Bohnen", stellte Horace lahm das Offensichtliche fest.

„Aber wie sieht es aus?"

„Wie Bohnen", antwortete er. „Keine Ahnung."

„Es ist Kunst“, erklärte sie. „Wie Andy Warhol und die Tomatensuppe.“

„Andy wer? Was für Suppe?“

„Worum geht’s?“, fragte Jasper von einem sicheren Ort am anderen Ende des Raums. „Willst du einen Gemüseladen überfallen oder so?“

„Es ist keine Masche. Es ist Mode.“

„Wenn du das sagst, Stel“, erwiderte Jasper. „Für mich sieht es nach ein paar Bohnendosen-Etiketten aus, aber du bist diejenige, die Ahnung hat. Du musst es wissen.“

„Du hast recht, ich weiß es“, erwiderte Estella.

Sie war verärgert. Selbst wenn sie alle Zeit der Welt hätte, würde sie es nie schaffen, Jasper und Horace zu erklären, was Mode war. Einmal hatte sie fast einen ganzen Nachmittag damit verbracht, sie davon zu überzeugen, man müsse zueinander passende Schuhe tragen, auch wenn beide schwarz waren. Und Horace hatte geantwortet. „Na ja … irgendwie … dieser hier ist braun, aber ich habe ihn schwarz poliert.“

Außerdem ließ Mode sich nicht erklären. Sobald man sie sah, erkannte man sie. Verstand sie. Es bedurfte keiner Erklärung, warum Madeleine Vionnets Schrägschnitt so gut ankam oder warum Elsa Schiaparellis Idee, einen Hummer auf ein Kleid zu setzen, genial gewesen war. Es war einfach so.

„Also, ich gehe aus", verkündete Estella.

„Und wohin jetzt?", fragte Jasper.

„An immer denselben Ort", sagte sie ausweichend.

„Na ja, irgendwann musst du uns erklären, was Sache ist. Du bist doch rechtzeitig zurück, damit wir heute einen Ausflug machen können, oder? Wir haben ein langes Wochenende mit einem Feiertag."

„Klar", sagte Estella, die kaum zuhörte und ihr Gesicht in dem rissigen, staubigen Spiegel betrachtete.

„Wann?"

„Ich weiß nicht – so gegen vier?"

Sie wollte nicht so abweisend sein, und sie war sicher, sie wussten das. Horace und Jasper gehörten so sehr zu ihrem Leben, dass Erklärungen nicht nötig waren. Außerdem war Estellas neues Projekt schwer zu erklären, denn die Jungs sahen alles nur unter dem Aspekt des unmittelbaren Gewinns. Geldbörsen. Uhren. Essen. Sie dachten nicht an immaterielle Ziele, an langfristige Pläne. Sie überließen Estella diese Art von taktischem Denken. Estella brachte sie voran, verbesserte ihre Lebensbedingungen, hielt nach dem nächsten Ziel Ausschau. Sie waren liebenswert, aber sie hatten keine Visionen. Wenn es nach ihnen ginge, würden sie für immer zu dritt in der Höhle bleiben. Und dieser Gedanke erstickte Estella, so sehr sie die beiden auch mochte.

Estella konzentrierte ihre Aufmerksamkeit wieder auf ihr Spiegelbild. Dieses Mal würde sie besser auf die Raupe vorbereitet sein. Sie verfeinerte ihr Make-up, indem sie ihre Erinnerungen vom Vorabend auffrischte. Estella hatte jede Menge Make-up, da sie sich bei jeder Gelegenheit bei Woolworth die Taschen damit vollpackte. Ein schneller Wisch mit Eyeliner durch die innere Lidfalte. Ein Mix aus Rosa und Weiß auf die Lippen. Weißer Lidschatten gemischt mit Babyblau. Ein kleines weißes Glanzlicht hoch oben auf die Wangenknochen. Als Estella zufrieden war, prüfte sie das Bohnenkleid noch einmal im Spiegel, winkte Jasper und Horace zu und ging wieder zu ihrem neuen Treffpunkt in Soho.

Estella kam fast eine halbe Stunde zu früh vor der Raupe an, wollte aber nicht gesehen werden. Sie wusste genug über die Modewelt, um zu wissen, dass Verspätung Pünktlichkeit war. Zu früh war einfach nur traurig. Früh kamen Verlierer.

Sie ging die Straße hinauf, um die Ecke und wieder zurück, was sie wiederholte, bis sie sicher war, mindestens fünfzehn Minuten zu spät zu sein. Dabei bemerkte sie: Das Plastikkleid war heiß. Sehr heiß. Der Schweiß rann ihr über den Rücken und die Beine. Das Gute daran: Dieses Kleid bekam keine Schweißflecke.

Als sie Magda und Richards Jaguar die Straße hinunterfahren sah, versteckte sie sich hinter einem Briefkasten und kam erst hervor, als eine Frau einen Brief einwerfen wollte und mit einem erschrockenen Aufschrei zurückwich, als sie dort ein Mädchen hocken sah, das als Bohnendose oder mehrere Bohnenkonserven verkleidet war. Estella sprang auf und ging auf die Raupe zu, als wäre nichts Ungewöhnliches geschehen. Sie war schließlich in Swinging London. Die Leute hockten zwangsläufig hinter Briefkästen und kamen von Zeit zu Zeit hervor.

Sie wartete lange genug, um sicher zu sein, dass Magda und Richard sich hingesetzt hatten und ihren Auftritt auch würdigen konnten. Sie fand sie an demselben Tisch wie vor zwei Tagen. Magda lächelte, als Estella hereinkam.

„Das ist ja der Knaller!“, rief Magda und betrachtete sie. „Ein absoluter Knaller!“ Sie stupste ihren Bruder an. „Richard, siehst du das?“

Richard sah es natürlich und nickte zerstreut. Vor ihm lag ein Gedichtband. Magda erhob sich von ihrem niedrigen Sitz und umrundete Estella einmal ganz. Sie betrachtete das Bohnenkleid von allen Seiten.

„Eine Wucht“, sagte sie wieder. „Ich liebe es.“

Estella erlaubte sich ein kleines unbeeindrucktes Lächeln, als überhäufte jeder sie ständig mit so einem Lob, und setzte sich dann zu den beiden. Diesmal gab sie sich Mühe, nicht die Wolken auf dem Boden oder das Gras an der Decke oder die Kleidung der anderen oder die Leute anzustarren. Gelangweilt auszusehen. Sie hob ihr Kinn, so wie Magda es tat. Herrschaftlich. Das war es.

Die Kellnerin trug an diesem Tag ein schlichtes und elegantes weißes Mini-Etuikleid mit kleinen Glöckchen am Saum. Sie bimmelten beim Gehen sanft gegen ihre Oberschenkel. Estella berechnete im Kopf die exakte Länge des Rocks. Fünf Zentimeter oberhalb des Knies. Gerader Schnitt.

„Das Gleiche?", fragte die Kellnerin.

„Das Gleiche", bestätigte Magda.

„Das Gleiche", wiederholte Richard.

Estella zögerte nur einen Moment. „Das Gleiche."

Die Kellnerin verschwand mit einem Klimpern durch den Perlenvorhang. Die Musik war leise und sanft und alle lehnten sich entspannt in ihre Kissen zurück.

„Und, wie hat es dir gestern Abend gefallen?" fragte Magda Estella.

„Gut. Sogar sehr gut."

„Es war doch nicht schlecht, oder? Nicht allzu furchtbar. Alle meinten, du bist der Knaller. Ein absoluter Knaller."

Estella fiel auf, dass Magda dieses Wort heute oft sagte.

Gestern hatte sie es noch nicht gesagt. Was bedeutete es, dass sie dieses Wort wiederholte? War Wiederholung gerade in Mode?

„Du hast dich eine ganz Weile mit Peter unterhalten", bemerkte Magda.

„Wir haben uns zufällig getroffen, als er sich gerade – Tee kochte", antwortete Estella ein wenig lahm, geschmeichelt und überrascht, dass es Magda aufgefallen war.

Magda lächelte wissend. „Er ist schon etwas Besonderes, nicht wahr? Weißt du, sie werden riesig sein, absolut große Klasse. Das sagen alle."

Die Tassen mit dem grünen Tee kamen, und dieses Mal war Estella nicht im Geringsten von der Farbe überrascht. Die grasige Flüssigkeit würde nie an ihren Tee zu Hause herankommen, war aber auch nicht schlecht. Sie konnte sich daran gewöhnen.

Richard wurde gesprächig, nachdem er seinen Gedichtband weggelegt hatte. „Ich arbeite an einer neuen Idee", erzählte er. „Ich habe mich etwas von James Joyce inspirieren lassen, aber auch viel über Burroughs nachgedacht, und will versuchen, ihre beiden zugrundeliegenden Entwicklungsprozesse zu einem zu kombinieren, falls ihr versteht, was ich meine." Er hatte die Angewohnheit, seine Worte in die Länge zu ziehen und ein wenig an seinem Kinn zu zupfen, als ob er einen Bart hätte. Aber er hatte keinen.

„Klingt fantastisch“, sagte Magda. Estella nickte zustimmend, obwohl sie keine Ahnung hatte, wovon er sprach.

Die Kellnerin brachte das gleiche Essen, das sie zwei Tage zuvor gehabt hatten. Magda und Richard stocherten auf ihren Tellern herum, während sie detailliert über alles und jeden vom Vorabend sprachen. Wer mit wem zusammen war, wer was angehabt hatte, wer nicht aufgetaucht war.

„Ich dachte, wir könnten heute ein wenig Kleidung kaufen“, schlug Magda vor, als das Geschirr abgeräumt wurde.

Das Plastikkleid quietschte auf dem Sitz. Von innen war es wie in einem Regenwald. Plastik konnte nicht atmen.

„O! Ich bin mir nicht sicher – ich hab noch etwas zu tun ...“, warf Estella ein.

Mit einer Handbewegung wischte Magda den Einwand weg. „Du hat bestimmt noch etwas Zeit. Wir gehen nur kurz shoppen. Du kennst dich so wunderbar mit Kleidern aus, ich würde so gern mit dir einkaufen. Willst du nicht, dass jeder dein fabelhaftes Kleid sieht?“

Das war genau, was Estella hören wollte. Sie wünschte sich nichts sehnlicher, als dass die Leute ihre Kleider sahen. *Ich muss noch nicht sofort nach Hause*, dachte sie sich. Sie konnten jederzeit einen Beutezug machen. Jasper und Horace konnten warten.

„Na klar“, stimmte sie darum mit einem Lächeln zu. „Wir gehen ein bisschen einkaufen.“

„Hier", sagte Richard und gab seiner Schwester die Autoschlüssel. „Ich gehe zu Fuß und schaue in der Galerie vorbei. Da gibt es ein tolles Gemälde, das ich kaufen möchte."

„Klasse", erwiderte Magda. „Komm schon, Stellar. Lass uns gehen."

Vorne im Wagen war es viel bequemer als auf dem Rücksitz. Magda schaltete das Radio ein. Ein Song ertönte, während sie sich in den Verkehr einfädelte und beinah einen Motorroller umgefahren hätte. Im Straßenverkehr schienen sich Bruder und Schwester sehr zu gleichen, wie in den meisten Dingen.

„Ich glaube, wir schauen uns einfach mal ein bisschen in der King's Road um", schlug Magda vor, als sie die Straße hinaufbrausten. „Oder in der Carnaby Street. Ja. Fangen wir dort an. Ich brauche nur ein paar Sachen."

Ein Fußgänger sprang aus dem Weg, als der Jaguar vorbeifuhr und beinahe eine ganze Reihe Außenspiegel abrasierte. Als sie in der Carnaby Street ankamen, quetschte statt parkte Magda den Wagen in eine viel zu kleine Lücke. Irgendwie gaben die Gesetze der Physik Magdas Willen nach, und das Auto passte hinein. Magda überprüfte ihren blassrosa Lippenstift, während sich Estella von der schrecklichen Fahrt erholte.

„Alles klar!“, zwitscherte Magda. „Einkaufen!“

Sie waren im pulsierenden Herzen des Einkaufs- und Modeviertels von Swinging London. Magda führte Estella die Straße hinunter und Estella beobachtete ihren Gang. Sie wippte nicht, sondern hob sich auf ihre Fußballen, und ihre langen eleganten Schritte strahlten Zuversicht und Selbstsicherheit aus.

„Also ...“, sagte Estella und beeilte sich, Schritt zu halten, „Richard schreibt einen Roman?“

„Das bezweifle ich.“ Magda lachte kurz auf.

„Aber hat er nicht gesagt, er arbeite an einem?“

„Ich habe keine Ahnung, wovon er redet, sondern lächle immer nur und nicke. Ich glaube, er weiß es auch nicht, aber ist ja auch egal, oder? Richard ist ziemlich intelligent, davon bin ich überzeugt. Wir haben viele geniale Köpfe in unserer Familie. Also, wir fangen hier an und arbeiten uns dann weiter nach da vorn vor ...“

Aus dem Augenwinkel sah Estella auf der anderen Straßenseite ein Gesicht, das ihr bekannt vorkam, aber sie konnte es nicht direkt zuordnen. Sie drehte sich um, um es besser zu sehen. Es war ein Typ, der ein Mädchen mit langen schwarzen Haaren umarmt hielt, das den winzigsten weißen Minirock trug, den Estella je gesehen hatte. Es war Michael, der am Abend zuvor so seltsam an Magdas Haaren herumgekaut hatte.

Auch Magda schaute hinüber und sah die beiden. „Ist das Michael da drüben?“, fragte sie.

Estella durchzuckte ein Gefühl heftiger Nervosität. Was sollte sie tun? Magda ablenken? Auf die andere Straßenseite laufen und ihm eine reinhauen? Sie hatte absolut keine Ahnung.

Doch da nickte Magda schon zur Begrüßung und lächelte. Als Antwort hob Michael eine Hand, ging weiter und beäugte die endlos langen Beine des Mädchens. Estella schaute zwischen den beiden hin und her. Sie konnte sich keinen Reim darauf machen.

Magda brach in Gelächter aus. „Du solltest dein Gesicht sehen“, prustete sie.

„Aber ... aber er ist doch dein Freund!“, stammelte Estella.

„Ich glaube schon, ja. Aber was ist denn mit dir los?“, fragte Magda ernsthaft verwirrt.

„Er ist *dein* Freund“, wiederholte Estella.

„Man darf nicht eifersüchtig oder besitzergreifend sein“, erwiderte Magda wie selbstverständlich. „Er kann tun, was er will, und ich auch. Wir sind ja nicht uralt. Niemand regt sich über so etwas auf.“

Sie sagte das so, dass Estella sich ziemlich dumm vorkam. So als hätte Magda ihr gerade erklärt, dass die Sonne tagsüber aufgeht.

„Ach so", sagte Estella und unterdrückte einen Hustenanfall. „Natürlich."

„Von welchem Stern kommst du denn? Du bist ja süß." Magda lächelte Estella herablassend an. „Du musst noch so viel lernen."

Wenn das jemand anders zu ihr gesagt hätte, hätte Estella vielleicht zugeschlagen, aber sie musste zugeben, dass Magda vielleicht recht hatte.

„Das Mädchen, mit dem Michael unterwegs war, heißt Angie Walker-Weatherford", fügte Magda im Weitergehen hinzu. „Sie ist steinreich, hat alle paar Minuten einen anderen und so. Sie ist so gewöhnlich. Sie trägt immer weiß. Das hält sie für ihr Markenzeichen, was lächerlich ist. Sie wäre erbärmlich, wenn sie nicht die Ormsby-Gores kennen würde. Und ich glaube, ihre Schwester ist eine Schulfreundin von Jane Asher."

Magda strich sich übers Haar. „Angie ist eine Kuh", sagte sie. „Aber wenn er seine Freizeit so verbringen will, ist das seine Sache. Und jetzt lass uns mal kurz im Granny vorbeischauen ..."

Estella gab ein zustimmendes Geräusch von sich und hoffte, damit wäre die Sache erledigt. Sie war sich nicht sicher, wie sie reagieren sollte, und unterdrückte ihren natürlichen Impuls, Magda zu sagen, wie armselig und grausam sie klang. Aber was wusste Estella schon von romantischen Beziehungen? Es war ja nicht so, als hätte sie jemals auch nur so etwas wie einen Freund gehabt. Oder irgendeine Art von engerer Freundschaft, um genau zu sein. Vielleicht zogen Mädchen einfach so übereinander her.

Estella schüttelte ihr Unbehagen ab und folgte Magda in Granny Takes a Trip, den berühmtesten und elitärsten Laden von ganz London. Wie in der Raupe waren alle Fenster übermalt. Die Schaufensterfront schmückte das Pop-Art-Cartoon-Wandbild einer Schauspielerin aus den 1930er-Jahren, die nur aus blondem Haar und Lippen bestand. Die meisten Geschäfte setzten alle Mittel ein, um Kunden anzulocken: Schilder, Schaufensterdekorationen und so weiter. Granny Takes a Trip schien nicht einmal als Laden erkannt werden zu wollen.

Um dieses Geschäft hatte Estella immer einen Bogen gemacht. Nicht aus Angst; sie konnten ihr ja nichts tun. Vielleicht aus Respekt. Schließlich betrat sie die meisten Läden, um zu stehlen. Dieser Laden war zu cool für so etwas, zu beeindruckend.

Von innen war er klein, dunkel und heiß. Die weinroten Wände und die dicken Vorhänge änderten nicht viel daran, ebenso wenig wie die Kleiderständer voller überdimensionaler Pelzmäntel, Samt und Kord, die den ganzen Raum ausfüllten. Die Musik dröhnte, aber sie kam nicht aus dem riesigen antiken Grammophon, das auf einem Tisch stand. Seltsame alte Dinge überall. Es war der Wahnsinn.

Estella war begeistert. Sie sog alles in sich auf und war fast benommen vor Glück. Grannys machte offensichtlich wirklich Kleidung aus den fabelhaften Liberty-Drucken. Nicht nur für Frauen. Auch für Männer gab es prächtige Jacken in den kühnsten Mustern. Im hinteren Teil stand ein Mann mit lockigem Haar und einer getönten runden Brille. Er lehnte lässig an einem Schrank und beriet Leute beim Anprobieren.

„Hallo, John", rief Magda.

Er nickte Magda zu, starrte aber Estella an.

„Woher hast du das?" Er schob sich die Brille auf die Nase und schaute sich ihr Kleid an.

„Ich habe es genäht", antwortete sie und hob ihr Kinn.

„Es ist von dir?"

„Das habe ich doch gerade gesagt."

Er schob seine Brille wieder nach oben und drehte sich zu Magda, als erwarte er eine Erklärung.

„Ich habe sie entdeckt", verkündete Magda, die eine Sammlung Schals in Augenschein nahm. „Ist sie nicht wundervoll?"

Jemand wie John wollte nicht zugeben, dass Estella

wundervoll war, aber sie sah ihm an, dass er es zumindest in Erwägung zog.

Sie verbrachten fast eine Stunde bei Grannys. Magda probierte Kleider an und drehte sich darin vor John und Estella, die meistens einer Meinung waren, welches sie kaufen sollte. Den flaschengrünen Rock, ja. Das schwarze Kleid mit Federbesatz war nicht ganz das Richtige. Über ein stahlblaues Kleid waren sie sich uneinig, aber Estella setzte sich durch. Magda kaufte noch zwei Boas und ein halbes Dutzend Schals, alles in einem atemlosen Kaufrausch, bei dem sie mehr ausgab, als viele Menschen in einer Woche verdienten.

Für Estella wäre es ein Leichtes gewesen, den Laden auszurauben. Es gab kein weiteres Personal, keine Verkäuferinnen. Der Laden war so dunkel und vollgestopft, dass sie sogar ohne ihre Sonderausrüstung ein ganzes Regal mit Kleidern hätte ausräumen können, ohne dass es jemand gemerkt hätte. Aber das würde sie bei Grannys nicht tun und auch niemals vor Magda. Es tat ihr fast körperlich weh, auf dem Weg hinaus nicht leise einen der schönen Schals zu klauen. Aber sie riss sich zusammen.

„John mochte dich!“, gurrte Magda, als sie blinzelnd zurück ins Sonnenlicht eintauchten. „Grannys ist eine absolute Offenbarung. Einmal habe ich Anita dort getroffen. Sie kauft alle ihre Minis bei Grannys.“

„Anita?“

„Keiths Freundin“, erklärte Magda und deutete ein Augenrollen an. „O, wir müssen dir wirklich etwas auf die Sprünge helfen. Grannys war ein guter Anfang. Komm. Wir müssen die ganzen Sachen nach Hause bringen.“

8

DIE MORESBY-PLUMS

DIE FAHRT zum Haus von Magda und Richard führte quer durch die Stadt, den ganzen Weg hinunter nach Chelsea am Fluss entlang. Estella war unterwegs mehrmals kurz davor, Gott um Gnade anzuflehen, als sie einen Bus aus der Spur drängten, drei rote Ampeln überfuhren und zweimal auf den Bürgersteig gerieten.

„Schönes Auto, aber die Lenkung ist schrecklich!“, brüllte Magda, um die Musik zu übertönen.

Die kleine Straße, in der Magda den Wagen endlich parkte – Gott sei Dank noch ganz –, war nicht irgendeine kleine Straße. Der Cheyne Walk lag direkt am Ufer und verlief an der Themse entlang. Es war eine Straße der High

Society, mit großen schmiedeeisernen Toren und efeuumrankten Mauern. Die Autos, die hier parkten, waren vor allem Jaguars und Aston Martins. Ein großer weißer Rolls-Royce war auch darunter.

Als die beiden aus dem Auto ausgestiegen waren, stieß Magda das Tor eines vierstöckigen Stadthauses auf, an dem vom Boden bis zum dritten Stock eine lila Glyzinie emporrankte.

„Das ist – euer Haus?"

„O jaaah", antwortete Magda. Sie sagte jaaaaah, nicht einfach nur ja. Es war ein langes, pflaumenweiches Wort, das aus ihrem Gaumen kam. Estella spürte dem Klang in ihrem eigenen Mund nach, um ihn zu imitieren. Jaaaaaah. Daran würde sie zu Hause arbeiten.

„Das Ganze?"

„Ja klar!", Magda lachte. „Es ist wirklich schön. Mick und Marianne wohnen gleich da drüben." Sie deutete ein Stück weiter. „Wir sehen sie ziemlich oft."

Sie betraten eine kühle dunkle Diele. Vor ihnen wand sich eine Wendeltreppe zu den oberen Etagen, mit einem Buntglasfenster auf dem Treppenabsatz und Gemälden, die fast jeden Zentimeter der Wand bedeckten. Eine große Standuhr dominierte die Ecke zwischen der Treppe und dem Flur, der in den hinteren Teil des Hauses führte. Eine wuchtige Konstruktion aus Marmor, Rosenholz, Spiegeln und Messing diente als eine Art Garderobe und Ablage für Hüte und Pakete. Magda stellte ihre Taschen dort ab und ging durch einige Türen auf der rechten Seite ins Wohnzimmer vor. In dem mit dunklen Paneelen verkleideten Raum standen sich zwei lange, niedrige, karminrote Sofas vor einem Couchtisch mit Marmorplatte gegenüber. Am Boden lagen Kissen.

„Bet-ty!“, rief Magda.

Eine etwa sechzigjährige Frau tauchte von irgendwoher aus dem Haus auf. Sie trug eine graue Haushälterinnen-Uniform und eine weiße Schürze.

„Ja, Miss Moresby-Plum?“

„Es ist so heiß draußen.“ Magda fächelte sich Luft zu. „Bringen Sie uns etwas Kühles? Ist Limonade da?“

„Natürlich, Miss.“

Estella versuchte, nicht zu glotzen. Magda und Richard hatten Bedienstete. In ihrem Haus. Oder zumindest eine Bedienstete, aber Personal überhaupt war bizarr und außergewöhnlich.

„Ich bin so müde“, sagte Magda und zog ihre kleinen goldenen Sandalen aus. „Ich liebe den Sommer, aber London ist furchtbar in dieser Hitze. Wir haben überlegt, wegzufahren, aber dieser Sommer hat so vielversprechend angefangen, dass wir einfach lächeln und ihn auskosten müssen, auch wenn er unerträglich ist.“

Betty kam mit einem Holztablett zurück, auf dem zwei Limonaden mit Eis standen. *Eis.* Estella, Horace und Jasper hatten einen Kühlschrank, den sie für einen Zehner aus einem Lastwagen gekauft hatten. Die Elektrizität im Unterschlupf funktionierte im besten Fall sporadisch, denn sie zapften sie von anderen Häusern ab. Daher war der Kühlschrank entweder nicht kühl genug oder brannte sogar vor Überhitzung.

Unaufgefordert hatte Betty ein paar Ingwerkekse mit Glasur und Spritzgebäck auf einen Teller gelegt. Estella überlegte sich insgeheim, wie sie sie einstecken könnte, ohne dass Magda es mitbekam.

„Ich möchte dir etwas zeigen", verkündete Magda.

Estella hatte gerade erst nach ihrem Getränk gegriffen. Sie setzte das Glas an, trank es halb aus und folgte Magda dann aus dem Zimmer. Magda stieg schon die Treppe hinauf. Sie knarrte, aber nicht so stark wie der Boden im Unterschlupf. Der Boden in ihrer Höhle schien regelmäßig zu kreischen: „Ich kann jeden Moment einbrechen und euch umbringen." Hier erinnerte das Knarren an ein beruhigendes Schnurren. Es war ein symphonischer Klang, der verkündete: „Willkommen zu Hause, willkommen, wir haben dich gern, willkommen zu Hause."

Überall hingen Porträts von Menschen, die in verschiedenen historischen Stilen gekleidet waren. Nacheinander schaute sich Estella die Kleidungsstücke aus dem 18. und dem 19. Jahrhundert an. Alle diese Leute trugen den gleichen Gesichtsausdruck, die gleichen scharfen Züge und blonden Haare wie Magda und Richard.

„Sind das Porträts deiner Verwandten?“, fragte Estella, während sie die Treppe hochgingen.

„Schätzchen, die Moresby-Plums reichen sehr weit zurück. Einer hat etwas für Elizabeth I. getan, und damit fing alles an. Mein Onkel ist der Schatzkanzler, glaube ich. Jedenfalls hat er mit Geld zu tun. Der gute Onkel Phillipp macht etwas furchtbar Wichtiges im Dienst der Königin. Mit Briefen oder Hunden oder vielleicht auch mit Schiffen. Dieses Haus ist schon seit Ewigkeiten Familienbesitz.“

Sie winkte den Gesichtern zu, die von der Wand starrten. „Als unsere Eltern starben, schickten uns unsere Verwandten weg – zur Schule. Wir wohnten eine Zeit lang bei unserem Onkel und für eine Weile in der Schweiz. Das Haus hier war die meiste Zeit geschlossen. Aber jetzt sind wir achtzehn, und es gehört uns. Es ist ein schönes Haus. Ein toller Ort für Partys. Aber zuerst müssen wir es dekorieren. Das haben wir uns für den Sommer vorgenommen. Es wird total cool. Mit vielen Plätzen zum Chillen. Ich habe etwas in einem Laden gesehen – stapelweise bunte Matratzen, mit diesen herrlichen Decken. Alle könnten auf dem Boden liegen und …“

Sie waren im vierten Stock angekommen.

„Wie du siehst, ist es sehr renovierungsbedürftig“, sagte Magda. „Mum und Dad haben sich furchtbar für Antiquitäten interessiert.“ Sie sprach in unbeschwertem Ton, aber als Estella sie anschaute, fiel ihr etwas Neues in Magdas Augen auf: ein Hauch von Traurigkeit. Obwohl sie auf den ersten Blick so verschieden waren, verband die beiden etwas miteinander, das nicht greifbar war: der Verlust. Vielleicht waren sie sich ähnlicher, als Estella dachte.

„Einige sind schön, andere sind grässlich“, redete Magda weiter, und die Verletzlichkeit, die Estella noch vor einem Moment gespürt hatte, war völlig verschwunden. „Ich habe sie alle hier oben hingestellt. Wir könnten vermutlich einige gebrauchen, aber ich habe keine Ahnung, womit ich anfangen soll …“

Sie öffnete eine Flügeltür zu einem langen Raum, der die gesamte Vorderseite des Hauses einnahm, bis hin zu den Fenstern zur Straße. Er war vollgepackt mit Gegenständen wie ein verrückter kleiner Laden. In der Mitte stand ein riesiger Tisch voller Kisten und Kartons. An der Kante war Porzellan ordentlich aufgereiht. Unter dem Tisch waren weitere Kisten, mehrere Büsten und eingerollte Teppiche. Ringsum Möbel – Sofas, Stühle, Klapptische, Pflanzenständer, Krüge, kleine Statuen, Lampen, Uhren. Es war gerade genug Platz, um zwischen den Sachen umherzugehen.

„Nun siehst du, was ich meine." Magda rollte mit den Augen. „Ein Albtraum. Keine Ahnung, was alles hier drin ist, aber bei manchen Sachen lohnt es sich bestimmt, sie zu behalten. Du hast so ein gutes Auge. Kannst du es dir mal ein wenig anschauen?"

Estella hatte nichts dagegen. Sie musste sich beherrschen, um nicht sofort aufzuspringen und die Kartons aufzureißen. Sie sah, dass einer mit antiken Spitzen und Samtstoffen gefüllt war. Ein anderer schien etwas Satin zu enthalten. Vielleicht waren auch Kleider dabei. Und wenn sie alte Kleider oder Pelze fand? Ihr Gehirn sprudelte über, und sie dachte an Mäntel von Charles Frederick Worth, an Kleider der Modedesignerin Madeleine Vionnet, Patou-Strickwaren und Chanel-Anzüge ...

„Na klar", sagte Estella und achtete darauf, ihre Stimme cool klingen zu lassen.

„Fantastisch. Ich lasse dich in Ruhe. Ich muss mal eben jemanden anrufen. Du kannst einfach ..." Magda winkte ab, weil alles selbsterklärend war.

„Ich lasse Betty dein Getränk hochbringen." Damit hüpfte sie die Treppe wieder hinunter. Estella schlängelte sich vorsichtig durch den schmalen Gang und spähte in die offenen Kisten. Es gab eine ganze Kiste mit Silbersachen. Bestecksets. Teeservices. Es wäre ein Leichtes, etwas davon einzustecken. Nicht bloß einstecken – sie könnte eine

Tasche füllen, sie aus dem Fenster in den Garten hinunterlassen und sie später abholen. Die Zwillinge wären ihr vielleicht sogar dankbar, einige der hässlichen Dinge losgeworden zu sein.

Nein, tadelte Estella sich selbst. Sie waren jetzt ihre Freunde. Sie hatten sich eigentlich gerade erst kennengelernt, aber sie hatten sie aufgenommen, sie ins Haus gelassen. Das war es doch, was Freundschaft ausmachte, oder?

Estella schüttelte den Kopf. Sie konnte später über all das nachdenken. Jetzt war es an der Zeit, zu kramen, all diese wundersamen Dinge zu erkunden, die sie fühlen und betasten konnte. Auf den ersten Blick fand sie keine Kartons mit Kleidung. Es gab zwar Stoffe, allerdings waren es Vorhänge, Tischdecken und Wandbehänge. Ihr fielen einige lange, prächtige Spitzenvorhänge auf, eindeutig handgefertigt. Wahrscheinlich edwardianisch. Daraus könnte sie die unglaublichsten Ärmel machen. Und wenn sie daraus einen Baldachin für ein Bett nähte? Das wäre unglaublich – das Licht würde hindurchscheinen.

Estella verlor das Zeitgefühl. Sie war so sehr mit sich selbst beschäftigt, dass ihr nicht auffiel, dass sie nicht mehr allein im Zimmer war, bis sie ein Räuspern vernahm. Sie schaute auf und dachte, Betty sei mit der Limonade gekommen.

Aber es war nicht Betty.

„Hallo“, grüßte eine männliche Stimme, die ihr irgendwie bekannt vorkam.

In der Tür stand Peter. Mit einem halbmondförmigen Lächeln lehnte er am Türrahmen. Wieder war er ziemlich langweilig gekleidet. Wieder trug er eine braune Hose, dieses Mal kombiniert mit einem geblümten Hemd, von dem ihm jemand mit durchschnittlichem Geschmack wahrscheinlich gesagt hatte, es wäre sehr *in*.

„O!“, sagte sie. „Ja.“ So antwortete man nicht auf ein „Hallo“, und es tat ihr sofort leid.

Er streckte neugierig den Kopf vor. „Bist du als Bohnendose verkleidet?“

Seinem Tonfall entnahm sie nicht, was er von ihrem Kleid hielt, aber das spielte keine Rolle. Selbstvertrauen. Sie musste Selbstvertrauen ausstrahlen.

„Nein“, antwortete sie.

„Nein?“

„Nein. Ich bin wie *viele* Bohnenkonserven angezogen.“

Daraufhin lächelte er über das ganze Gesicht, löste sich von der Tür, betrat das Zimmer und betrachtete die gestapelten Antiquitäten. „Hier oben sieht dieser Palast eher aus wie ein Trödelmarkt“, bemerkte er. „Wohnst du auch hier?“

„Ich?“, fragte sie. „Hier?“

Er lächelte. „Das war die Frage, ja.“

„Nein“, antwortete sie. „Nein. Ich bin – ich war noch nie hier. Ich helfe nur. Magda hat mich gebeten, diese Sachen durchzusehen.“

„Was sagt man dazu?“ Er hob eine Augenbraue. „Ich war auch noch nie hier. Magda hat mich angerufen und gesagt, sie hätte ein paar alte Instrumente, die ich mir vielleicht mal ansehen möchte. Und nun bin ich hier und du auch. Welch seltsame Welt.“

Estella fiel auf, dass sie die Vorhänge wie ein lebensrettendes Seil umklammerte. *Entspannen*, befahl sie sich, aber es funktionierte nicht. Ihr Griff wurde nur noch fester.

„Da drüben steht eine Art Instrument.“ Sie nickte in Richtung eines klavierähnlichen Gegenstands in der Ecke.

„Ach wirklich? Dann schauen wir doch mal, was wir hier haben ...“ Er schlenderte mit langen leichten Schritten zu dem Ding hinüber, zog die Decke weg, die es halb verdeckte, und enthüllte ein verziertes Instrument mit zwei Klaviaturen. „Alle Achtung.“

„Was ist das?“, fragte Estella.

„Ein Cembalo“, antwortete er und drückte ein paar Tasten. Ein schräger blecherner Ton erklang. „Ein kaputtes Cembalo“, ergänzte Peter. Er probierte weitere Tasten, die noch fürchterlicher klangen. Einige gaben überhaupt keinen Ton von sich.

„Vermutlich ist es nicht mehr zu reparieren", sagte er. „Schade. Ich hätte gern ein Cembalo gehabt. Siehst du sonst noch etwas?"

„Ich glaube, da drüben ist etwas mit Saiten." Estella deutete quer durch den Raum. Er ging in die Richtung, in die sie gezeigt hatte, und hob eine rechteckige Holzkiste auf, über der Saiten gespannt waren.

„Und was bist du?", murmelte er, drehte das Ding in seinen Händen und untersuchte es. „Du siehst aus wie eine Laute, bist dafür aber zu quadratisch. Außerdem hast du neun Saiten. Sehr merkwürdig. Mal sehen, wie du klingst."

Peter fuhr mit den Fingern über den Hals des Instruments und zupfte kurz an den Saiten. Estella gefiel der Klang, aber er schien mit dem Ergebnis nicht zufrieden zu sein. Er runzelte die Stirn, versuchte die Saiten zu stimmen und spielte noch einmal. Diesmal klang das Geklimper sauber und rund.

„Wie hast du das gemacht?", fragte Estella. „Ich dachte, du wusstest nicht, was das ist."

Er zuckte mit den Schultern. „Weiß ich auch nicht. Ich habe es nur ausprobiert. Viele Instrumente ähneln sich."

„Wie viele Instrumente spielst du denn?"

„Ich weiß es nicht", antwortete er und zupfte weiter.

„Wie kannst du nicht wissen, wie viele Instrumente du spielst?"

„Weil ich nicht wirklich darüber nachdenke“, erwiderte er. „Ich spiele sie einfach, wenn sie mir in die Hände geraten. Und ich scheine Musik aus ihnen herauszuholen. Ich war nie besonders gut darin, etwas anderes zu lernen, aber ich kann die meisten Instrumente spielen, wenn ich es versuche. So wie dieses.“ Vorsichtig ertastete er mit den Fingerspitzen eine kleine Melodie.

„Das ist wie bei mir mit dem Stoff“, sagte Estella. „Ich weiß einfach, was ich damit machen muss.“

Er hörte auf zu spielen und betrachtete sie lange.

„Glaubst du, es ist Zufall, dass du noch nie hier warst und ich auch nicht und wir beide am selben Tag eingeladen wurden?“, fragte er.

„Wahrscheinlich nicht“, erwiderte Estella.

Peter lächelte. „Nein. Sie haben sich ganz bestimmt etwas dabei gedacht.“

Estella fiel auf, dass sie den Atem fest und tief in ihrem Bauch anhielt, als könnte er wie eine Bombe explodieren, sobald sie die Spannung verringerte.

Peter spielte noch ein paar Töne auf dem seltsamen kleinen Kasteninstrument. *Pling, pling, pling.*

Und was jetzt? Sie hatte keine Ahnung. *Sag etwas. Irgendetwas. Lass den Moment einfach nur weitergehen.*

„Ich habe mir gestern Abend dein Album angeschaut“, brachte sie schließlich heraus.

„Nun, da hast du einen Fehler gemacht. Du solltest es dir anhören."

„Ich habe es mir angesehen", wiederholte sie, „die Rückseite. Die Namen der Songs. Dein Name steht hinter jedem von ihnen. Und dein Name steht auch bei vielen der Instrumente. Wenn du alles schreibst und alle Instrumente spielst, warum ist Chris dann der Berühmteste?"

„Weil ich nur der Gitarrist bin. Es kommt auf den Sänger an."

„Warum?"

„Weil er vorne steht."

„Das kommt mir unfair vor."

„Wer sagt, dass immer alles fair sein muss?"

„Willst du nicht auffallen?"

„Ich will, dass man mir zuhört", antwortete Peter. „Aber ich bin mir nicht sicher, ob ich auffallen will."

Das leuchtete Estella nicht ganz ein. Wenn sie die Möglichkeit hätte, würde sie immer auffallen wollen. Sie versuchte nur, nicht aufzufallen, wenn sie etwas aus Geschäften oder den Taschen Ahnungsloser klaute.

„In ein paar Wochen sind wir im Fernsehen", sagte er. „Dann fallen wir bestimmt auf."

„Wirklich! Was ziehst du denn an?"

„Anziehen?", wiederholte er, als wäre das ein Fremdwort.

„Keine Ahnung. Wir wohnen alle in einer Wohnung und haben jede Menge Sachen, die wir uns einfach nehmen. Außer Chris. Der hat seine eigenen. Ich hebe einfach auf, was neben mir auf dem Boden liegt, und ziehe es an. Wir haben alle ungefähr die gleiche Größe."

Estella bekam Lust, sich die Ohren zuzuhalten. „Nein, nein", sagte sie. „Das geht gar nicht. Du brauchst etwas Eigenes. Etwas ganz Besonderes."

„Was denn zum Beispiel?"

„Ich könnte … etwas für dich entwerfen. Etwas Unglaubliches. Du würdest richtig herausstechen. Die Leute werden nicht mehr aufhören können, dich anzuschauen."

„Ist das denn gut?"

„Natürlich."

Peter lehnte sich zurück und lächelte.

„Wie wäre es damit: Du nähst mir etwas zum Anziehen, und ich schreibe dir einen Song."

Estella wurde rot, dann nickte sie. Sie würde etwas designen, das zu einem Rockstar passte, und ihre Kreation würde zum Gesprächsthema aller werden, die es sahen. Ihr Design.

„Ich brauche Papier. Ich muss zeichnen", erklärte sie.

„Hier." Er öffnete seine Tasche und holte ein Notizbuch und einen Bleistift heraus. „Ich habe immer etwas dabei, um Songs zu schreiben."

„Stell dich mal so hin, als würdest du Gitarre spielen“, sagte sie.

„Ich soll posieren?“

Estella nickte. „Die Kleidung muss sich mit dir bewegen.“

Peter bewegte sich ein wenig, dann stellte er sich hin und neigte eine Hüfte leicht nach rechts. Er hob das seltsame kleine Kasteninstrument an und hielt es wie eine Gitarre.

„Das ist zu klein“, sagte er. „Normalerweise hätte ich eine Hand hier oben“ – er tat so, als ob er den Hals einer Gitarre hielte – „und die andere hier.“ Er wies mit dem Kinn in Richtung seiner Hüfte.

Estella umkreiste Peter, studierte seine Gestalt und seine Größe. Sie machte eine grobe Skizze und vergaß Peters Anwesenheit und ihre Reaktion darauf mit jedem Bleistiftstrich mehr. Sobald Estella anfing zu zeichnen, geriet sie meist in einen Zustand, in dem sie nichts mehr sah oder wahrnahm außer den Farben und Formen, die ihren Kopf füllten. Sie benötigte einige vorläufige Messungen, aber es war unwahrscheinlich, dass Magda und Richard etwas so Profanes und Praktisches wie ein Maßband hatten. Also kramte sie in den Kisten herum, bis sie eine dicke Kordel fand, die sie verwenden konnte.

„Entwirfst du ein Outfit oder ein Sofa?“, fragte Peter, immer noch in seiner Pose.

„Ich mache Markierungen darauf", erklärte sie. „Ich verwende es als Maßband." Sie hielt die Schnur an seinen Arm und nahm von der Schulter bis zum Handgelenk Maß. Seine Haut war warm. Sie hatte auch bei Jasper und Horace schon Maße abgenommen, aber so hatte sie sich dabei noch nie gefühlt. Sie spürte, wie Peters Puls in seiner Hand schlug.

„Bei mir wurde noch nie Maß genommen", sagte er und schaute zu ihr herunter. Sie konnte seinen Atem an einer Seite ihres Gesichts spüren.

„Dreh dich um." Ihre Stimme klang heiserer, als ihr lieb war. „Jetzt ist dein Rücken dran." Sie hielt die Kordel an die Enden seiner Schulter, dann vom Nacken bis zum unteren Rücken. Ihre Gedanken verschwammen, und sie musste sich immer wieder neu konzentrieren.

„Jetzt noch die Beine von der Außenseite." Estella beugte sich hinunter, um die Schnur von seiner Hüfte bis zum Knöchel zu spannen. Das Ganze dauerte nur ein oder zwei Minuten, aber es fühlte sich an, als wäre ein Tag, ein Monat, vielleicht sogar ein Jahr vergangen. Estellas Kleid aus Plastik quietschte, als sie sich wieder aufrichtete.

„Ich muss los", sagte er, nachdem sie beide einen Moment geschwiegen hatten. „Probe. Aber wir sehen uns bestimmt wieder."

„Wahrscheinlich", sagte sie.

„Meine Telefonnummer.“ Er riss ein Stück Papier aus seinem Notizbuch und notierte die Nummer. „Ruf mich an, wenn es Zeit für unseren Tauschhandel ist.“

Peter legte den Zettel in Estellas Handfläche. Sie schloss ihre Finger darum.

„Dieses Ding nehme ich mit, was auch immer es ist“, sagte er und klemmte sich das seltsame Kasteninstrument unter den Arm. „Sag mir Bescheid, wenn ich mein neues Outfit abholen kann.“ Er ging zur Tür und klopfte auf das neue Instrument.

„Ich mag Bohnen übrigens sehr gern“, sagte Peter mit einem Blick über seine Schulter, als er die Tür erreicht hatte. „Sie sind mein Lieblingsgericht.“

9

UNBEKANNTE GEFÜHLE

ALS ESTELLA die Treppe hinunterging, nachdem Peter weg war, spürte sie ein leichtes Surren im Kopf und blieb einen Moment stehen, um sich das Buntglasfenster auf dem Treppenabsatz im ersten Stock anzuschauen und sich zu sammeln. Magda lag im Wohnzimmer auf dem Teppich, blätterte in einer Zeitschrift und wartete auf Estella. Sie rollte sich auf die andere Seite, als Estella weiter die Treppe zu ihr hinunterkam.

„Und?“, fragte sie lächelnd. „Hat Peter etwas gefunden, das ihm gefiel?“

Estella setzte sich auf die Sofakante. „Das hast du mit Absicht gemacht“, sagte sie.

„Ja, natürlich. Ich war ein bisschen frech. Wie ist es denn gelaufen?“

Estella hatte keine Ahnung, wie es gelaufen war, und es war ihr bewusst, dass sie das auch ausstrahlte. Magda wälzte sich auf dem Boden hin und her und lachte ihr klirrendes spöttisches Lachen.

„Das ist nicht lustig“, sagte Estella.

Da hörte Magda auf herumzurollen und stützte sich auf einen angewinkelten Ellenbogen. „Es ist urkomisch. Auf der Party scheint ihr euch gut verstanden zu haben, und ich wollte die Sache ein wenig beschleunigen. Ihr zwei passt gut zusammen. Er mag dich.“

„Nein, tut er nicht.“ Estella rollte mit den Augen.

„Aber sicher! Als ich ihn anrief und sagte, dass du hier bist, hat er alles stehen- und liegenlassen und ist sofort vorbeigekommen. Genau das brauchst du diesen Sommer, einen netten Popstar am Arm. Die sind der letzte Schrei. Was auch immer du gerade für einen Freund hast, lass ihn sitzen und nimm den hier.“

„Ich ... Ich habe keinen ... Ich habe ... nie ...“

Magda erstarrte, ihre Augen weiteten sich vor Neugier. „Was hast du nie?“

Vor Verlegenheit bekam Estella heiße Wangen. Am liebsten hätte sie sich in Luft aufgelöst.

„Hattest du noch *nie* einen Freund?“ Magdas Lippen

verzogen sich zu einem kleinen Lächeln. „Können Diebe nicht mit jemandem gehen?“

„Es ist einfach noch nie dazu gekommen“, erklärte Estella. „Und ich bin keine Diebin, schon vergessen? Ich bin eine Designerin, die stiehlt.“

„Na, das ist doch perfekt!“, sagte Magda. „Ihr seid beide Künstler, und ihr solltet etwas Spaß miteinander haben.“ Sie klatschte vor Freude in die Hände. „Ach, ihr seid mein allerbestes Projekt ever.“

Estella wusste nicht, was sie sagen sollte. So hatte noch nie jemand mit ihr gesprochen.

„Alles in Ordnung“, sagte Magda jetzt sanfter. „Ich bin an deiner Seite. Das machen Freundinnen so, weißt du? Und für mich ist es eine willkommene Herausforderung.“

Freundinnen? Waren sie das? Richtige echte Freundinnen? Und ein fester Freund? All das – all das Leben, das sie sich gestern noch nicht einmal hätte vorstellen können, präsentierte sich ihr jetzt wie ein großes sonderbares Festmahl. Mit Leuten befreundet sein, die in Häusern wie diesem wohnten? Kleider entwerfen und mit Popstars ausgehen?

Das Bild des Paares, das sich auf der Wiese im Park in den Armen gelegen hatte, kam ihr wieder in den Sinn. Vielleicht könnte sie das auch haben.

Vielleicht könnte sie all das haben.

„Du musst jeden Tag vorbeikommen", sagte Magda. „Es wird ein lustiger Sommer. Du wirst schon sehen."

Alle möglichen zarten und ungewohnten Gefühle sprudelten in Estella, als sie später am Nachmittag zur Bushaltestelle ging. Es kam ihr vor, als sähe sie London zum allerersten Mal. Wie hatte sie nie bemerken können, wie wunderbar die Stadt offensichtlich war? All diese guten Gerüche – Fish and Chips, das Bier aus den Pubs, das süße Gras im Park und die blühenden Bäume. Alle machten freundliche Gesichter, und sie empfand Wärme für jeden, an dem sie vorbeiging. Sie wollte all das. Sie wollte es aufsaugen, und es sollte nie mehr aufhören.

Magda. Eine Freundin.

Je mehr sie darüber nachdachte, desto klarer wurde Estella, dass sie nie Freunde gehabt hatte. In der Schule war ein Mädchen nett zu ihr gewesen. Und als sie nach London kam, hatte sie Jasper und Horace gefunden, die aber etwas mehr als Freunde waren, eher eine Familie, wenn auch eine seltsame.

Und dann war da noch Peter. Ihr Freund? Allein wenn sie an seinen Namen dachte, musste sie lachen. Peter mit seinem herzförmigen Gesicht. Sie würde ihm helfen, das zu werden, zu dem er bestimmt war. Sie konnte es jetzt schon vor sich sehen, die Kleidung, ein Haarschnitt. Sie könnte ihm geben, was er brauchte, um all das zu werden, was er eindeutig schon war – und noch mehr. Ein Star.

Und wenn sie für Peter designte, würde es Estella im Gegenzug helfen, auf ihre Weise anerkannt zu werden, unter der Art Menschen, die sie mochte. Zwei Träumer, zwei Künstler, die berühmt werden, weil sie beide ihr Handwerk beherrschen. Getrieben von Leidenschaft. Das alles schwebte ihr vor.

Es ist nicht echt, flüsterte Cruella. *Das kann nicht sein. Freunde, Romantik – so etwas passiert nur den anderen. Dir nicht.*

Estella verstand, warum Cruella misstrauisch war. Was wollten Freunde von einem? Wie Horace immer hinterfragte: Was war das Ziel? Das Leben, das sie führten, brachte sie nicht gerade dazu, Menschen zu vertrauen. Und Cruella war definitiv nicht verknallt. Aber an diesem Abend wollte Estella Estella sein, und zwar nur Estella.

„Danke, dass du gekommen bist", antwortete sie, „aber du kannst jetzt gehen."

Hör auf mich. Du glaubst, du kannst das haben? Du lebst in einem Versteck. Du hast gar nichts.

„Du kannst jetzt gehen", wiederholte Estella.

Er wird herausfinden, was du wirklich bist. Und dann? Wie soll es dann mit dir weitergehen?

„Auf Wiedersehen, Cruella“, sagte Estella.

„Ich muss heute auf Tour gehen“, sagte Estella am nächsten Morgen, als die Jungs aufgewacht waren und zum Frühstücken in die Küche kamen. „Ich brauche Stoff. Einer von euch muss für mich Wache schieben.“

Nachdem sie Abend zuvor in den Unterschlupf zurückgekehrt war, blieb Estella fast bis zum Morgengrauen wach. Sie war zu aufgedreht, um zu schlafen. Stattdessen hatte sie die Details für Peters neues Outfit ausgearbeitet. Sie war jedes ihrer geliehenen Bücher über Hofkleidung durchgegangen und hatte sich dann dem Buch aus dem 18. Jahrhundert gewidmet, das ihr am besten gefiel. Sie würde mit etwas beginnen, das ein französischer Höfling getragen haben könnte, um bei Marie Antoinette vorzusprechen. Zuerst würde sie ein Jackett schneidern, das gerade bis über die Hüfte reichte, mit langen, umgeschlagenen Manschetten und Stehkragen. Anfangs hatte sie überlegt, das Ganze zu besticken, aber dafür bräuchte sie den ganzen Sommer. Vielleicht reichte auf den Manschetten von Peters Jacke etwas oberflächliche Wollstickerei, diese alte

Sticktechnik, die oft auf Wandteppichen verwendet worden war. *Wie merkwürdig*, dachte sie sich, *sticken, Stiche, stechen – sogar Schneidern hat etwas Grausames.*

Schließlich beschloss sie, aus kleinen Stoffstücken ein kunstvolles Muster zusammenzunähen, wie bei ihrem Kleid. Ströme aus brauner Seide würden aus einer Teekanne auf dem oberen Rücken über den rechten Arm fließen. Auf den unteren Rücken käme eine Teetasse. Sie würde orangefarbene, blaue und gelbe Seide verwenden, um die Blitze zu nähen, die aus ihr herauskämen. Estella würde die elektrische Teetasse auf der Jacke zum Leben erwecken. Sie könnte auch eine passende Hose nähen und das Thema der Blitze fortsetzen. Auch ein Hemd wollte sie nähen. Viele der Jungs in der Carnaby Street trugen Hemden mit kunstvoll gewellten Stoffteilen auf der Vorderseite. Sie würde Peters Hemd aus von Hand mit Goldfäden verzierter Spitze machen. Es würde fantastisch aussehen. Einzigartig, außer ihm hätte niemand etwas Vergleichbares. Aber zuerst brauchte sie das Grundmaterial. Etwas von außergewöhnlicher Qualität, und zwar jede Menge davon. Was natürlich hieß: Sie musste noch einmal zu Liberty.

Jasper nahm eine der etikettenlosen Bohnendosen vom Stapel, öffnete sie und schüttete den Inhalt in einen Kochtopf.

„Wie machen wir es?“, fragte er.

Estella ging zu dem Regal mit den Verkleidungen, zog ihre Stirn kraus und begutachtete sie. „Ich denke, es müssen Edna und Fred sein“, schlug sie vor.

Jasper pfiff durch die Zähne. „Wir schießen also mit großen Kanonen. Gut. Ich fange ein paar Mäuse, sobald ich gegessen habe.“

Edna und Fred kamen nur in besonderen Fällen zum Einsatz, wenn Estellas versteckte Taschen und doppelte Futter und Böden nicht ausreichen. Das Resultat war ein konventionelles, biederes Paar, dessen Erfolg zweierlei Gründe hatte: Riesenunterhosen und Mäuse. Die Riesenunterhosen waren keine altmodischen Schlüpfer, sondern wie bei einem Bloomer-Kostüm sehr weit geschnittene Frauenoberhosen, an den Knöcheln mit einem engen Gummizug zusammengerafft. Um sie wirksam zu verdecken, zog man darüber größere Kleidung. Bei richtigem Einsatz ließen sich damit erstaunliche Diebeszüge vollbringen. Estella hatte so mehrere Mäntel gestohlen, einen Wasserkocher, eine Menge Lebensmittel und sogar ein paar kleine Teppiche. Einmal hatte sie sogar einen Spiegel mitgehen lassen, der zwar nicht ihre volle Länge hatte, aber groß genug war.

Estella zog sich ihre Riesenunterhose an und einen langen Rock darüber, um sie zu verbergen. Jasper und Horace machten sich im Unterschlupf auf die Suche nach Mäusen, dem großartigsten und nützlichsten aller natürlichen Hilfsmittel.

„Alles klar", sagte Jasper, stieg in Freds klobigen Tweedanzug und füllte die Innentaschen seiner Hose mit den kleinen Freunden aus weichem Fell. „Los geht's."

„Beeil dich", sagte Jasper leise, als sie aus dem Aufzug in Libertys Stoffetage traten. „Ich spüre eine Revolution in der Hosenabteilung."

Estella musterte ihren Partner von der Seite und sah die Mäuse deutlich zappeln. Sie hatte eine genaue Vorstellung davon, was sie wollte, und entschied sich schnell für einen indigoblauen Samtstoff mit silbernem Schimmer.

„Jetzt", sagte sie zu Jasper.

Jasper ging zum anderen Ende der Stoffabteilung und zog an einer Schnur in seiner Tasche, die eine andere Tasche weiter unten in der Nähe seines Knöchels öffnete. Die Mäuse flutschten über seinen Schuh hinaus. Er ging weg und ließ die Mäuse ihre Arbeit tun. Es dauerte nur einen Moment, bis eine der Verkäuferinnen eine Reihe verängstigter Mäuse über den Boden laufen sah. Als der Schrei ertönte, warf Estella die Stoffrolle auf den Boden und kniete sich daneben. Jasper hielt die Rolle, während sie den Stoff abwickelte und in den Bund ihrer Riesenunterhose stopfte. Runter, runter, runter. Pfund um Pfund Samt. Ihr Rock blähte sich zu einem Ballon auf. Er half ihr auf die Beine. Die Stoffmasse erschwerte das Gehen, ihre Füße ragten seitlich hervor.

„Wie furchtbar!“, empörte sie sich, während sie den Laden auf dem Weg verließen, auf dem sie gekommen waren. „Mäuse! Bei Liberty!“

Nur Augenblicke später standen sie wieder auf der Straße. Estella watschelte in ihren mit Samt gefüllten Unterhosen umher.

„Mussten wir ausgerechnet an einem solchen Tag als Edna und Fred gehen?“, grummelte Jasper und lockerte seinen Kragen.

„Worüber beschwerst du dich? Ich trage Samt im Wert von hundert Pfund in der Unterhose.“

„Dafür habe ich ein Dutzend Mäusebisse am Bein“, schnauzte Jasper.

Bei der erstbesten Gelegenheit schlich sich Estella in eine Gasse, wo sie den Stoff unter ihrem Rock hervorholte.

„Hier“, sagte sie und schob Jasper den Samt zu. „Nimm du ihn für eine Weile. Ich muss einen Moment auf geraden Beinen gehen – mit Füßen, die nach vorne zeigen.“

Auf dem Weg zur Bushaltestelle dachte Estella, wie rosig die Zukunft aussähe, wenn sie ihren Stoff geliefert bekäme. Sie säße dann in ihrem Atelier, das nach ihr benannt war, und nippte an einem Glas Wein, während der Stoff eintraf – viel mehr, als sie jemals verarbeiten könnte.

Estella gab sich ihrer gewohnten Tagträumerei hin, in der es immer auf die Abenddämmerung zuging und die Lichter Londons draußen funkelten. Sie hatte einen Raum voller Puppen. Sie trugen die Kreationen, an denen sie arbeitete. In ihrer Fantasie kamen auch Pelze vor. Jede Menge Pelze. Wunderschöne Verzierungen, exquisite Kragen, prächtige Mäntel. Ihr Atelier war kühl und perfekt ausgeleuchtet. Es duftete nach Jasminparfüm. Und im Hintergrund war das musikalische Geräusch der Nähmaschinen zu hören.

„Eine richtig gute Mäusejagd war das heute." Jaspers Kommentar, als er das Bündel in den Bus hievte, riss Estella aus ihrer Träumerei. „Ich glaube, es war noch nie so leicht, so viele zu fangen. Muss am Wetter liegen."

Estella murmelte eine Antwort. Mäuse gab es im Atelier ihrer Träume nicht. Mäuse hatte sie aus ihrer Idealwelt verbannt.

Die nächsten Tage verbrachte Estella damit, zu zeichnen, ihre Entwürfe zu verwerfen und wieder neue zu zeichnen.

Die Ärmel waren zu weit.

Nimm etwas ab.

Wenn Peter seinen Arm mit der Gitarre bewegte, würde die Manschette gegen die Saiten schlagen.

Nimm die Knöpfe ab.

Näh die Manschetten fest.

Sie überarbeitete den Entwurf bestimmt zum zwanzigsten Mal, als Jasper sich über ihren Arbeitstisch beugte und mit dem Finger auf die Platte tippte, um auf sich aufmerksam zu machen.

„Hallo ... jemand zu Hause?“, fragte er.

Sie blickte von ihren Skizzen auf. Eine Schweißperle rollte an ihrer die Nase hinunter und landete auf dem Block.

„Los komm, Stel“, forderte er sie auf. „Wir haben seit zwei Tagen nichts mehr gemacht.“

„Ich habe gearbeitet“, antwortete sie blinzelnd. Ihre Augen mussten sich erst wieder auf ein menschliches Gesicht einstellen. Sie hatte die ganze Zeit auf ihren Skizzenblock gestarrt.

„Wofür ist das? Was ist das für eine Verkleidung?“

„Gar keine“, erklärte sie und klappte ihren Zeichenblock zu. „Es ist einer meiner persönlichen Entwürfe.“

„Nun, wir müssen an die Arbeit.“

„Ja", mischte sich jetzt auch Horace ein. „Jeder Tag, den wir nicht rausgehen, ist Zeitverschwendung. Es wimmelt überall vor Touristen! Da draußen warten gute Schnäppchen auf uns."

„Komm schon." Jasper klopfte ihr spielerisch auf die Schulter. „Komm raus in die Sonne, Stel. Wir amüsieren uns ein bisschen."

Es stimmte, es war ein strahlender Sonnentag. Perfekt für einen kleinen Ausflug.

„In Ordnung", stimmte sie zu. „Wir machen eine Tour."

„Na also." Jasper lächelte. „Worauf hast du am meisten Lust? Am Piccadilly ein paar Geldbörsen schnappen?"

Estella schaute zu dem Stapel Zeitungen, den sie auf dem Boden neben ihrem Nähtisch lagerte. Und sah etwas – die perfekte Gelegenheit, an einem Nachmittag zu stehlen und sich gleichzeitig in Sachen Mode zu bilden. Sie hob die Zeitung auf.

„Wie wäre es, wenn wir unser Ziel ein bisschen höherstecken?", schlug sie vor, breitete die Zeitung auf dem Boden aus und zeigte auf einen Artikel, der eine Ausstellung für Jugendmode im Savoy Hotel ankündigte. „Das ist es." Sie tippte auf den Artikel. „Da gehen wir hin."

„Zu einer Modenschau?"

„Im Savoy", bestätigte sie.

„Im Savoy", wiederholte Jasper.

„Was?“, fragte Horace. „Das vornehme Hotel?“

„Das vornehmste“, antwortete Estella.

„Warum sollten wir zu einer Modenschau gehen?“, wunderte Jasper sich.

„Weil ... die Leute, die dort hingehen, sehr reich sind und nicht auf ihre Sachen achten. Sie sind sorglos.“ Von diesem zentralen Charakterzug der Reichen war das Trio immer ausgegangen. Die Upper Class ging unbekümmert mit ihren Besitztümern um, und diese Sorglosigkeit wirkte sich unmittelbar auf die Taschen der Bande aus. Seit Estella die Zwillinge kennengelernt hatte, wusste sie, dass es stimmte.

„Weiß nicht“, erwiderte Horace. „Wir könnten genauso gut an einen billigeren Ort gehen, der nicht überwacht wird. Jede Menge Touristen. Leichte Beute.“

„Aber stell dir vor, was wir im Savoy erbeuten könnten“, warf Estella ein. „Eine Brieftasche ist dort fünf- oder sechsmal mehr wert als woanders.“

Horace überlegte eine Weile. „Wir könnten die krumme Bauchwehtour machen“, sagte er schließlich. „Stel geht rein, macht die Arbeit und überlässt uns das Geld.“

Die krumme Bauchwehtour war so ziemlich das, wonach sie sich anhörte. Einer aus der Gruppe ging zu einer Veranstaltung, klaute Brieftaschen, Schmuck und Uhren und stopfte sie in versteckte Taschen. Dann hielten sie sich mit beiden Armen den Bauch und rannten mit der Beute zu den Toiletten. Keiner stellte Fragen, wenn man sich den Bauch hielt und zum Klo rannte. So etwas wollte niemand genauer wissen. In der Toilette angekommen nahmen sie die Brieftaschen und anderen Gegenstände heraus und warfen sie in den Mülleimer. Ein anderes Mitglied der Gruppe kam und leerte den Müll. Das wars. Einfach und sehr effektiv. Es funktionierte so gut wie jedes Mal.

„Das heißt, ich muss Mrs. Hooverbottom sein, oder?“ Jasper stöhnte. „Erst Fred, jetzt sie, aber na gut. Solange wir einen Job machen.“

„Wir können auch in den Park gehen“, sagte Horace. „Das ist sicherer und einfacher.“

„Was soll das bringen?“ Estella versuchte, ihre Enttäuschung nicht zu zeigen.

„Dass wir nicht erwischt werden“, sagte Horace.

Estella lächelte. „Nun, das klingt nicht gerade nach Spaß.“

„Mir gefällt es gar nicht, wenn du so grinst“, antwortete Horace.

10

ZUSAMMENSTRICKEN

DIE ABSÄTZE von Estellas Schuhen klackerten deutlich hörbar über den schwarz-weiß gefliesten Boden der Lobby. Während das übrige London vor Hitze anschwoll, war es im Savoy kühl und dunkel. Nicht einmal die Elemente konnten den Komfort der Gäste beeinträchtigen. Wie Harrods war auch das Savoy eine jener Londoner Institutionen, die alles taten, um ihren Gästen den perfekten Service zu bieten und sie zufriedenzustellen. Einmal hatte zum Beispiel ein indischer Prinz, der dort übernachtete, etwas Wichtiges zu Hause vergessen. Statt es mit der Post oder einem Zustelldienst kommen zu lassen, hatte das Savoy einen Boten nach Indien geschickt, um es abzuholen.

Selbst im Krieg hatte das Savoy stolz perfekten Service geboten, während ringsum die Bomben fielen und die Stadt erbebte. Manchmal mussten die Gäste zu ihrer Sicherheit in der Lobby schlafen, aber dort war für relativ große Bequemlichkeit gesorgt, und das Personal bediente sie exquisit.

Tradition.

Ordnung.

Service.

Hier gab es kein Swinging London. Wenn Modenschauen im Hotel stattfanden, was natürlich häufiger der Fall war, dann veranstaltete man sie im Stil des Savoy, so wie es sich für die „Besten" der Londoner Gesellschaft geziemte. „Die Besten" – also die Leute, die schon am längsten zu den Reichsten zählten und die meisten Nachnamen hatten – begutachteten das Angebot.

Estella musste schick aussehen und trotzdem seriös genug erscheinen, um ins Savoy zu gehen und über eine Jugendmodenschau zu schreiben. Ein schlichtes weißes Kleid. Mini, aber nicht zu mini. Es war fast knielang. Kniestrümpfe. Eine lange blonde Perücke. Eine Umhängetasche vervollständigte das Ensemble, eine der vielen von Estella veränderten Taschen mit verstecktem Futter. Um ihren Hals hing eine Kamera, die das Trio im vergangenen Sommer einem Touristen gestohlen hatte. Es war kein Film drin.

Horace würde die Rolle des Boten übernehmen, eines prächtigen Laufburschen, der so tat, als wartete er in der Lobby darauf, den Auftrag eines Gastes auszuführen. Er stand Schmiere und würde dafür sorgen, dass Estella sicher hinein- und hinauskam und Jasper rechtzeitig das Zeichen bekam, den Tatort zu säubern und den Mülleimer zu leeren.

Jasper alias Mrs. Hooverbottom war vorausgegangen. Er saß auf einem der gepolsterten Sofas in der Lobby und tat so, als löste er das Kreuzworträtsel der Sunday Times. Er schaute nur kurz auf, um Estellas Ankunft zu bestätigen. Horace würde ihr bald folgen.

Auf einer Staffelei stand ein Schild, das darüber Auskunft gab, in welchem Ballsaal die Modenschau stattfand. Estella betrachtete verstohlen die anderen Mädchen und Frauen auf dem Weg dorthin und stellte fest: Die überwältigende Mehrheit von ihnen war nicht auf dem neuesten Stand der Jugendmode. Einige Frauen sahen jünger aus, vielleicht waren sie in ihren späten Teenagerjahren oder Anfang zwanzig. Die meisten waren ähnlich gestylt wie Estella: konservative Röcke, einfache Blusen, äußerst langweilige Kleider, Perlen und ein paar wirklich kriminell hässliche Broschen.

Viele der jungen Frauen kamen in Begleitung ihrer Mütter oder Tanten. Die ältere Generation trug Chanel-

Kostüme, weiße Handschuhe und Pillbox- oder Federhüte. Alle ohne Hut trugen formelle Helmfrisuren. Der Eau-de-Cologne-Geruch in der Warteschlange war stark genug, um die Seidentapete von den Wänden zu lösen.

„Ich bin wegen der Ausstellung für Jugendmode hier", sagte Estella zu dem Mann an der Tür, als sie in der Warteschlange dran war. Sie sprach in ihrem pflaumenweichsten Ton und zückte zum Beweis ihre Kamera.

„Ihre Einladung, bitte?"

Estella griff in ihre Tasche. Natürlich hatte sie keine Einladung, aber die Idee war, so zu tun als ob, in ihrer Tasche zu kramen und allmählich immer verzweifelter zu wirken.

„Ich bin hier, um für Teen Pulse über die Schau zu schreiben. Ich ... ich habe eine, sie ist hier irgendwo ...", stammelte sie.

Der Mann an der Tür wartete geduldig.

„Es ist mein erster Auftrag außerhalb des Büros bei einem Termin", flötete sie und ließ ihre Stimme etwas zittern. „O, man wird mich entlassen! Entlassen! Wir brauchen die Fotos!"

Der Mann hatte Mitleid, und schließlich ging es hier nicht um ein Essen mit der Königin. „In Ordnung", sagte er leise und lächelte sie ermutigend an. „Gehen Sie ruhig rein."

„O danke", rief Estella und japste. „Danke! Ich danke

Ihnen! Meine Mum dankt Ihnen auch!“ Sie eilte hinein, bevor er ein weiteres Wort sagen konnte.

An einer Wand des Ballsaals war eine niedrige Bühne aufgebaut. Große Kreise in Schwarz-Weiß-Orange bildeten die dahinter installierte Pop-Art-Kulisse mit Schildern, auf denen fett gedruckt Worte standen wie MODENSCHAU, JUGENDBEBEN, FREIHEIT und ZUSAMMENSTRICKEN.

„Das ergibt überhaupt keinen Sinn“, murmelte Estella vor sich hin. „Was denn zusammenstricken?“

Londons beste Kellner glitten wie auf Schlittschuhen zwischen den Tischen hin und her, die um die Bühne herumstanden, und verteilten Porzellanteller mit Gurken-, Ei- und Krabbensalat-Sandwiches. Sie schenkten Tee aus silbernen Kannen ein. Weitere Mitarbeiter erschienen mit Tabletts voller süßer Leckereien: Battenbergkuchen, Scones, Baisers, Zitronenkeksen und Sahnebrötchen.

Den Raum erfüllte die Musik des sanften Löffelgeklimpers in Teetassen und des Gemurmels gedämpfter Gespräche. Die grelle Dekoration der Bühne stand in jeder Hinsicht im Widerspruch zu der vornehm gediegenen Stimmung. Es war eine zutiefst deprimierende Szenerie. Das wagten sie eine Modeveranstaltung zu nennen?

Estella stellte sich in die Ecke des Saals in die Nähe des Bühnenrands. Von hier aus konnte sie die Tische gut überblicken. Die Sache mit dem Fotografieren war besonders raffiniert: sich auf den Boden hocken, neben die Leute knien, die Kamera mit beiden Händen nach oben richten und sie dann herunternehmen und an ihrem Gurt hängen lassen, so tun, als ob man etwas einstellt oder einen neuen Film einlegt. Ab diesem Moment war es überhaupt kein Problem, die Hand in verschiedene offene Taschen gleiten zu lassen, die neben den Füßen der Leute standen oder von den Rückenlehnen der Stühle hingen. Aus den Lautsprechern ertönte jazzige Musik, und die Lichter wurden gedimmt.

„Meine Damen!", ertönte eine Stimme. „Willkommen zur heutigen Jugendmodenschau der renommiertesten aktuellen Modeschöpfer!"

Estella bewegte ihren Kiefer und hörte ihn knacken.

Einige flackernde Lichter gingen an, und mehrere Models betraten den Catwalk. Sie gingen langsam und führten einen seltsamen Tanz auf, bei dem sie hüpfend in die Knie gingen, während sie ein paar tragisch einfallslose Pullover-und-Rock-Kombis präsentierten.

„Die aufregendsten Stricktrends!", sprach die Ansagerin weiter. „Ist es zu fassen, meine Damen?"

„O Gott!", sagte Estella zu sich selbst.

Die alte Garde schien immer noch nicht zu verstehen, was es mit der Londoner Mode auf sich hatte. Sie kam nicht von oben, aus den großen Häusern. Sie kam von Leuten wie ihr, von der Stimmung auf der Straße und in den Clubs. Was sie hier sah, war nur ein blasses Imitat. Die Farben waren zwar grell, aber alles war falsch. Noch schlimmer war es, wenn Models in Kleidungsstücken vorbeischlenderten, die beinahe korrekt waren – ein anständiges Paar Stiefel, das nur knapp das Ziel verfehlte, oder ein gerade noch akzeptabler Hut. Sie kam sich vor, als hörte sie jemandem zu, der Musik machte, aber jede fünfte Note falsch spielte und ständig aus dem Takt kam. Estellas Selbstvertrauen wuchs enorm, während sie eine Kreation nach der anderen auf dem Laufsteg vorbeidefilieren sah, und sie wusste: Sie konnte jede einzelne besser machen, und zwar im Schlaf.

All die wohlhabenden jungen Frauen und ihre Mütter murmelten höflich leise vor sich hin und notierten auf den kleinen Papierblöcken, die sie bekommen hatten, welche der schrecklichen Strickwaren sie bestellen wollten.

Es war eine echte Gnade für diese Kleidungsstücke, dass Estella keinen Film hatte, um sie abzulichten. Sollten sie doch vom Erdboden verschwinden und vergessen werden.

Estella drehte sich um und sah in ihrer Nähe eine auffällig dicke Brieftasche voller Geld, die offen neben den Lederpumps einer Frau lag.

Zeit, zu arbeiten.

Sie kniete sich mit ihrer Kamera hin und fischte mit einer Hand in der Brieftasche, während ihre andere Hand so tat, als fotografiere sie. Eine weitere Geldbörse baumelte von einer Stuhllehne – eine tiefhängende Frucht. Sie ging umher, kniete sich hin und pflückte. Es war fast zu einfach. Ihre Tasche füllte sich schnell.

Gerade als sie den Saal verlassen wollte, geriet ein besonders schickes, silbernes Zigarettenetui direkt in Estellas Blickfeld. Zu schön, um es nicht mitzunehmen. Sie griff hinüber, nahm es vorsichtig vom Tisch und setzte ihren Weg zur Tür fort.

In diesem Moment betrat ein Model in einem besonders grauenhaften Outfit die Bühne. Das genügte, um Estella erstarren zu lassen. Nicht zu fassen, was sie trug. Eine enge, senfgelbe Rock-Pullover-Kombination, durchsetzt mit Puderblau und kräftigem Rosa. Als hätte der Designer sich bemüht, in einem einzigen Outfit alle Farbtöne zu kombinieren, die das menschliche Auge beleidigen konnten. Er sollte samt seiner Arbeit ins Weltall geschossen werden.

„Was machen Sie mit meinem Zigarettenetui?", fragte jemand hinter ihr.

Erschrocken kehrte Estella ins Hier und Jetzt zurück. Das Modeverbrechen auf der Bühne hatte sie dermaßen abgelenkt, dass sie ihr eigenes kleines Verbrechen im Zuschauersaal vergessen hatte, weshalb sie das Etui immer noch in der Hand hielt. Die Besitzerin des edlen Stücks – eine Frau mittleren Alters in einem lila Chanel-Kostüm, die ein wenig einer riesigen Weintraube ähnelte – starrte sie erbost an.

„Oh, ähm …“ Estella verspürte einen Anflug von Panik. *Reiß dich zusammen!* „O, es tut mir leid. Ich dachte …“

„Was dachten Sie?“, fragte die Frau scharf.

Gute Frage.

„Ich dachte, es ist … meins?“ Estellas Antwort klang mehr wie eine Frage und schien wenig dazu beizutragen, die aufgebrachte Frau in Lila zu besänftigen. Die Unterredung erregte bereits Aufmerksamkeit an den umstehenden Tischen. Die Models schwebten immer noch über den Laufsteg und die meisten Leute in ihrer Nähe sahen der Präsentation zu. Aber Estella spürte eine Welle der Aufmerksamkeit durch den Raum gehen. Wenn etwas los war, wollten die Leute normalerweise wissen, was es war, und in diesem Fall würden einige feststellen, dass ihre Brieftaschen weg da waren. Das bedeutete: Sie musste jetzt gehen – leise, schnell und unauffällig.

„Ich fühle mich nicht wohl“, sagte Estella, senkte die Stimme und legte eine Hand an ihren Kopf. „Mir ist schwindlig. Es tut mir sehr leid. Ich muss die Toilette finden.“

Sie legte das Etui zurück auf den Tisch und ging entschlossen aus dem Saal. Lauschte den Gesprächen hinter sich, hörte ganz leise jemanden über eine Handtasche sprechen. Estella ging etwas schneller. Niemand hielt sie auf, denn niemand wusste, was von dem Geschehen zu halten war. Verwirrung war der beste Freund für Diebe. Bis die Leute bemerkten, was passiert war, waren sie bereits verschwunden.

Sie hatte es durch die Tür geschafft und war wieder in der Lobby. Da hörte sie die Stimme des Mannes an der Tür, der sie ohne Einladung hereingelassen hatte.

„Sie!“, rief er.

Wenn man gestohlen hatte und das Wort „Sie“ hörte, war es ein natürlicher Impuls, davonzulaufen. Das war nicht immer die beste Vorgehensweise. Tatsächlich war es fast immer besser, langsam zu machen. So zu tun, als wäre man mit der Aufforderung nicht gemeint. Außerdem wünschten schicke Adressen wie das Savoy keine Verfolgungsszenen in ihren Lobbys. Das ganze Bestreben des Hotels war, ruhig, gelassen und anständig zu wirken. Etwas so Profanes wie Diebstähle kamen hier nicht vor.

Der Mann hatte Estella eingeholt und stand vor ihr.

„Ich muss mit Ihnen reden,“ sagte er.

„Mir geht es nicht gut,“ antwortete sie schwach und hielt ihre Tasche fester.

„Wo sind die Toiletten, bitte? In welcher Richtung?" Sie hatte unterwegs geschwitzt, und ihre glänzende Haut verstärkte den Eindruck, dass sie krank war.

Weitere Verwirrung. Wahrscheinlich stand die Abneigung des Savoy gegenüber Diebstählen der Abscheu vor Mädchen, die sich in der Lobby übergaben, in nichts nach.

„Folgen Sie mir", sagte der Mann streng.

Aus dem Augenwinkel sah Estella Horace. Er wartete mit einem leeren Karton, der so präpariert worden war, dass er aussah wie ein Paket, das er ausliefern musste. Zum Zeichen, dass es ihr gut ging, neigte sie leicht den Kopf. Im Bad könnte sie alles abladen, was sie bei sich trug.

Doch der Mann führte sie in eine andere Richtung.

„Hier entlang", sagte er. „Wir haben Personal-Toiletten, falls es Ihnen nicht gut geht."

Estella hielt sich eine Hand vor den Mund. „O! Ach. Ach nein ..." Sie taumelte ein paar Schritte vorwärts, in die Richtung, von der sie wusste, dass dort die öffentlichen Toiletten waren. Der Mann streckte die Hand aus, um ihr zu helfen. Er würde sie hinbringen, und sie würde es schaffen, ihr Ding durchzuziehen. Sie sah Jasper, der in seiner Perücke und seinem Kleid darauf wartete, ihr zu folgen.

Und dann stolperte Estella.

Das passierte leicht, wenn man in gebücktem Gang eine Tasche voller kleinerer Geldbörsen und Wertsachen umklammerte und schnell vorankommen wollte. Und es wäre bedeutungslos gewesen, hätte der Mann nicht die Hand ausgestreckt, um sie zu stützen und statt ihrer Schulter versehentlich ihre Perücke erwischt. Plötzlich hatte er eine lange blonde Haarmähne in der Hand. In diesem Moment beschloss Estella, das doch Flucht das Gebot der Stunde war.

Sie stürmte zur Tür. Aber der Sicherheitsdienst war bereits zur Stelle.

Sie würde es nicht schaffen.

„Da ist noch eine!“, schrie Jasper mit der Stimme von Mrs. Hooverbottom. Einige der Angestellten drehten sich um und sahen eine ältere Frau mit einer großen Stricktasche, die bei näherer Betrachtung vielleicht nicht war, wonach sie aussah. Er rannte los, in die entgegengesetzte Richtung, tiefer in das Hotel hinein. Horace beschloss, Jasper zu folgen. In Sekundenbruchteilen erkannte er, wo seine Anwesenheit am dringendsten gebraucht würde. Das Chaos verschaffte Estella gerade genug Zeit für ihren Spießrutenlauf durch die Drehtür nach draußen.

Ihr Treffpunkt für den Notfall war der Victoria Gardens Park am Victoria Embankment, ganz in der Nähe vom Savoy, aber weit genug entfernt, um unbemerkt wieder in die Stadt zu gelangen. Sie stürzte direkt in die öffentliche Toilette, schloss sich in einer Kabine ein, zog ihr Kleid aus und drehte es auf links. Statt ruhigem Weiß trug sie nun ein auffälliges Blau und Rot. Sie zog einen dünnen roten Schal aus ihrer Tasche, wickelte ihn schnell um ihren Kopf und setzte eine Sonnenbrille auf. Estella kramte in ihrer Tasche und stellte fest, dass sie es geschafft hatte, über zweihundert Pfund zu stehlen, was reichte, um sie alle den ganzen Sommer durchzubringen. Zu ihrer Beute aus den Geldbörsen zählten zudem mehrere Kreditkarten, eine kleine Flasche Maiglöckchen-Parfüm, zwei Lippenstifte, ein sehr hübscher kleiner Spiegel und ein silbernes Feuerzeug.

Nachdem sie sie geleert hatte, warf Estella die gestohlenen Brieftaschen hinter den Spülkasten, trat aus der Kabine und trug sich weißen Lippenstift auf. Sie zog ihre Schuhe aus und spazierte barfuß auf die Wiese, wo sie sich fallen ließ und im Gras ausstreckte. Nach weiteren zehn Minuten kam Horace angerannt. Mit rotem Gesicht und außer Atem setzte er sich neben sie.

„Das war knapp“, keuchte er nach Atem ringend. „Ich habe dir doch gesagt, dass wir da nicht hingehen sollten. Wären wir bloß ... im Park geblieben. Jasper ...“

„Wo ist er?“

„Er ist mit dem Aufzug hochgefahren. Ich wollte ihm folgen, aber als sie anfingen, mich komisch anzuschauen, bin ich abgehauen.“ Estella biss sich auf die Lippe. Jasper könnte sehr wohl durch die Hallen des Savoy wandern und während er sich davonmachte Teile seiner Verkleidung ablegen. Wie Estellas Kleidung hatte auch das Outfit von Mrs. Hooverbottom versteckte Elemente, wie zum Beispiel eine an der Innenseite des Kleids befestigte Hose, die bis zu den Knien aufgekrempelt war. Den Rock konnte er also bei Bedarf abnehmen und ausziehen. Unter der Damenstrickjacke trug Jasper ein Herrenhemd. In seiner riesigen Stricktasche lagen seine normalen Schuhe.

„Was sollen wir tun?", fragte Horace.

„Wir warten auf ihn", antwortete sie. „Wenn er nicht bald auftaucht, checken wir die Gefängnisse der Gegend."

Eine ganze Stunde später kam Jasper – nicht mehr als Mrs. Hooverbottom verkleidet – im Park an.

„Wir dachten schon, sie hätten dich erwischt", rief Horace.

„Sie haben mich erwischt", antwortete Jasper. „Aber es ist kein Verbrechen, sich verkleidet im Savoy herumzutreiben. Ich habe gesagt, es wäre Teil eines Studentenstreichs. Sie haben mir nicht geglaubt, aber da sie nichts gegen mich in der Hand hatten, haben sie mich einfach laufen lassen und gesagt, ich solle nicht wiederkommen."

„Das war echt knapp“, sagte Horace wieder.

„Aber wir haben es geschafft“, konterte Estella. „Und wir sind mit dem ganzen Zeug entkommen!“ Sie deutete auf ihre Tasche. „Über 200 Pfund! *Zweihundert*!“

Das war eine Menge. Ein Vermögen.

Horace schüttelte trotzdem den Kopf. „Zu riskant“, sagte er und klang verärgert. „Wir hätten es uns einfacher machen und in den Park gehen sollen. Dort hätten wir bekommen, was wir brauchen, wären Eis essen gegangen. Alles völlig locker.“

„Horace hat nicht ganz unrecht“, stimmte Jasper zu.

„Natürlich habe ich verdammt recht!“

„Wo bleibt euer Sinn für Abenteuer?“, fragte Estella. „Kommt schon. Es hat euch doch Spaß gemacht.“

Weder Jasper noch Horace sahen so aus, als habe es ihnen gefallen, aber Estella ließ sich nicht entmutigen. Sie hatten es nicht verstanden. In diesem Sommer passierte etwas. Ihre Kleider. Ihr Leben. Jetzt verband sich alles. Um zu bekommen, was man wollte, musste man mutig sein. Aus sich herausgehen, Risiken eingehen, vom üblichen Muster abweichen.

Gleichzeitig wurde ihr eine schmerzhafte Konsequenz dieser Tatsache bewusst: Wenn sie Jasper und Horace folgte und sich weiterhin an ihre Regeln hielt, würde ihr Leben sich nie verändern.

11

DAS MAGISCHE BOHNENMÄDCHEN

NACHDEM ES im Savoy beinahe erwischt worden wäre, beschloss das Trio, sich für eine Weile zurückzuziehen. Estella hielt es für das Beste. In der Gruppe herrschten noch immer Spannungen wegen der Frage, wer die Schuld an dem Zwischenfall trug und ob die Belohnung das Risiko wert gewesen war. Eine kurze Pause zum Abkühlen war daher genau richtig.

Jasper und Horace hatten keine Lust, die langen Sommertage in der stickigen Höhle zu verbringen, und legten sich mit ihren Comics in den Park. Estella verbrachte die Nachmittage oft mit Magda und Richard, traf sich mit ihnen in der Raupe und ging mit zu ihnen nach Hause, um zu faulenzen. Sie war jetzt ihr Dauergast und musste nicht mehr anklopfen. Wenn man drin war, war man drin, und solange die Tür nicht verschlossen war, war man drinnen willkommen. So funktionierte die Londoner Szene – die Leute gingen in den eigenen vier Wänden und in den Kreisen der anderen ein und aus, wie es ihnen gefiel.

Den Rest ihrer Zeit widmete sie Peters Outfit. Der Fernsehauftritt der Band Electric Teacup stand kurz bevor. Wenn Estella nicht gerade bei ihren neuen Freunden oder mit ihnen unterwegs war, arbeitete sie von morgens bis abends an ihrem Nähtisch. Buddy und Wink leisteten ihr Gesellschaft. Stück für Stück setzte sie das Ensemble zusammen. Sie steckte, nähte, zog die Schaufensterpuppe an, überprüfte jedes Element. Der Schnitt des Jacketts war fertig und auch ein paar erste Details für das Muster. Aber bevor sie sie fertigstellen konnte, musste Peter es einmal richtig anprobieren.

Das bedeutete, sie musste ihn anrufen. Irgendwie fand sie diese Aussicht entmutigend. Sie hatten kein Telefon im Haus, was Estella nie etwas ausgemacht hatte, da es niemanden gab, den sie anrufen wollte. Sie war unsicher, wie sie Peter ansprechen sollte, da sie ihn seit ihrer kurzen Begegnung in Magdas Haus nicht mehr gesehen hatte. Sollte sie professionell klingen, als riefe sie von einem Geschäft aus an? Sollte sie nett sein, wie auf einer Party?

Oder sollte sie mit ihm flirten? Wusste sie überhaupt, wie das ging – flirten?

Verärgert über sich selbst, weil sie zu viel über einen einfachen Anruf nachgrübelte, marschierte Estella schließlich zu der Telefonzelle an der Ecke, zog die Tür hinter sich zu, drückte die Münze einmal fest in ihrer Hand und warf sie in den Schlitz. Dann wählte sie die Nummer, die Peter ihr gegeben hatte. Es klingelte fünfmal.

„Hallo?“ Laut und abgehackt übertönte eine Stimme die pulsierende Musik, die im Hintergrund lief.

„Peter?“, rief Estella zurück. „Ist da Peter?“

„Peter?“

„Peter!“

„Warte, warte, warte ... mach mal ein bisschen leiser, Kumpel! Dreh es etwas runter!“

Keiner machte etwas leiser.

„Peter?“, wiederholte die Person.

„Peter“, antwortete Estella, seufzte und lehnte sich gegen die Wand der Telefonzelle.

„Ach so. Warte, ich hole ihn.“

Sie hörte, wie der Hörer abgelegt wurde. Eine kurze Unterhaltung, dann wurde die Musik viel leiser.

„Hallo?“

Ein warmes Gefühl breitete sich in ihr aus, als sie Peters Stimme hörte.

„Hallo, Peter. Ich bin's, Estella."

„Estella! Hast du meinem Anzug bald fertig?"

„Und du, bist du mit meinem Song bald fertig?", antwortete sie lächelnd.

„Ich weiß nicht, ob die Musen der griechischen Antike so fordernd waren. Wir brauchen heutzutage Musen mit mehr Klasse, sag ich dir."

Estella lachte. „Ich muss dafür sorgen, dass er passt, bevor ich die Details ausarbeite", erklärte sie ihm. „Du musst ihn anprobieren, damit ich ihn fertigmachen kann."

„Da hast du Glück", antwortete er. „Ich habe Zeit. Wo wohnst du?"

„O ..." Sie hatte ihm vorschlagen wollen, sich bei Magda und Richard zu treffen. Es war ihr gar nicht in den Sinn gekommen, dass er in den Unterschlupf kommen wollte. „Ich dachte an Cheyne Walk?"

„Ist es nicht einfacher, wenn ich zu dir komme? Du wohnst doch in London, oder?"

„Ich ... ja, stimmt."

„Okay. Und wo wohnst du?"

„Ich wohne ... nicht sehr schön", sagte Estella.

Peter lachte, nicht unfreundlich. „Und? Glaubst du etwa, ich wohne in einem Palast? Warum sollte es mich interessieren, wie schön deine Wohnung ist? Komm schon, wo wohnst du denn?"

Über diese unerwartete Wendung musste Estella einen Moment nachdenken. Jasper und Horace waren bis zum späteren Abend nicht da. Sie liebten es, sich an einem solchen Tag lange draußen zu amüsieren, am Abend, wenn die Menschenmassen den Park verließen, noch etwas in The Serpentine zu baden. Sie hätte genügend Zeit mit Peter, ohne dass sie ihren Freunden seine Anwesenheit erklären musste oder umgekehrt.

„Wie wäre es, wenn wir uns an der Tube-Station Camden Town treffen? Von dort können wir dann zusammen hingehen?“, schlug sie vor. „Es ist nicht ganz leicht zu finden.“

„Abgemacht. Wir treffen uns dort. Um drei Uhr?“

Estella eilte in den Unterschlupf zurück und machte sich zurecht. Das bedeutete, sie probierte sechs Garderoben an und schminkte sich viermal neu. Sie versuchte, etwas Ordnung zu schaffen, wozu hauptsächlich gehörte, die dreisten Mäuse in die Öffnungen in der Vertäfelung zu scheuchen und strategisch Bücher vor die klaffenden Löcher zu stellen. Sie lief hin und her, legte den Anzug auf einen Tisch, dann auf ihr Bett und zog ihn schließlich wieder der Schaufensterpuppe an.

Sie verließ das Versteck eine ganze Stunde früher, um zur U-Bahn-Station zu gehen, die nur ein paar Minuten zu Fuß entfernt war, den Regent’s Canal und die Camden

High Street hinunter. Camden war längst nicht so wohlhabend wie Chelsea, wo Magda und Richard wohnten. Gemüseläden und ein paar billige Bekleidungsgeschäfte säumten die Straße und etliche Stände mit Secondhand-Ware. Aber es war ein heller, strahlender Tag, und im Sonnenlicht sah alles besser aus als sonst.

Peter kam etwas verspätet aus der Tube-Station, aber er sah besser aus, als sie ihn je gesehen hatte. Er trug ein einfaches weißes Hemd und eine hellbraune Hose, nichts Besonderes. Darum würde sie sich noch kümmern. Sie konnte den Musiker in ihm sehen, in seinem Gang und seiner Haltung. Seine Arme hatten einen weiten, natürlichen Schwung, seine Finger waren lang, und er bewegte sich rhythmisch, als ginge er im Takt seiner Umgebung.

„Hallo noch mal“, begrüßte er sie.

„Hallo.“ Eine Weile lang schauten sie sich an, und dann huschte ein schiefes Lächeln über Peters Gesicht.

Estellas Herz setzte einen Schlag aus.

„Sollen wir?“, fragte er.

Sie gingen los. Estella führte Peter die Camden High Street hinauf über den Kanal. „Seid ihr für euren Auftritt gerüstet?“, fragte sie.

„So gut wie. Wir spielen zwei Songs. Wir haben uns definitiv für *Everybody's Sun* entschieden, weil es der Titelsong ist. Der zweite steht noch nicht ganz fest. Aber das Album verkauft sich gut. Es liegt in allen Läden. Ich habe gehört, dass John Lennon es gehört hat und dass es ihm sehr gefällt. Keine Ahnung, ob das stimmt ..."

„Klar stimmt das", versicherte sie ihm. „Das Album ist gut."

„Na ja, so lange es dir gefällt." Er grinste sie schief an.

Ein paar Minuten später blieben sie an einem Zaun um ein leeres Grundstück stehen.

„Hier ist es", verkündete Estella.

Peter sah sich um. „Was ist hier?"

„Hier wohne ich."

Die meisten Häuser hatten Türen. Das war eine Selbstverständlichkeit. Der Unterschlupf hatte keine Tür, denn er war weder ein Haus noch eine Adresse. Der Unterschlupf war eine Höhle, ein Versteck, ein Zufluchtsort. Daher gab es keine Hausnummer, keine Türklingel und keine Fassade.

„Das ist ein Zaun", sagte er.

„Wir müssen da durch", erklärte Estella und zog eins der losen Bretter heraus. „Kopf runter. Pass auf dein Hemd auf. Es gibt ein paar scharfe Teile."

„Ich gebe zu, das war nicht ganz das, was ich erwartet habe", sagte Peter, als er sich tief buckte, um sich durch die Öffnung zu zwängen.

„Wenn es dir gefällt, dann findest du das hier sicher noch besser." Sie zeigte auf ein großes Loch im Boden, das teilweise mit Holz abgedeckt war und den Blick auf eine alte Treppe freigab, die in den ehemaligen Keller führte. Die Bombe, die das halbe Gebäude zerstört hatte, hatte auch die ersten drei Stufen der Treppe weggerissen.

„Am besten springst du runter", sagte sie, setzte sich auf den Boden und ließ sich auf die Stufen fallen. „Halt dich am Geländer fest."

Peter blickte in das Loch hinab, wo Estella auf ihn wartete.

Jetzt wird er mit Sicherheit gleich gehen, dachte sie. Kein Popstar würde ihr in ein buchstäbliches Loch im Boden folgen. Aber dann setzte er sich auf die Kante und sprang auf die Stufe hinunter.

„Wer A sagt ...", sagte er schulterzuckend. „Geh voran, verrückte Hutmacherin!"

Die Stufen, die nach unten führten, waren ziemlich stabil, denn sie waren aus Beton, und von oben kam etwas Licht. Sobald sie unten ankamen, wurde es allerdings fast stockdunkel.

„Du solltest vielleicht in meiner Nähe bleiben", sagte sie.

„Frech", erwiderte er.

Dann schob er seinen Arm durch ihren. Sie taumelte fast bei seiner Berührung.

Estella hatte diesen Weg schon Tausende Male zurückgelegt, und es machte ihr nichts aus, durch die dunkle verfallene Grube zu gehen. Sie kannte jede Ritze, jede Säule, jede Wand. Sie führte Peter und war froh über die Dunkelheit. So konnte er die Panik in ihren weit aufgerissenen Augen nicht sehen.

Cool bleiben. Geh einfach weiter.

Auf der anderen Seite des Kellers war eine weitere Treppe. Der erste Treppenabsatz war in Ordnung, denn die Stufen waren wie bei der ersten Treppe auch hier aus Beton. Er führte ins Erdgeschoss des alten Gebäudes. Auch hier war es alles andere als hell, aber durch die zugemauerten Fenster fiel ein kleiner Lichtstrahl. Peter löste sich von Estella, blieb aber in ihrer Nähe.

„Wohin jetzt?“, fragte er.

„Nach oben“, sagte sie.

Die nächste Treppe bestand aus Holz. Ihre Stufen waren zwar noch begehbar, aber nicht mehr völlig intakt.

„Hier kann es etwas knifflig werden“, warnte sie. „Folge mir und tritt nur auf die Stufen, auf die ich trete.“

Stufe für Stufe führte Estella Peter immer höher hinauf und achtete darauf, dass er nicht auf einer der morschen Stufen einbrach. So lange sie sich darauf konzentrierte, ihn in Sicherheit zu bringen, konnte sie sich davon ablenken, dass er ihr wirklich folgte, dass er hier war, in ihrem Zuhause.

Hoch, hoch, hoch.

„Wie viele Stockwerke noch?“, fragte er.

„Fast geschafft“, rief sie zurück.

Sie hatten endlich das Ende der Treppe erreicht, wo eine kleine Luke auf das sanft geneigte Dach führte. Estella schob sie auf und gab den Blick auf den blauen Himmel frei. Peter hatte längst aufgehört, Witze über ihre Reise zu reißen. Dazu war er viel zu verwirrt.

„Hier runter“, sagte Estella und zeigte ihm, wie man das Dach hinunterkrabbelte. Dazu musste man sich in einer krabbenartigen Bewegung auf dem Rücken nach unten bewegen. Das war nicht elegant, aber es ging nicht anders. Peter folgte ihr und kletterte vorsichtig hinter ihr her, bis er das Loch erreichte, an dem sie angehalten hatte.

„Unsere Tür“, sagte Estella und schwang ihre Beine über den Rand der Öffnung. Es ging knapp zweieinhalb Meter nach unten in die Tiefe, wo eine schmutzige Matratze lag.

„Mach es so“, sagte sie, stieß sich vom Dach ab und sprang durch die Öffnung hinunter. Sie hielt ihre Füße zusammen, um im Stehen aufzukommen. Die Matratze federte wegen der wiederholten Misshandlung nur wenig ab, aber sie wusste genau, wie sie sich nach vorne katapultieren und im Stehen landen konnte. Sie schaute nach oben zu Peter, der nachdachte, wie er es machen sollte. Nach einer Weile stieß er sich ab, aber mit zu viel Schwung. Dadurch kippte er nach vorn und landete hart, erst auf den Knien und dann auf seinem Gesicht. Estella hielt den Atem an, als er mit dem Gesicht nach unten auf der Matratze lag.

„Bist du ..."

Peter brach in Lachen aus und drehte sich um.

„Was auch immer du tust", sagte er, „erzähl den piekfeinen Leuten nichts davon, sonst wollen sie es alle." Als er aufstehen wollte, wurde Buddy auf eine neue Person in der Höhle aufmerksam, sprang auf Peter zu, stieß ihn wieder auf die Matratze und leckte ihm mit unverkennbarer Gastfreundschaft das Gesicht.

„Das ist Buddy", sagte Estella.

Wink, der die leere Wohnung genutzt hatte, um ungestört ein Nickerchen in Estellas Nähkorb zu halten, starrte den Besucher mit seinem guten Auge an und gab ein langes Knurren von sich.

„Wink", warnte Estella ihn.

Wink protestierte weiter, wenn auch etwas leiser. Estella zog Buddy von Peters Brust, damit er aufstehen konnte. Er erhob sich, wischte sich sein Gesicht mit dem Handrücken trocken und klopfte sich ab. Ziemlich verblüfft nahm Peter seine Umgebung in Augenschein.

„Home Sweet Home – wir sind da, trautes Heim." Ihr leichter Ton täuschte über ihre plötzliche Befangenheit hinweg.

Peter ging langsam im Unterschlupf umher und betrachtete ihre düstere kleine Küche mit dem Turm aus nackten Bohnenkonserven, den schäbigen Töpfen, dem Geschirr, das nicht zusammenpasste, dem schimmeligen Brot, das ganz offensichtlich noch gegessen werden sollte, den Milchflaschen, an deren Innenseite sich grüner und grauer Flaum hochrankte. Er betrachtete die alten, abblätternden Tapeten an den Wänden, die den Ziegelstein darunter freilegten, die offenen Balken oben, wo einst eine Decke gewesen war, den Schmutz, die Regenschirme, die noch Teile der Decke flickten, das Loch im Boden, das den Raum darunter offenbarte. Er ging zum Plattenspieler und schaute sich die Plattensammlung an.

„Musikliebhaber, wie ich sehe“, murmelte er. „Vier ganze Alben. Es kommt nicht oft vor, dass ich von mir behaupten kann, ein ganzes Viertel einer Plattensammlung auszumachen.“

„Wir kaufen ... nicht ... viel Musik.“

Es war auch nicht einfach, Schallplatten zu stehlen, da sie steif und viereckig waren und leicht zerbrachen. Diesen Aspekt erwähnte Estella nicht.

„Wie lange wohnst du schon hier?“

„Seit meinem zwölften Lebensjahr.“

„Was ist mit deiner Mutter und deinem Vater?“

„Meinen Dad kenne ich nicht. Meine Mum ist tot.“

„Was ist passiert?“

Außer Jasper und Horace wusste niemand etwas über Estellas Familie.

„Das ist keine tolle Geschichte.“

„Klar, kann ich mir vorstellen. Aber was ist passiert?“

„Ich bin von der Schule geflogen“, begann Estella. „Ich hatte ständig Ärger. Es war nicht meine Schuld, die Sache mit der Schule. Ich war arm. Ich war anders. Sie haben versucht, mich zu verprügeln. Ich habe mich gewehrt. Ich geriet ständig in Schwierigkeiten. Also warfen sie mich raus.“

„Klingt nach Schule“, sagte er.

Estella nickte. „Meine Mum hat mich immer verstanden. Sie wusste, dass ich nach London musste, um Mode zu entwerfen. Damit etwas aus mir wird. Nachdem ich von der Schule geflogen war, hat sie das Auto beladen und wir sind losgefahren, um hier unser neues Leben zu beginnen. Aber ...“

Es gelang ihr nicht, weiterzusprechen.

„Es war ein Unfall“, sagte sie schließlich. „Sie ist gestorben.“

„Und seitdem bist du allein?“

„Nicht ganz. Jasper und Horace wohnen auch hier.“

„Wer sind sie?“

„Sie sind ... so etwas wie Brüder. Sie haben mich gefunden, als ich nach London kam. Nachdem meine Mutter gestorben war. Sie haben mich bei sich wohnen lassen."

Peter sah überrascht aus. „Ihr habt euch also alle allein großgezogen?"

„Ich denke schon", sagte Estella.

„Wer hat sich um dich gekümmert, wenn du krank warst?"

„Wir haben uns selbst umeinander gekümmert. Das war nicht einfach, als wir alle gleichzeitig die Windpocken hatten, aber wir haben es überstanden."

„Das kann ich mir kaum vorstellen", gab Peter zu. „Ich hänge sehr an meiner Mum. An meinem Dad weniger. Er findet, Musiker sei kein richtiger Beruf. Aber Mum gefällt es. Sie hat mir Klavierspielen beigebracht. So habe ich angefangen. Sie will, dass ich sie jeden zweiten Tag anrufe. Sie findet es toll, dass ich in einer Band bin."

Na, wenn das kein Glück ist, dachte Estella bitter. Dann verbannte sie diesen missgünstigen Gedanken so schnell, wie er gekommen war. Es war nicht Peters Schuld, dass er so anders aufgewachsen war als sie. Manche Leute hatten eben Glück, und andere Leute machten ihr eigenes Glück. Estella gehörte in die zweite Kategorie.

Peter schien das Thema wechseln zu wollen, als hätte er Estellas Stimmungsumschwung gespürt. „Und das hier, nehme ich an, ist dein Teil des Anwesens", mutmaßte er, von den Kleiderständern und Kostümen zu Estellas Seite des Verstecks gezogen. Sie folgte ihm und beobachtete, was er sich anschaute. Ihre Nähmaschine, ihr Bett – und das Outfit auf der Schaufensterpuppe mit rückwärts gerichtetem Kopf. Der Beweis für die harte Arbeit, die in seine Produktion geflossen war, war überall auf dem Boden zu sehen. Stoffreste und Stoffausschnitte, Entwürfe, zusammengeheftete Zeitungsfetzen, aus denen sie Muster gefertigt hatte. Peter ging zu der Schaufensterpuppe, streckte die Hand aus und berührte den Ärmel seiner Jacke.

„Ist es das?", fragte er.

„Das ist es."

Er schwieg etwa eine halbe Minute lang – und dann schließlich ...

„Wow."

Einfach nur wow. Estella wartete darauf, dass er weitersprach, aber es schien nichts weiter zu kommen.

„Ist das ein gutes Wow?", fragte sie.

„Es ist ein unfassbar gutes Wow. Ist das für mich?"

Estella merkte, dass sie den Atem angehalten hatte, und ließ die Spannung auf einmal los. „Es gefällt dir also?"

„Ob es mir gefällt?" Er drehte sich um, und die Sonne fiel auf sein Gesicht, sodass er schöner aussah, als sie ihn je gesehen hatte. „Natürlich gefällt es mir. Schau es dir nur an! So eine Jacke hat niemand. Nicht einmal Mick Jagger oder Jimi Hendrix oder irgendeiner von denen."

„Probier sie an", drängte sie. „Los. Schau, ob sie dir passt."

Er nahm die Jacke vorsichtig von der Schaufensterpuppe und zog sie an. Sie passte genau so, wie sie es sich vorgestellt hatte. Sie verjüngte sich ein wenig in der Taille, die Ärmel fielen elegant tief, waren aber nicht zu lang.

„Hier ist das Hemd dazu", sagte sie und holte die Arbeit aus ihrem Nähkästchen. „Ich habe etwas antike Spitze verwendet, für die Details am Hals. Aber ich muss es noch färben."

Er hielt das Hemd in der Hand und betrachtete es lange.

„Das hast du für mich gemacht", sagte er. „Etwas so Schönes hatte ich noch nie."

Estellas Wangen röteten sich bei seinem Kompliment.

„Weißt du ...", fuhr Peter fort, „ich wollte zu dir in deine Wohnung kommen, weil ich sehen wollte, wo jemand wie du wohnt. Das hier ...", er wies mit einer Handbewegung auf das Chaos um sie herum, „ist absolut schlüssig."

„Wirklich?"

„Ja. Denn niemand ist wie du. Darum musst du von einem Ort kommen, der wie kein anderer ist." Plötzlich funkelten seine Augen schelmisch. „Wie auch immer, wir hatten eine Abmachung. Ich bin bereit, zu liefern."

„Das Jackett ist noch nicht fertig“, protestierte Estella.

„Dein Song auch nicht.“

Er ging quer durch den Unterschlupf und griff nach Jaspers Gitarre, die an ihrem üblichen Platz neben der Hängematte lag.

„Jemand hier hat eine Gitarre“, sagte er und hob sie hoch.

„Die gehört Jasper.“

Peter zupfte ein wenig an den Saiten.

„Sie ist verstimmt. Aber für einen ersten Eindruck wird es reichen.“ Er setzte sich in die Hängematte und winkte Estella, sich zu ihm zu setzen. Sie durchquerte das Versteck und hockte sich auf einen Stuhl in der Nähe.

„Nein“, sagte er und klopfte auf den Platz neben sich. „Komm her.“

Estella zog sich hoch und stieß gegen seine Seite, als die Hängematte unter dem Gewicht der beiden nachgab. Sie wurden aneinandergepresst. Estella fiel auf, dass sie es nicht unangenehm fand. Sie rutschte nur ein paar Zentimeter rüber, damit er etwas Platz zum Gitarrespielen hatte, aber nicht zu viel. Er fing an zu klimpern. Das Lied war fröhlich, seine Stimme hell und klar.

Found her while making a cup of tea
Don't know if she even noticed me

But now that I'm with her she will always be
The magic bean girl
I see her in the crowd with her ginger hair
You never know what she is going to wear
She came out of my dreams
Wearing only baked beans
The magic bean girl

Peters Stimme verklang, während er ein paar letzte Akkorde anschlug und die Melodie ausklingen ließ. Estella spürte, wie er sie ansah, ihre Augen suchte, aber sie konnte ihre Gefühle nicht in Worte fassen.

„Es wird besser klingen, wenn es richtig fertig ist", entschuldigte er sich. „Ich habe es auf dem Klavier geschrieben. Ich lege noch eine Orgelstimme darunter. Aber das ist es. Gefällt es dir? Ich weiß, es ist nicht ..."

„Ich habe keine roten Haare", unterbrach Estella ihn.

Peter starrte sie an. „Was?"

„Ich habe keine roten Haare", wiederholte sie. „Mein Haar ist schwarz und weiß."

„Ist das deine Art zu sagen: Nein, es gefällt mir nicht?" Er klang verwirrt, fast verletzt.

„Nein. Ich ... finde es toll. Ich will nur ..."

„Was meinst du mit schwarz und weiß? Ist das eine Art Metapher oder so etwas?"

„Nein“, sagte Estella wieder und schüttelte den Kopf. „Es ist wirklich schwarz und weiß. Genau in der Mitte geteilt. Schwarz auf der einen Seite, weiß auf der anderen.“

„Niemand hat solche Haare.“

„Ich schon. Ich färbe sie, weil – na ja – weil sie auf der einen Seite schwarz und auf der anderen weiß sind.“

„Du hast also schwarz-weißes Haar und lebst in einem Versteck.“ Er lachte. „Warum hast du mir das nicht früher gesagt? Das hätte mir das Texten des Songs viel einfacher gemacht.“

„Tut mir leid.“

„Nun, dir ist schon klar, was ich jetzt tun muss“, sagte er und legte die Gitarre nieder.

„Habe ich das Lied ruiniert?“, fragte sie erschrocken. „Es ist fantastisch! Es ist ...“

Peter drehte sich noch weiter zu ihr, legte seine Hand auf ihr Haar und streichelte es langsam. Niemand hatte Estella je gesagt, wie es ist, jemanden zu küssen. Erstaunlicherweise wusste sie, was sie tun musste. Und er hatte noch viel weichere Lippen, als sie geglaubt hatte. Sie spürte, wie ihr ihr ganzer Körper entglitt und dahinschmolz.

Dann sanken sie und Peter in die Hangematte, die langsam hin- und herschaukelte. Die schwere, warme Luft im Unterschlupf hüllte die beiden in ihrer Umarmung ein.

Ab und zu erlaubte Estella es sich, an die Zeit zu denken, als sie noch ein Kind gewesen war. Manchmal hatte es geschneit, richtig sauberen Schnee, keinen schmutzigen Staub wie in London. Sie hatte am Fenster gesessen und gezeichnet oder genäht. Das Feuer brannte im Kamin, und sie und ihre Mutter tranken Tee und aßen vielleicht Kekse, wenn sie welche hatten. Das Radio lief, und ihre Mutter sang mit. Es war so gemütlich, so vollkommen sicher und warm.

So fühlte sie sich jetzt auch. Sicher. Warm. Glücklich. Hier und jetzt in Peters Armen.

12

VERÄNDERUNGEN GESCHEHEN SCHNELLER, ALS MAN DENKT

„HALLO."

Estella schreckte hoch, richtete sich auf und rückte weg von Peter. Jasper stand neben der Hängematte, sein Gesicht war überrascht und besorgt. Sie war so in ihren Kuss vertieft gewesen, dass sie nicht gehört hatte, dass die Jungs hereingekommen waren. Estella starrte Wink und Buddy an. Ausgerechnet heute hatten sie nicht gebellt.

„Hallo", antwortete Peter, dem das plötzlichen Auftauchen der Jungs nicht das Geringste auszumachen schien. „Welcher von beiden bist du?"

„Was ist hier denn los?", fragte Horace, der nun auch

über den Rand der Hängematte schaute. „Was hat das zu bedeuten, Stel? Wer ist das?"

Estella glättete ihr Kleid und ihr Haar und versuchte, sich so anmutig wie möglich zu befreien. Sie kletterte aus der Hängematte und sagte mit hoch erhobenem Kinn: „Das ist Peter. Peter, das sind Jasper ..."

Sie deutete auf Jasper, der die Arme vor der Brust verschränkte und seinen Blick eindringlich auf Peter richtete, der immer noch lag.

„Und Horace."

Horace stand verwirrt mit offenem Mund da.

„Peter ...", fuhr Estella nach einem Moment des Schweigens fort, „ist bei Electric Teacup."

„Bei was?", fragte Horace.

„Das ist eine Band. Die Band. Das da ist ihr Album." Sie zeigte auf das Album, das an dem kleinen Tischchen lehnte, auf dem der Plattenspieler stand.

„Aber warum ist er *hier*?", hakte Horace nach.

„Eine gute Frage", sagte Jasper und nickte.

Peter spürte die kaum verborgene Feindseligkeit in Jaspers Tonfall, erhob sich langsam und sprang mit einer einzigen fließenden Bewegung aus der Hängematte.

„Estella hat mir einen Anzug gezeigt, den sie für mich geschneidert hat", sagte er. „Wir haben uns nur ein bisschen darüber unterhalten."

Jasper erwiderte nichts, sondern schaute zu seiner Gitarre, die auf dem Boden lag. Er hob sie auf und stellte sie wieder an ihren Platz.

„Nun …“, sagte Peter und sah zwischen Jasper und Horace hin und her. „Ich muss zur Probe. Ich sollte jetzt wohl gehen.“ Er hielt inne. „Andererseits kenne ich nicht wirklich den Weg …“

„Ich zeige ihn dir“, sagte Estella schnell.

Sie starteten die Tour rückwärts, und Estella ging erneut vor. Der Weg hinaus war etwas komplizierter als der hinein, denn sie mussten über eine Leiter durch das Loch und dann über das Dach klettern. *Wahnsinn, wie wir leben*, dachte Estella und wurde plötzlich wütend. Ganz zu schweigen von der Tatsache, dass Jasper und Horace sie so in Verlegenheit gebracht hatten, dass sie kaum sprechen konnte.

„Das war echt ein Ding“, sagte Peter, als sie in den Straßen von Camden auftauchten. „Deine Mitbewohner sahen nicht besonders glücklich aus.“

„Nun, wir reden eigentlich nicht mit anderen darüber, wo wir wohnen“, sagte Estella entschuldigend. „Jetzt, wo du es gesehen hast … Es tut mir so leid.“

„Das braucht es nicht“, sagte er und umfasste ihr Gesicht mit seinen Händen. „Ich bin froh, dass ich es wenigstens einmal sehen durfte. Es hilft mir, dich besser zu verstehen – und vielleicht auch weniger." Peter lächelte. „Das nächste Mal treffen wir uns woanders."

Das nächste Mal. Es würde also ein nächstes Mal geben.

Er beugte sich hinunter und küsste sie, auf dem Gehweg, vor den Augen der ganzen Welt.

„Halt mich auf dem Laufenden, magisches Bohnenmädchen."

„Mache ich," rief sie ihm hinterher und sah ihm nach, während er die Straße Richtung Tube hinunterging. Dann wandte sie sich wieder zu dem Patchwork-Bau um, den sie ihr Zuhause nannte.

Als sie zurückkehrte, saß Horace am Tisch und Jasper in der vor Kurzem frei gewordenen Hängematte. Estella ging lässig zu ihrem Nähtisch, als wäre nichts Ungewöhnliches passiert.

Jasper machte als Erster den Mund auf. „Nun ...", sagte er. „Hast du uns irgendwas zu sagen?"

„Nein", antwortete Estella in neutralem Ton. „Warum?"

„Du hast ihn hierhergebracht, Stel", mischte sich Horace ein. „In unser Versteck. Du hast jemanden hierher mitgebracht."

„Er wollte es sehen." Sie zuckte mit den Schultern, als

wäre nichts dabei. Was natürlich nicht stimmte. Und das wusste sie genau. Aber wenn sie so tat, als wäre nichts dabei, würde sich die ganze Sache vielleicht in Luft auflösen.

„Aber niemand kommt in den Unterschlupf", fuhr Horace fort. „Das ist der Sinn unseres Verstecks. Es ist unser Geheimnis."

„Ist doch egal!", protestierte Estella. „Wem soll er es denn erzählen?"

„Uns ist es nicht egal." Estella hatte diesen harten und kalten Ton in Jaspers Stimme noch nie zuvor gehört. „Das ist *unser* Haus, in dem wir sicher sind. Wir bringen keine anderen Leute hierher, denn es ist geheim."

„Aber eine Regel ist das ja nicht gerade", murmelte Estella.

„Natürlich ist es eine Regel! Und noch dazu hast du ihn mitgebracht, ohne uns überhaupt zu fragen."

Estella spürte Cruella aus dem Schatten treten. Sie hatte den Aufruhr gehört und gemerkt, dass sie gebraucht wurde. Estella versuchte, sie zurückzuhalten, aber Cruella mischte sich in das Gespräch ein.

„Ich brauche *eure* Erlaubnis nicht, um ihm zu zeigen, wo *ich* wohne," schnauzte sie. „Ich muss nicht fragen, ob ich jemanden in mein eigenes Zuhause mitbringen kann. Vieles von dem, was wir haben, haben wir *meinetwegen. Ich* nähe die Verkleidungen. *Ich* mache die Pläne."

„Pläne wie den, der dazu geführt hat, dass wir in diesem Hotel fast geschnappt worden wären“, warf Horace ein.

„Außerdem …“, fügte Jasper hinzu, „was stellst du dir überhaupt vor? Rockstars? Reiche Leute? Solche Leute interessieren sich nicht für dich.“

„Genau“, sagte Horace. „Glaubst du, du bist besser als wir, weil du diese schicken neuen Freunde hast?“

„Nein. Ich glaube, ich bin besser als ihr, weil ich besser *bin* als ihr.“

Im Unterschlupf herrschte Stille.

„Nun denn“, sagte Jasper, und seine Stimme klang nun bedrohlich ruhig. „Wenn du so viel besser bist als wir, warum bist du dann hier?“

Estella wollte einen Rückzieher machen, um sich aus der Sache herauszuwinden. Doch Cruella war zu weit gegangen, und jetzt war sie nicht mehr aufzuhalten.

„Gute Frage“, sagte sie stattdessen. „Vielleicht sollte ich tatsächlich nicht hier sein. Dieser Ort ist eine Müllhalde. Ich versuche, ihn zu verbessern, aber wie soll ich das mit euch? Ihr seid … dreckig. Ihr stinkt beide.“

Hau jetzt ab, Cruella. Hör auf! Du machst alles kaputt. Das ist zu viel.

„Wir stinken nicht“, widersprach Horace kleinlaut.

„Was schlägst du vor?“ fragte Jasper. „Willst du gehen oder so?“

„Ja, genau." *Nein, Cruella, nein.* „Ich rufe jetzt meine *Freunde* an und sage ihnen Bescheid."

Estella schnappte sich etwas Kleingeld und kletterte die Leiter hoch. Ihr Herz klopfte. Sie ging wieder in die Telefonzelle und nahm den Hörer ab, wobei ihre Hand zitterte. Tat sie das gerade wirklich? Ließ sie die Jungs im Stich, die seit ihrem zwölften Lebensjahr ihre Familie waren, um Leute, die sie kaum kannte, zu fragen, ob sie einfach – bei ihnen wohnen konnte? Warum eigentlich nicht? So ging es im Swinging London nun einmal zu.

Estella würde Jasper und Horace beweisen, dass sie sie nicht brauchte. Sie würde an einem besseren Ort landen, und sie könnten ihrem Aufstieg aus der Ferne zusehen.

Sie wählte die Nummer, die Magda ihr vor einiger Zeit gegeben hatte, und wartete, während ihr der Atem im Hals stecken blieb. Sie beobachtete einen Jungen, der einen Karren mit Flaschen die Straße hinunterschob. Das war ihre Realität: kaputte Häuser und alte Flaschen, nicht ...

Endlich nahm Magda den Hörer ab.

„Hallo?"

Estella räusperte sich. „Ich bin's", sagte sie. „Estella. Ich ..." Sie schluckte und versuchte, locker zu klingen. „Meine Mitbewohner waren *schrecklich* zu mir. Ich wünschte, ich könnte woanders wohnen."

„Stellar! Wohn bei uns!", antwortete Magda fröhlich.

„Was für ein Spaß! Ja, du kannst bei uns wohnen. Wir haben jede Menge Platz. Komm sofort."

Estella verspürte einen Anflug von Erleichterung. So viel zu Jaspers Ansicht, Leuten wie Magda und Richard könne jemand wie sie nichts bedeuten. Langsam ging Estella zurück. Sie war sich nicht sicher, ob sie tun wollte, was sie in Gang gesetzt hatte. Aber sie wusste auch, dass sie zu stur war, um etwas anderes tun zu können, als es bis zum Ende durchzuziehen.

Wieder zurück im Versteck sah Estella, dass ihr Geld in drei kleinen Stapeln auf dem Tisch verteilt war.

„Willst du immer noch gehen?", fragte Jasper.

Sie sollte einfach sagen, es tue ihr leid. Dann könnte sie alles ungeschehen machen. Mehr wäre nicht nötig. Jasper und Horace hatten Cruella schon einmal gesehen. Sie verstanden sie. *Sag einfach, dass es dir leidtut. Sag es.*

„Ja", sagte sie.

Dann eben nicht.

„Also gut. Dein Anteil," sagte Jasper und schob einen Stapel in ihre Richtung. Buddy sah zu ihr auf, den kleinen Kopf verwirrt zur Seite geneigt. Sie beugte sich hinunter und streichelte sanft seinen Kopf. „Du bleibst hier bei Wink", sagte sie sanft zu ihm. „Ich komme dich besuchen, okay?" Sie war noch nie irgendwo ohne ihn hingegangen, aber sie vermutete, dass Magda und Richard einen neuen

Freund mit Fell nicht mit offenen Armen empfangen würden. Schon gar nicht ohne Stammbaum.

Dann packte Estella ihre Taschen mit ihren Entwürfen und aller Kleidung, die sie tragen konnte, wickelte sich eine Boa um den Hals und verließ das Versteck, ohne sich noch einmal umzuschauen.

Estella beschloss, einen Teil des Geldes, das sie gerade bekommen hatte, für den fast unmöglichen Luxus eines schwarzen Taxis auszugeben. Eine solche Ausgabe hatte sie noch nie im Leben als gerechtfertigt angesehen, selbst wenn sie sich nach einem guten Geschäft ein Taxi hätte leisten können. Es kam ihr vor, wie Geld zu verbrennen.

Aber sie konnte nicht verschwitzt und aufgeregt am Cheyne Walk auftauchen, nachdem sie ihr Hab und Gut von einer Bushaltestelle dorthingeschleppt hatte. Die ganze Angelegenheit musste sorgfältig und mit einem gewissen Stil durchgeführt werden. Ohne Pathos und Traurigkeit. Sie würde dort auftauchen, als gehörte ihr das Haus.

Eine kurze – und äußerst bequeme – Fahrt später ging Estella zur Haustür von Magda und Richard, warf sich die Federboa selbstbewusst über die Schultern und trat ein.

Sie trug die schäbigen Taschen in das kühle, dunkle Foyer, wo die Standuhr ihr großes, hohles Ticken schlug. Die Augen der Ahnen der Moresby-Plums blickten an ihren zweidimensionalen Nasen vorbei von den Wänden des Treppenhauses auf sie herab. *Was um Himmels willen macht ein armes Straßenkind wie du in unserem Haus?*, schienen sie zu fragen.

„Bist du das, Stellar?“, rief Magda aus dem Wohnzimmer.

Estella stellte ihre Taschen ab, um Magda zu begrüßen, die an ihrem gewohnten Platz auf den Bodenpolstern saß und in einer Zeitschrift blätterte.

„Meinst du, dieses Kleid taugt was?“, fragte Magda.

Sie schob Estella eine Zeitschrift zu und zeigte ihr ein gelbes Minikleid mit großen weißen Kreisen darauf.

„Nein“, sagte Estella, ohne einen Moment zu zögern.

„Dachte ich mir schon. Ja, es ist eindeutig grässlich. Aber ich mag Gelb. Betty!“

Betty erschien in der Tür.

„Ja, Miss Moresby-Plum?“

„Richten Sie das blaue Zimmer für Estella her, ja? Sie wohnt jetzt bei uns.“

„Natürlich“, antwortete Betty und zog sich in die Diele zurück. Estella schenkte Betty ein dankbares Lächeln und war sicher, dass die Haushälterin es mitbekam.

„Na komm“, sagte Magda und stand vom Boden auf. „Wir richten dich erst mal ein.“

Das blaue Zimmer lag im dritten Stock, auf der Rückseite des Hauses mit Blick auf den langen Garten. Das war vielleicht das Erstaunlichste an Magda und Richard: Sie hatten einen Garten. Land. Gras. Ihr eigenes. In London. Als hätten sie ihren eigenen Park. Frisch gemähte Wege unterteilten die Grünfläche dank der täglichen Arbeit ihres Gärtners, und jede Menge Rosen und andere Pflanzen schickten Wolken von Parfüm in die warme Sommerluft.

Das Zimmer hatte große Fenster, durch die die Nachmittagssonne hereinschien. Es war eindeutig vor geraumer Zeit eingerichtet worden, wie der Großteil des Hauses. Darin standen schwere Mahagonimöbel, geschützt von Spitzendeckchen. Unter dem Himmelbett lag ein Axminster-Teppich. Die Matratze war nicht von der Straße hereingeschleppt, sondern in einem schönen, teuren Geschäft gekauft worden. Die Laken waren gebügelt.

Es gab keine Geräusche schnarchender Jungen, keinen Geruch von wenige Meter entfernt köchelnden Bohnen, keinen Regen, der durchs Dach tropfte, und keine Mäuse, die über das Kissen tanzten.

„Es ist ein bisschen klein, und die Möbel sind ein absoluter Albtraum“, sagte Magda, während Estella sich umsah, „aber es wird hoffentlich reichen.“

Estella musste sich ein lautes Lachen verkneifen. Das würde es auf jeden Fall.

„Ich bitte Betty, deine Sachen hochzubringen“, meinte Magda.

„O nein! Das mache ich schon.“ Estella ging einen Schritt auf die Tür zu.

„Unsinn. Dein Tag war ein Albtraum. Wir machen alles wieder gut. Ruh dich ein wenig aus, oder willst du vielleicht ein kühles Bad nehmen? Danach kommst du runter, und wir reden über alles, was wir jetzt unternehmen können. Jetzt, wo du ganz uns gehörst!“

Nachdem Magda gegangen war, ließ sich Estella aufs Bett fallen und betrachtete den cremefarbenen Baldachin, dann die kleine silberne Uhr auf dem Nachttisch, die Porzellanvasen und -töpfe, die Messinglampen. Es war nicht modisch, aber von hoher Qualität. Es war – solide.

Sie schloss die Augen und lauschte den Vögeln, die im Garten zwitscherten. Hatte sie Peter wirklich nur ein paar Stunden zuvor geküsst? Sie dachte an seine weichen Lippen, seine Liebkosung, seinen Körper an ihrem in der schaukelnden Hängematte. Geküsst von einem angesagten Rockstar und mit diesen sagenhaft reichen Leuten

Familie spielen. Ja, endlich führte Estella das Leben, das zu ihr passte. Sie hatte immer geglaubt, dass es ein London gab, das auf sie wartete, voller topaktueller Mode und voller Möglichkeiten, all das zu sein, was sie schon immer sein wollte. Sie hatte diese Welt gebeten, sie hereinzulassen, und diese Welt hatte die Tür weit geöffnet. Das hieß, dass alles stimmte, was sie immer über sich selbst gewusst hatte.

Sie war etwas Besonderes. Sie war jemand.

Werde ich Jasper und Horace, Wink und Buddy vermissen?

Sie verdrängte den Gedanken. Sie musste diese Tür schließen und sie geschlossen halten. Wenn sie sich auf sie konzentrierte, würde sie nie vorwärtskommen. Im Moment musste sie ihr Ziel im Auge behalten und sich auf die Belohnung konzentrieren.

Dies war die neue Estella vom Cheyne Walk.

13

DIE HEIMLICHE DESIGNERIN VOM CHEYNE WALK

DIE TAGE in der Residenz der Moresby-Plums verflogen nur so.

Estellas Morgen – oder besser gesagt ihr Mittag – begann, wenn die Sonne im Zimmer schließlich zu hell wurde, um sie zu ignorieren, und sie aus einem tiefen und meist traumlosen Schlummer erwachte. Dann kroch Estella langsam aus den schönen Laken und ging durch den Flur zum Bad. Magda hatte eine Menge wunderbarer Seifen und Badesalze. Estella lehnte sich in der Wanne zurück, und Betty brachte ihr sogar eine Tasse Tee und etwas Toast, damit sie essen konnte, während sie sich einweichte.

Irgendwann, noch warm vom Baden, traf sich Estella mit Magda und Richard zum Ankleideritual. Magda hatte ein ganzes Schrankzimmer dafür reserviert – ein zwar kleines, aber immerhin ganzes Zimmer, das sie mit Kleidergestellen gefüllt hatte. Dort hingen reihenweise Kleider, Röcke und Blusen, es gab Hutstapel und aufgerollte Gürtel und sogar einen Schminktisch voller Schmuck. Richard hatte eine ähnlich umfangreiche Kleidersammlung – fantastische Hosen und Hemden, Halstücher, Anzüge in jeder Farbe und in jedem Streifenmuster.

Estella beriet die Geschwister bei ihren Outfits. Wenn sie sagte, dass Magda etwas nicht stand, legte Magda es zur Seite und sagte: „Du kannst es haben, wenn du willst." Auf diese Weise kam Estella zu einer großen neuen Garderobe. Was Magda nicht mehr haben wollte, war ausgezeichnet – und noch besser, nachdem Estella es geändert hatte.

Schließlich kam das Trio in den auserwählten Outfits die Treppe hinunter und sah aus wie ein verrückter Zirkus. Betty schien immer zu wissen, wann es so weit war, und im Wohnzimmer wartete dann jedes Mal ein frisches Tablett mit Tee und dicken Scheiben Zitronenkuchen, den nur Estella aß. Offenbar mochte Betty Estella. Vielleicht weil sie alles aß und nie vergaß, bitte und danke zu sagen. Jedes Mal wenn Estella sich umdrehte, stand Betty mit einem weiteren kleinen Porzellanteller mit Kuchen, Keksen oder Sandwiches da. Sie verstand sogar Estellas Vorliebe für schwarzen Pfeffer auf allem und bestreute Schinken, Käse und Gurken großzügig damit.

Nachdem Magda, Richard und Estella erfrischt und gestärkt waren, stiegen sie gemeinsam ins Auto und fuhren quer durch die Stadt nach Soho zur Raupe.

So langsam kannte Estella den Kreis der Leute, die an ihrem Tisch in der Raupe ständig wechselnde Plätze besetzten. Gogo war eigentlich die ehrenwerte Georgette McNeil-Jones-Whistler, die Tochter eines Grafen. Ihre Familie hatte irgendwo ein Schloss. Wo genau, sagte sie nie, vielleicht wusste sie es nicht. Sie war sehr nett, auch wenn Estella schnell erkannte, dass in ihrem Kopf gähnende Leere herrschte. Michael, Magdas gelegentlicher Freund, war eitel und verbrachte einen Großteil ihrer langen Mittagessen damit, seine Halstücher zurechtzurücken oder in einem Löffel einen Blick auf sein eigenes Spiegelbild zu erhaschen. Er studierte in Cambridge, war also nur den Sommer über in London.

Dann war da noch Penelope, die so aussah, als ob alles sie glamourös langweilte. Roger hatte in diesem Jahr schon vier Autos zu Schrott gefahren. Cat, deren Familie eine Kaufhauskette besaß, besuchte die Clique nur einmal im Café. Pamela hatte mit kaum achtzehn geheiratet, ein Baby namens Thomasina Telescope bekommen und es so gut wie sofort nach der Geburt in die Obhut verschiedener Kindermädchen gegeben.

Sie kamen und gingen wieder, winkten mit ihren Boas und Tüchern und zogen weiter zu anderen Menschen und Läden und Wohnzimmern. Sie drehten sich um Magda, Richard und plötzlich auch um Estella wie kleine funkelnde Monde, die die hellere und größere Sonne umkreisten.

Nach dem Mittagessen machten sie in der Regel einen Einkaufsbummel oder einen Spaziergang durch den Park. Wenn sie am Spätnachmittag oder Abend zurückkehrten, las Magda Zeitschriften oder telefonierte endlos. Richard setzte sich in eine dunkle Ecke des Wohnzimmers und las Bücher, wobei er gelegentlich innehielt und missmutig aus dem Fenster starrte. Ab und zu nahm er eine Kamera, um „rauszugehen und ein paar Bilder zu machen“. Später kam er zurück und sagte, das Licht habe nicht gestimmt oder er hätte diesen oder jenen getroffen. Eines Tages kaufte er aus Versehen ein Auto. Soweit Estella wusste, war dies das Leben eines Schriftstellers.

Betty servierte eine letzte Runde Tee und Sandwiches, bevor sie nach Hause ging. Die Sommertage waren lang, und die Sonne ging erst um neun oder zehn Uhr ganz unter. Wenn es dunkel wurde, begaben sich alle zu einer weiteren Runde Ankleiden und Zurechtmachen nach oben. Sie stiegen wieder ins Auto, um in ein Restaurant zu fahren. Sie mussten sich keine Sorgen machen, allein essen zu müssen, denn alle gingen in dieselben Lokale. So bildete sich fast automatisch eine große Gesellschaft, und ihr Trio stand im Mittelpunkt des Ganzen.

Estella lernte Speisen kennen, von denen sie nicht gewusst hatte, dass sie existierten. Sie aß ihr erstes richtiges griechisches Gericht, das sie mit seinem Geschmack nach Zitrone und scharfen Oliven begeisterte. Es gab auch italienische Küche: glitschige Spaghetti mit Olivenöl und frischen Tomaten, die nicht aus der Dose kamen. Französische Küche war ein geheimnisvolles Paradoxon für sie, bemerkenswert sparsam und zugleich üppig, triefend vor Knoblauch und Sahne.

Bei den ersten Abendessen aß Estella ihren Teller noch komplett leer, weil sie gelernt hatte, nichts zu verschwenden, da die nächste Mahlzeit immer ungewiss war. Aber als sie nicht mehr nur gelegentlich, sondern mehrmals am Tag mit Magda und Richard Essen ging, übernahm Estella allmählich das Essverhalten der beiden. Sie graste und pickte und erklärte, sie wäre zu satt, um einen weiteren Bissen zu essen, wenn ihr Teller noch halb voll war.

Nach dem Essen kam die Zeit zum Ausgehen. Jeden Abend gab es Musik. So viele Clubs – der Scotch in St. James, das Revolution, das Marquee, das Bag O'Nails, das Crom, das Speakeasy, das Blaises – ständig enthüllte die

Drehtür ein anderes Spektakel. Die Auswahl war riesig. Manchmal gesellte sich Peter am späten Abend zu der Gruppe, legte seine Hand auf Estellas Hüfte, sagte ihr etwas ins Ohr und küsste sie verstohlen in dunklen Ecken.

Diese Abende mochte Estella am liebsten, wenn sie ihn durch die Menge der sich drehenden, tanzenden Leute auf sich zukommen sah und er ihre Welt zum Stillstand brachte. Bis er wieder in der Dunkelheit verschwand und Estella sich fragte, ob er jemals wirklich dagewesen war. Die Dinge in diesem neuen Leben geschahen so blitzartig, gleichzeitig genial und unbeständig.

Ihre Nächte endeten manchmal erst gegen Morgengrauen. Dann legte sich Estella in ihr kühles sauberes Bettzeug. Sie nahm sich vor, in den frühen Morgenstunden zu zeichnen, und schlief ein, sobald ihr Kopf auf dem Gänsefederkissen lag. Am nächsten Morgen wachte sie spät auf, und das ganze Prozedere begann von vorn.

„Marokko“, sagte Magda, als Estella eines späten Morgens die Treppe hinunterkam. Magda saß in einem Seidenmantel auf dem Boden, nippte an einer Tasse Tee und unterhielt sich mit Gogo, die mit einem Aufziehäffchen spielte, das sie irgendwo gefunden hatte.

„Ich war schon in Marokko", antwortete Gogo und nickte. „Einmal auf dem Weg in die Schweiz. Mein Vater kennt den Prinzen."

„Das ist Monaco, mein Schatz."

„Ach ja. Monaco. Marokko liegt in Afrika, nicht wahr?"

„Richtig", antwortete Magda herablassend.

„Ich würde gern dorthinfahren. Ich glaube, mein Vater hat dort auch ein Haus. Hat mein Vater dort ein Haus?"

„Ich bin mir nicht sicher, Darling."

„Nun, er hat überall Häuser. Ich darf nicht vergessen, ihn zu fragen." Gogo zog das Spielzeugäffchen wieder auf und lächelte, während es in seine kleinen Pranken klatschte.

„In Afrika gibt es Löwen, nicht wahr?" fragte Gogo.

„Ja", sagte Estella, stellte sich hinter die Mädchen und schenkte sich eine Tasse Tee ein.

„Ich hatte mal einen Löwen", fuhr Gogo fort. „Er hieß Lorenzo. Daddy hat ihn bei Harrods gekauft. Er lebte draußen im Garten, aber dann mussten wir ihn in den Zoo geben, weil er beinah einen der Nachbarn gefressen hätte. Jedenfalls hat Mum das behauptet." Sie schüttelte den Kopf, ihre Zöpfe flogen. „Ich glaube nicht, dass Lorenzo jemals versucht hätte, die Nachbarn zu fressen. Ich war lange sehr traurig, aber dann habe ich stattdessen ein neues Pferd bekommen, was wirklich besser ist, weil man ein Pferd reiten kann, einen Löwen aber nicht. Jedenfalls nicht so gut. Die mögen das nicht."

Magda blätterte weiter in der Zeitschrift und zeigte keinerlei Reaktion auf Gogos etwas unsinniges Geplauder.

„Noch eine Kleinigkeit", wandte Magda sich an Estella. „Wir brauchen das Haus heute. Kannst du ein bisschen rausgehen?"

Das war eine verwirrende Änderung der Routine.

„Was ist mit der Raupe?" fragte Estella.

„Heute nicht."

„Was ist denn los?" Estella gab sich Mühe, ihre Verunsicherung nicht zu zeigen.

„Das wirst du schon sehen", sagte Magda verrucht lächelnd. „Komm einfach gegen sechs wieder."

Estella zog sich an und ging hinaus, allein, mit einem seltsamen einsamen Gefühl, was dumm war, denn vor noch gar nicht langer Zeit war sie ganz auf sich selbst gestellt gewesen. Sie schlenderte eine Weile durch die Straßen, sah sich in den Boutiquen und auf den Straßenmärkten um, ließ sich schließlich im Park nieder und holte ihren Skizzenblock hervor.

Sie empfand eine Art Katharsis, als sie sich durch Entwürfe arbeitete, die schon seit Ewigkeiten in irgendwelchen Ecken ihres Kopfes Staub angesetzt hatten. Wann hatte sie sich das letzte Mal hingesetzt und richtig gezeichnet, mit einer Vision, einem Ziel? Obwohl Estella sich eingestehen musste, dass sie das größere Ziel aus den Augen verloren hatte, war der einzige Sinn und Zweck, mit Magda und Richard abzuhängen, ihre Karriere in den richtigen Kreisen voranzutreiben. Aber ihre Finger hatten keine Nähnadel mehr angerührt, seit sie bei ihren Freunden eingezogen war. Estella beschloss, sich wieder mehr für ihre Arbeit als Designerin zu engagieren, auch wenn das bedeutete, mal eine Party oder ein Mittagessen auszulassen.

Als Estella zum Cheyne Walk zurückkehrte, wartete Magda bereits an der Tür.

„Schließ die Augen", sagte sie zu Estella.

„Was?"

„Mach sie zu!"

Estella schloss ihre Augen. Sie spürte, wie Magda ihren Arm nahm und sie ins Haus führte. Sie gingen durch das Foyer, vorbei am Wohnzimmer. Sie waren noch nicht ganz bis zur Küche gelangt, als Magda Estella nach links drehte und sie eine Treppe hinunterführte, von der Estella selbst mit geschlossenen Augen wusste, dass sie sie noch nie hinuntergegangen war. Da riss Estella die Augen auf, denn Magda war nicht sehr vorsichtig, während sie Estella führte.

Das war nicht wirklich Magdas Schuld. Die Treppe war furchtbar eng und uralt.

„Augen auf!“

Estella fand sich in einem alten Raum wieder, den wahrscheinlich einst nur Bedienstete genutzt hatten. Er hatte in die Wände eingelassenen Schränke und ein paar hohe Fenster, die Licht von der Straße hereinließen.

Der Raum war mit Nähutensilien gefüllt.

Eine brandneue Nähmaschine stand darin, das allerneuste Modell. Zwei große Tische zum Zuschneiden und Auslegen von Stoffen nahmen die Mitte des Raumes ein, umgeben von Kisten mit Dingen wie Stecknadeln, Nadeln, Garn und Kreide. Es gab mehrere glänzende neue Schneiderscheren. Einige antik aussehende Lampen spendeten viel Licht.

„Das stand alles leer“, erklärte Magda. „Also dachte ich, wenn du hierbleibst, brauchst du doch einen Platz zum Nähen. Ich habe keine Ahnung von Handarbeit, also habe ich bei Harrods angerufen. Sie haben einen netten Mann geschickt, der alles gebracht hat, was du brauchst. Und da ich weiß, dass du Liberty-Stoffe liebst, habe ich dort auch angerufen und ein paar Sachen bestellt.“

Sie drehte Estella um. Hinter ihnen standen etliche Stoffrollen.

Estella ging wie betäubt auf sie zu. Seidenstoffe, Baumwollstoffe, Samt – so viele Muster. Alles für sie.

„Ich habe eine Auswahl schicken lassen. Damit du anfangen kannst. Du kannst aussuchen, welchen du möchtest, und wenn du weitere brauchst, bringen sie sie vorbei."

Ungläubig drehte Estella sich zu Magda um. „Das ist alles für mich?" Vor ihrem inneren Auge rief sie sich ihr magisches Atelier in Erinnerung, von dem sie tagtäglich geträumt hatte. Dies kam ihm ziemlich nah.

„Nun, jetzt nähst du für die Teacups, nicht wahr? Und es macht dir doch nichts aus, ein paar deiner wunderbaren Kreationen für uns zu schneidern, hoffe ich? Richard liebt die Jacke, die du für Peter genäht hast, und du weißt, dass ich deine Kleider einfach unwiderstehlich finde, also los." Estella spürte, wie sich ein Lächeln auf ihrem Gesicht ausbreitete. Es war, als wäre Magda an diesem Nachmittag mit ihr im Park gewesen und hätte ihre Gedanken gelesen, als sie sich vorgenommen hatte, sich wieder ihrer Arbeit zu widmen.

„Ich ... ich weiß gar nicht, was ich sagen soll", stammelte Estella. „So etwas hat noch nie jemand für mich getan."

„Komm schon, Darling, sei kein Dummerchen. Das ist doch gar nichts! Und bedanken kannst du dich, indem du mir etwas Fantastisches für das Konzert der Zookeepers morgen Abend nähst."

Sie drehte sich um und ging die Treppe wieder hinauf, als hätte sie Estella nicht soeben das größte Geschenk gemacht, das sie in ihrem Leben je bekommen hatte.

„Lass uns etwas zu Abend essen. Ich bin am Verhungern."

Und einfach so wurde Estella zur Hausdesignerin von Cheyne Walk.

Es stellte sich heraus, dass alle an ihrer Arbeit interessiert waren. Gogo wollte ein Kleid mit einem Federkragen. Penelope bestellte einem Umhang. Michael wollte ein Hemd. Und alle von Electric Teacup brauchten natürlich Outfits. Estella sorgte dafür, dass keines so gut war wie das von Peter. Magda und Richard ließen sich komplett einkleiden. Es dauerte nicht lange, bis die Hippsten der Londoner Gesellschaft Schlange standen, um ihr Modell zu stehen. Sie stürmten in ihr Kelleratelier, einer nach dem anderen, zum Maßnehmen und Anprobieren. Sie konnte für ihre Kreationen jedes beliebige Material bekommen. Und sie trugen alles, was sie kreierte, und erzählten jedem, dass es von ihr war.

Statt auszuschlafen und sich die Zeit beim Mittagessen und Einkaufen zu vertreiben, saß Estella bald schon vor neun Uhr mit einer Tasse Tee an ihrem Nähtisch. Richard fuhr sie zu Liberty oder zum Chelsea Antiques Market, um Stoffe und Spitzen, alte Knöpfe und Silberborten zu kaufen. Sie suchte alte Militäruniformen aus und nahm sie mit, um sie zu zerschneiden und neu zu gestalten. Ihrer Fantasie waren keine Grenzen gesetzt. Estella konnte ohne Einschränkungen tun, was sie wollte.

Im Verlauf des Sommers wurde es immer heißer, und jeder in Soho und Chelsea wusste, dass es irgendwo in der Stadt eine neue Designerin gab, die so exklusiv war, dass sie keine Adresse, kein Geschäft und kein Label hatte. Ihre einzige Visitenkarte war ihr unverkennbar einzigartiger, respektloser Stil, der den Formen der jungen, reichen Prominenten der Stadt schmeichelte. Man musste jemanden kennen, um an Estella heranzukommen. Magda und Richard bewachten sie streng.

Der einzige Termin in ihrem Kalender – der einzige konkrete Zeitpunkt überhaupt – war der bevorstehende Auftritt von Electric Teacup und das Fertigstellen von Peters Outfit. Alles andere konnte Estella fast im Schlaf nähen, aber Peters Outfit widmete sie ihre volle Aufmerksamkeit. Die Teekanne auf dem Rücken der Jacke war ein absolutes Meisterwerk aus Seide und Satin, und der Tee, der die Ärmel hinunterlief, wurde nun spielerisch in den Manschetten aufgefangen. Bis zum allerletzten Abend vor dem Auftritt arbeitete sie daran und setzte die letzten Stiche.

Am Tag des Auftritts herrschte am Cheyne Walk schon

am frühen Morgen Trubel. Das Kommen und Gehen der Leute weckte Estella auf. Magda hatte darauf bestanden, zu Ehren des Fernsehauftritts von Electric Teacup eine „kleine Party“ zu geben, die Estellas Status als Star-Designerin festigen sollte.

Als sie um kurz nach zehn die Treppe hinunterging, füllten die Vorräte die gesamte Diele und blockierten fast die Treppe. Estella lehnte sich erschrocken über das Geländer und reckte ihren Hals, um alles genau zu betrachten. Es sah aus, als wären die Lebensmittelhallen von Harrods aus einer Kanone direkt durch die Eingangstür geschossen worden. Kisten mit Champagner. Krabben auf Eis. Päckchen mit kleinen Würstchen vom Metzger. Große Kisten mit Erdbeeren vom Markt. Kuchen, Brot, stinkende Rollen Stilton, stapelweise Coca-Cola-Flaschen, Gurken und eingelegte Zwiebeln in Gläsern, Ananas, Austern, Speck, Pflaumen, schottische Eier, Baisers und große Sträucher mit Minze und Borretsch.

Als Estella auftauchte, schleppte Betty gerade eine Kiste mit Krabben in die Küche.

„Guten Morgen, Miss Estella“, rief sie nach oben. „Ich muss nur noch ein paar Sachen in den Kühlschrank bringen, bevor ich Ihnen Tee mache.“

„Ich mache das schon“, wiegelte Estella ab. Sie beschloss, über das Geländer zu klettern, da es keine Möglichkeit gab, die Treppe hinunterzukommen. Sie ging in die Küche, wo Betty bereits Fortschritte gemacht und Pyramiden von Gläsern und Tellern aufgetürmt hatte.

„Wie viele Leute kommen heute Abend?" fragte Estella, als Betty die Garnelen neben der Spüle abstellte.

„Miss Moresby-Plum sagte, vielleicht zwanzig, aber man weiß ja nie. Manchmal sind hundert Leute hier", antwortete die Haushälterin.

Als Magda und Richard gegen Mittag aufwachten und herunterkamen, hatte Estella Peters Anzug und die anderen Kleidungsstücke für die Band ins Wohnzimmer gebracht, vor lauter Angst, dass sie in ihrem Nähzimmer im Keller eingesperrt und vergessen würden und Peter in seiner traurigen braunen Hose und dem weißen Hemd auf die Bühne müsste.

„O gut", sagte Magda, die in einem gehäkelten Minikleid ins Zimmer schlenderte. „Die Sachen sind da. Betty, du bist ein Schatz und ein Genie. Ich hoffe, das wird dir nicht alles zu viel."

In diesem Moment war Betty gerade mit dem Saubermachen fertig geworden, nachdem ein Glas mit eingelegten Zwiebeln versehentlich zerbrochen worden war. Sie sah aus, als fühle sie sich weder wie ein Schatz noch wie ein Genie. Sie sah aus, als brauche sie ein kaltes Bad und ein Nickerchen.

„Kein Problem, Miss Moresby-Plum“, versicherte sie dennoch.

Magda goss sich in aller Ruhe eine Tasse Tee ein und schlenderte dann mit ihrem kleinen goldenen Adressbuch in der Hand zum Telefon. „Die Schlüssel zum Königreich“, sagte sie zu Estella, hielt das Buch hoch und wackelte bedeutsam mit den Augenbrauen. „Alle meine Geheimnisse. Es wird Zeit für die Einladungen.“

Estella starrte Magda fassungslos an. Offenbar hatte sie niemandem gesagt, dass es an diesem Abend eine Party geben sollte, obwohl sie genug Essen und Getränke bestellt hatte, um hundert Leute zu versorgen.

„Du meinst, es weiß noch niemand von heute Abend?“, fragte Estella.

„Natürlich nicht. Man lädt ja nicht im Voraus ein“, erklärte Magda und rümpfte entsetzt die Nase. „So etwas wie dies hier muss einfach so passieren.“ Ihr Blick landete auf den Outfits der Band, die Estella sorgfältig auf den Sofas ausgebreitet hatte.

„Die sind genial, Stellar! Wann kommen sie vorbei?“

„Um vier. Peter sagte, sie haben um sechs einen Soundcheck, und um acht geht die Live Show los.“

„Wunderbar! Dann haben wir etwas Zeit zum Essen, und dann dekorieren wir.“ Magda klatschte in die Hände. „Der heutige Abend wird eine Sensation!“

14

DIE WUNDERVOLLE PARTY

ESTELLA HALF Betty, die Getränkekisten aus dem Vestibül zu schleppen, und Magda streckte sich auf den Kissen im Wohnzimmer aus, erschöpft vom vielen Telefonieren, um die spontane Zusammenkunft zu verkünden. Um halb fünf hielt ein bunter VW-Bus vor dem Haus. Die Electric Teacups stiegen aus und trotteten über den Weg zur Haustür.

„Hello, 'ello!" Chris stürmte als Erster herein. Er trug ein rosafarbenes Hemd und eine bunt gestreifte Hose. „Wir haben gehört, hier designt jemand Mode!"

„Du hast meine Hose enger gemacht als seine, stimmt's?", begrüßte Peter Estella und küsste sie.

„Kommt hier herein!“, rief Magda. „Schaut, was wir für euch gemacht haben!“

Das hörte sich ein wenig so an, als hätte Magda bei der Kreation geholfen. Wie auch immer, Estella war zu gut gelaunt, um sich daran zu stören. Und vielleicht hatte Magda ja auch geholfen, schließlich hatte sie den Raum und die Materialien zur Verfügung gestellt.

Die Gruppe verstummte und schaute sich an, was Estella für sie vorbereitet hatte. Für Tom, den Bassisten, lag ein Hemd aus Liberty-Stoff mit einem braunen Art-Déco-Muster bereit. Charlie, der Schlagzeuger, bekam ein schwarz-goldenes Jackett und einen goldenen Schal. Für Chris hatte Estella ein bewusst dezentes, aber dennoch professionell geschneidertes Hemd aus grünem Satin entworfen. Und Peter bekam das absolutes Star-Outfit: einen indigoblauem Samtanzug. Auf dem Rücken des Jacketts schenkte eine aufgestickte Satin-Teekanne Tee aus. Estella hatte eine goldene Borte und kleine Epauletten hinzugefügt, eine Anspielung auf den aktuellen Trend für historische Militärkleidung.

„Nun ...“, meinte Chris, der sich Peters Outfit ansah, „einer von uns hat den Jackpot geknackt.“

Estella freute die eifersüchtige Verärgerung, die in seiner Stimme mitschwang.

Das Wohnzimmer wurde zum Umkleideraum der Band.

Die Jungs kamen gar nicht auf die Idee, Magda oder Estella aufzufordern, den Raum zu verlassen. Sie entkleideten sich einfach bis auf die Unterwäsche und zogen ihre neuen Sachen an. Magda verzog natürlich keine Miene. Estella dagegen wurde knallrot, als die Jungs sich umzogen. Sie senkte den Blick auf ihren Schoß und linste vielleicht ein- oder zweimal heimlich zu Peter.

„Und? Wie sehen wir aus?“ Chris drehte sich und präsentierte stolz aufgerichtet sein neues Outfit.

„Groovy“, sagte Magda. „Einfach super.“

Estella starrte die vier Bandmitglieder an, die sie eingekleidet hatte. Sie grinsten und posierten wie glückliche Schaufensterpuppen. Sie sahen aus wie Stars. Prüfend ging sie um sie herum und verbrachte ein paar Minuten damit, jedes Outfit aus der Nähe zu betrachten. Alle ihre Maße waren perfekt getroffen, ihre Auswahl der Farben und Schnitte war ideal auf jedes Bandmitglied abgestimmt. Während ihrer Begutachtung nahm sie ein paar kleine Verbesserungen vor, schlug ein Hemd um, richtete einen Kragen. Chris brauchte einen Gürtel, und so wurde die überarbeitete Betty zu Richards Kleiderschrank geschickt, um eine Auswahl zum Anprobieren zu holen. Als diese sich als nicht zufriedenstellend erwies, ging Estella in Magdas Ankleidezimmer und kam mit einem Arm voller Gürtel und Schals zurück. „Nimm den hier.“ Sie reichte Chris einen breiten braunen Ledergürtel. „Und du brauchst das hier …“ Sie drapierte einen von Magdas Seidenschals um Toms Hals und knüpfte ihn zu einem lockeren Knoten.

„Genial“, sagte Magda.

Zuletzt ging Estella zu Peter, während Magda und die anderen sich in die Küche schlichen, um einen Happen zu essen. Peters Outfit musste natürlich kaum verändert werden. Er hatte es vorher anprobiert, und es war bis ins kleinste Detail ausgearbeitet worden. Jetzt musste Estella nur noch die Spitze an der Hemdvorderseite zurechtzupfen und sicherstellen, dass jede Falte so saß, wie sie es wollte. Ihre Augen und Hände waren mit der Spitze beschäftigt, während sie vor ihm stand und die Wärme seines Körpers fühlte. Peter schaute ihr zu, während sie arbeitete. Er legte seine Hände auf ihre Arme und streichelte sie sanft, was sie zum Zittern brachte.

„Mein magisches Bohnenmädchen“, sagte er.

In diesem Moment gab es sonst niemanden auf der Welt – nur sie und Peter in dem schwach beleuchteten Wohnzimmer zwischen Gürteln und Schals und abgelegten Kleidern auf dem Boden um sie herum. Alles, was ihr in diesem Moment etwas bedeutete, war ihre Schöpfung, ihre …

Liebe?

„Alles klar, ihr zwei!“ Chris stürmte mit einem Sandwich in jeder Hand ins Zimmer. Er sprang zu Peter und Estella und steckte seinen Kopf zwischen ihre Köpfe. „Ich bin die Polizei", flüsterte er. „Das ist eine Razzia."

Peter grinste und gab ihm einen spielerischen Tritt. Chris sprang zurück und fuchtelte mit seinen Sandwiches herum. „Unser Gitarrist hat mich angegriffen!", rief er. „Die Gesellschaft geht in die Brüche!" Er ließ sich auf den Boden fallen und wälzte sich auf der Kleidung. Dabei ließ er auch seine Sandwiches fallen, die auf dem Teppich zerquetscht wurden und die von der Anprobe noch herumliegenden Sachen beschmierten.

„Deine Sachen!", rief Estella und versuchte, ihn hochzuziehen.

„Es wird Zeit", sagte Charlie, der in der Tür zum Wohnzimmer stand. „Los, kommt."

Chris sprang vom Boden auf, klopfte sich die Sandwichkrümel ab und folgte den anderen zur Tür.

Peter streckte die Hand aus und strich Estella über die Wange. „Ich werde es spüren, wenn du im Publikum bist", sagte er.

„Natürlich werde ich da sein."

Er lächelte sie lange an. Dann stürmte die Band fast verrückt vor Energie nach draußen zu ihrem Kleinbus.

„Okay!" sagte Magda, als sie ins Zimmer kam und das Chaos der Kleidung und Sandwiches auf dem Boden sah. „Es gibt echt viel zu tun, Betty!"

Die erschöpfte Betty erschien in der Tür. Von den vielen Vorbereitungen lief ihr der Schweiß über das Gesicht.

„Ja, Miss Moresby-Plum?“ Sie klang etwas außer Atem.

„Können Sie hier aufräumen? Estella und ich sind schon sehr in Verzug.“

„Natürlich, Miss.“ Bettys Gesichtszüge verdüsterten sich.

„Das kann ich machen“, sagte Estella schnell und griff nach der Kleidung.

„Quatsch“, widersprach Magda und hakte sich bei ihr unter. „Du musst dich zurechtmachen. Das müssen wir beide. Unsere Aufgabe ist es, heute Abend fabelhaft aus-zusehen. Komm, komm.“

Estella ließ sich von Magda die Treppe hinaufführen, während Betty die Überreste der Modenschau vom Bo-den aufsammelte.

Es folgten zwei Stunden intensiver Schönheitskur. Magda und Estella zogen sich in ihre getrennten kühlen Bäder zu-rück. Estella füllte ihre Wanne mit so viel duftendem Badesalz, dass sie fast im Wasser schwebte. Sie rieb sich mit Magdas Badezusätzen ab, die zwar furchtbar kratzten, aber ihre Haut frisch und weich machten. Wusch ihr Haar, das dringend neu gefärbt werden musste. Das Schwarz-Weiß schien beinahe schon durch. Sie wickelte ihre Strähnen um große Lockenwickler und besprühte sie mit Orangenblütenwasser. Als ihr Haar trocken war, ließ sie es locker in dicken Wellen hängen.

Natürlich hatte sie bereits vorher überlegt, was sie anziehen wollte, und ein hellblaues Minikleid ausgesucht. Es war eins der Kleider, die Magda ausrangiert hatte. Dass Magda ein Kleidungsstück nur zwei- oder dreimal trug, war ein großes Glück für Estella. Vielleicht viermal, wenn es etwas ganz Besonderes war. Estellas Garderobe war inzwischen so umfangreich, dass sie sich von dem Schrank im blauen Zimmer aus auf die Stühle und den Boden verteilt hatte und auch noch bis hinunter in ihr Atelier im Keller.

Das Kleid – ein wunderschönes kleines Teil von Biba – hatte Estella komplett auseinandergenommen, neu geschnitten und zu einer wesentlich besseren Version des Originals zusammengefügt. Eine selbst entworfene Satinstola in Grün, Rosa, Blau und Gelb, die wie ein Regenbogen aussah, hatte sie mit Knöpfen an den Schultern des Kleids befestigt. Wenn sie sich umdrehte, flog der Umhang um sie herum und verwandelte sie in einen wilden Kreisel. Als Make-up hatte Estella ursprünglich einen raffinierten Augenschmuck mit winzigen Juwelenapplikationen geplant. Im letzten Moment verwarf sie die ganze Idee jedoch. Ihr Gesicht, so entschied sie, sollte fast nackt sein. Ein Hauch von Rot auf die Wangen und ein Kuss Blassrosa auf die Augenlider. Ein wenig Wimperntusche, aber kein Kajalstift. Blassrosa Lippen mit ein wenig Glanz. So gut wie ungeschminkt. Beinahe sie selbst.

„War das mal meins?", fragte Magda, als sie und Estella sich im Vestibül trafen. Sie nahm ein Stück von Estellas Umhangstoff zwischen ihre Finger. „Du hast es echt drauf, wirklich."

Magda hatte sich für eine von Estellas neuen Kreationen entschieden, einen leuchtend roten Catsuit, der zu Emma Peel aus der Serie The Avengers passen würde. Dazu hatte sie einen niedrig sitzenden, silbernen Gürtel umgeschnallt, der nicht optimal war – es gab einen schwarzen, der besser gepasst hätte –, aber Estella ließ es durchgehen. Heute Abend musste sie die Perfekte sein.

„Dein Make-up ist anders als sonst", kommentierte Magda, als sie Estella musterte. „Warum?"

„Es fühlte sich einfach richtig an", erwiderte Estella.

Magda drehte sich um und betrachtete sich im Spiegel der Diele. Sie hatte sich schwere Cat Eyes geschminkt, mit schwarz-weißem Eyeliner und Entenblau bis hinauf zu den Augenbrauen. Sie gab ein leises „Hmmm" von sich.

Es klang merkwürdig. Der Ton war seltsam. Als hätte sie

eine Entscheidung getroffen. Dann drehte sie sich mit einem breiten Lächeln um.

„Spielt keine Rolle", sagte Magda. „Wir haben viel zu tun. Komm mit."

Unten angekommen begann Magda, überall Räucherstäbchen aufzustellen und anzuzünden, um das Haus mit den obligatorischen Weihrauchwolken zu füllen. Estella musste auf der Stelle husten und niesen. Sie folgte Magda unauffällig und warf ab und zu eins von ihnen aus dem offenen Fenster.

Gogo kam zuerst an, in einem verrückten Minikleid aus kleinen Metallkreisen. Es klirrte, wenn sie sich bewegte.

„O!" Sie fegte herein und hatte sich sofort in einem wuscheligen Mantel verfangen, der an einem Ständer neben der Tür hing. „Ich hoffe, ich bin nicht zu spät. Ich habe vergessen, dass heute heute ist."

„Du bist pünktlich, Schätzchen", versicherte Magda und führte sie ins Wohnzimmer.

Gogo nahm eine Erdbeere von einem Teller neben einem der Sofas, lutschte daran und starrte auf den dunklen Fernseher. Richard, der fast den ganzen Tag nicht dagewesen war, tauchte plötzlich in dem waldgrünen Anzug auf, den Estella für ihn genäht hatte. Er war viel zu warm für ihn. Die Hitze des Tages hatte kein bisschen nachgelassen. Alle Fenster und Türen waren geöffnet, und bald füllte sich das Haus mit Menschen und Fliegen. Auch die orangefarbene Katze, die Estella Lucy genannt hatte und die eines Tages durch das Küchenfenster hereingekommen war und sich sofort im Haus niedergelassen hatte, spazierte herum und stibitzte Schinkenscheiben und gekochte Krabben. Das um sechs Uhr noch leere Haus war um halb sieben rappelvoll. Estella schaffte es kaum, sich den Weg ins Wohnzimmer zu bahnen, und als sie endlich dort ankam, fand sie auf dem Boden keinen Platz mehr zum Sitzen. Sie quetschte sich durch das Zimmer und wollte sich an einem der Gespräche beteiligen, aber keins sprach sie besonders an:

„... tja, Mary Quant hat gesagt, Oberweite sei out, aber offensichtlich hat Angela davon noch nichts mitbekommen ..."

„... In San Francisco geht es natürlich richtig ab. Wir wollten dort eine Weile bleiben, aber wir mussten erst nach Ascot ..."

„... Ich möchte jeden lieben, aber manche Menschen sind einfach zu grässlich. Wie kann man nur einen Busfahrer lieben ..."

Komischerweise hatte Estella schon fast mit allen hier Bekanntschaft gemacht. Mindestens ein Drittel der Gäste trug etwas, das sie geschneidert hatte. Statt die Leute zu begrüßen, sagte sie im Stillen den Kleidern „Hallo". *Hallo, heißer rosa Mini. Schön, dich wiederzusehen, samtiger Hosenanzug mit Wellenmuster. Ich hoffe, es geht dir gut, blaugrüne Weste mit silbernen Fransen.*

Sie sah sich nach Magda um, konnte ihre Freundin aber nirgends finden. Also verließ Estella das Zimmer und ging im Haus umher. Dabei tat sie so, als wäre sie auf dem Weg zu einer Gruppe von Leuten, die auf sie warteten.

Der Beginn der Sendung rückte immer näher. Estella kehrte ins Wohnzimmer zurück, wo jemand den Fernseher eingeschaltet hatte. Die ganze Partygesellschaft drängte sich davor. Estella stellte sich auf einen kleinen Tisch im hinteren Teil des Zimmers, um gut sehen zu können. Sie trat ungeduldig von einem Fuß auf den anderen, während eine Nummer der Show nach der anderen lief. Die Sendung dauerte eine Stunde, aber niemand wusste, wann der Auftritt von Electric Teacup kam. Es stellte sich heraus, dass sie als Letzte auftraten. Den größten Teil der Stunde verbrachte Estella auf dem Tisch und wünschte sich, dass die anderen still wären.

„Pssst! Jetzt ist es so weit! Es ist so weit!“, rief Estella, als die Band endlich angekündigt wurde. Die Gruppe wurde etwas ruhiger, aber sobald die Kamera sich auf die Band richtete, erfüllte lautes Jubelgeschrei den Raum. Die Kulisse der Sendung bestand aus mehreren Bühnen mit Fotos tanzender Menschen in Plakatgröße. Peter stand direkt hinter Chris, ein Stück weiter rechts. Estella konnte nur einige flüchtige Blicke auf ihn erhaschen, wenn Chris, dem die Kamera folgte, sich in Peters Richtung bewegte. Die Fernsehkameras brachten die Outfits gut zur Geltung. Als sie *Everybody's Sun* anstimmten, drehte Peter sich um und präsentierte die Rückseite seines Jacketts, die fantastische Teekanne und die Teetasse.

Magda fand Estella im hinteren Teil des Raums, gesellte sich auf dem kleinen Tisch zu ihr und schlang einen Arm locker um ihre Taille. Estella befürchtete einen Moment lang, sie beide seien für den Tisch zu schwer, aber sie war so hingerissen, dass es sie nicht wirklich kümmerte. *Lass ihn doch einkrachen*, dachte sie.

„Er ist ein Star", flüsterte Magda ihr ins Ohr. „Ein Star!"

Es stimmte: Peter hatte eine Ausstrahlung wie nie zuvor. Er schaute zwar immer noch die meiste Zeit auf seine Gitarre und nur ab und zu in die Kameras oder ins Publikum, aber ganz viel Selbstvertrauen und ein schiefes Lächeln verwandelten sein Gesicht. Er war wunderschön. Die Kamera löste den Fokus von Chris und wandte sich ihm zu, angezogen von der Aura, die er in die Welt sandte – und vielleicht auch von seinem wundervollen Outfit.

„Das hast du gemacht", sagte Magda und stupste Estella an. „Star. Star, Stern, Stern."

Dann war der Song vorbei. Das Publikum im Studio klatschte und das Publikum im Wohnzimmer auch.

„Wir möchten euch jetzt gerne einen neuen Song vorstellen“, kündigte Chris an. „Er heißt *Magic Bean Girl.*“

Estella schrie kurz auf. Da war es. Ihr Lied. Peter stellte sich in die Mitte der Bühne. Er tauschte den Platz mit Chris und begann zu singen. Die Kamera fokussierte sich auf ihn, und sie wusste, dass er sie nun direkt ansah.

Nach dem Fernsehbeitrag schwärmten die Partygäste vom Wohnzimmer in alle Teile des Hauses und in den Garten aus. Estella ging von Zimmer zu Zimmer, knabberte ein paar Chips und nippte an einer Coca-Cola. Die Band würde irgendwann wiederkommen. Keiner wusste, wann.

Sie begegnete Gogo, die sich in eine Zimmerecke verkrochen hatte und sich an den Topf einer großen Palme schmiegte.

„Ich verstehe, dass du frustriert bist“, sprach sie die Pflanze an. „Ich denke, du solltest auch draußen sein. Ich werden mit ihnen darüber reden.“

Endlich hörte Estella Geschrei aus dem Garten. Die Band war gekommen. Sie quetschte sich durch die Küche und zur Hintertür hinaus. Die Band musste sich durch den Garten der Nachbarn geschlichen haben und zum Spaß über die Mauer gesprungen sein. Im Garten waren bestimmt hundert Leute. Sie lagerten überall lang ausgestreckt im Gras. Estella mischte sich in die Menge aus Leuten, Flaschen, leeren Gläsern, weggeworfenen Krabbenschwänzen und Erdbeerstengeln.

„Da sind wir!“ Chris schlug einen halbherzigen Purzelbaum im Gras.

Estella sah Peter nachkommen. Er lächelte, als er sie sah. Er schaute Estella die ganze Zeit an, während er über den Rasen auf sie zuging und ein paar Leute begrüßte.

„O, hallo noch mal“, grüßte er sie, als er bei ihr angekommen war. „Hast du heute Abend zufällig irgendetwas Gutes im Fernsehen gesehen?“

„Nein“, erwiderte sie unschuldig. „Ich gucke kein Fernsehen.“

„Sehr weise. Ich habe gehört, es soll schädlich für das Gehirn sein. Also, wo bekommt ein Durstiger hier etwas zu trinken?“

Eine Flasche Coca-Cola tauchte in seiner Hand auf. Jemand hatte sie ihm im Vorbeigehen gegeben.

„Ach, wie praktisch“, sagte er. „Jetzt würde ich dir gern mehr über meinen plötzlichen Aufstieg zu Ruhm und Reichtum erzählen. Ich kenne einen Ort, der dafür genau richtig ist.“

Er packte sie am Arm und führte sie in eine dunkle Ecke des Gartens, wo sie beide ins Gras sanken.

Sie unterhielten sich nicht. Sie lehnte sich an ihn, als er sich zu ihr beugte. Sie küssten sich immer leidenschaftlicher, angeheizt durch den aufregenden Abend, den Lärm, die Musik. Sie ließen sich auf den Boden sinken und lagen sich in den Armen. Estella hörte die Party weitergehen, das Lachen um sie herum, den gelegentlichen Luftzug von Leuten, die über sie hinwegstiegen.

Sie stützte sich auf ihren Ellenbogen, damit Peter einen Schluck trinken konnte. Der Puls des Beatles-Songs *Sgt. Pepper's Lonely Hearts Club Band* brachte den Rasen zum Beben.

„Nun“, sagte Peter, „ein geglückter Abend, denke ich. Findest du nicht auch?“

Estella saugte alles in sich auf: die sanfte Nachtluft, den Duft der Blumen. Sie wollte sich nicht eingestehen, wie besonders die Nacht war, aus Angst, sie könnte sich in Luft auflösen. Sie wollte den Moment auskosten, ihn festhalten, als würde sie einen Schmetterling im Flug einfrieren. Sie betrachtete, was sich vor ihren Augen abspielte:

Chris hüpfte über den Rasen wie ein verrückter Kobold.

Gogo zerrte die Topfpalme in die Freiheit.

Magda lachte, und es klang wie ein kleines Glöckchen.

Richard fotografierte den Boden.

Jasper und Horace schaufelten ganze Hände voller Käse und Ananas von einem Tablett.

Moment mal.

Ein heftiger Schreck durchfuhr sie, und sie sprang auf.

„Wo willst du denn hin?“ Peter hatte Estellas ehemalige Mitbewohner nicht gesehen. Oder wenn doch, so hatte er sich nach dem katastrophalen Treffen im Unterschlupf nicht daran erinnert, wer sie waren. Estella schloss kurz die Augen und stellte sich diese Art von Begegnung mit Magda, Richard, Gogo, Penelope … all ihren neuen Freunden vor.

Nein. Nein, nein, nein, nein, nein. Nicht heute Abend. Nicht jetzt.

„Bin gleich wieder da!“, rief sie fröhlich, als würde sie nichts in der Welt bekümmern.

Jasper lächelte, als sie angerannt kam.

„Was macht ihr denn hier?“, flüsterte sie scharf.

„Sieht so aus, als sei hier eine Party“, erklärte Jasper lässig. „Die Tür war offen. Die Leute kommen und gehen.“

„Und ihr habt ganz zufällig vor der Tür herumgelungert?“

„Wir waren spazieren“, sagte Horace, die Stimme der Vernunft.

„Für unsere Kondition“, fügte Jasper hinzu. „Wie gesagt, die Tür stand offen.“

Estella musterte die beiden. „Und was wollt ihr jetzt hier?"

Beide zuckten mit den Schultern.

„Käse und Ananas", erwiderte Horace. „Ich liebe ein bisschen Käse und Ananas."

„Alle beide", sagte sie mit leiser Stimme, „folgt mir. Jetzt sofort."

Estella packte sie und zog sie durch die Menge ins Haus zurück und durch das verwinkelte Erdgeschoss. Im Vorbeigehen schafften sie es, sich Cola-Flaschen, Krabben und Schottische Eier zu nehmen.

Nachdem Estella sie durch die Vordertür auf den Bürgersteig gelotst hatte, verschränkte sie die Arme. Ihr drohender Blick signalisierte den Jungs, dass sie in ernsthaften Schwierigkeiten steckten.

„Hör mal ...", begann Jasper, „wir wollen nur deine Freunde kennenlernen. Mehr nicht. Wir wollen sehen, was es mit dem Swinging London auf sich hat."

So gesehen war es gar kein so abwegiges Ansinnen. Was konnte es schaden, wenn sie einfach auf der Party abhingen? Es waren jede Menge Leute da. Horace und Jasper hatten sich sogar ein wenig schick gemacht. Estella spürte unerwartetes Heimweh, als sie sah, dass beide die Halstücher trugen, die sie ihnen genäht hatte. Sie hatten sich Mühe gegeben. Und sie hatte sie vermisst.

Doch dann ließ sie ihren Blick noch einmal über die beiden gleiten und hielt inne. Irgendetwas stimmte nicht. Horace hielt sich an seinem Ärmel fest und Jasper presste seine Ellenbogen dicht an seinen Körper.

„Was habt ihr gemacht?", fragte sie leise.

„Gemacht?", erwiderte Jasper.

„Was habt ihr da?"

„Ach so." Er griff in sein Jackenfutter. „Drei Brieftaschen, irgendein silbernes Ding, das herumlag und Staub ansetzte, nicht viel."

„Ihr habt geklaut", sagte Estella ruhig. „Hier?"

„Na komm schon", lenkte er ein. „Du weißt doch, dass sie es nicht vermissen. Wir haben nur den offensichtlichen Deppen die Brieftaschen abgenommen."

„Sie sind meine Freunde", schimpfte Estella.

„Wir sind deine Freunde", konterte Jasper. „Diese Leute sind verwöhnt und dumm."

„Diese Leute haben Stil", korrigierte sie ihn. „Sie sind klug. Sie sind interessant."

„Ein Mädchen hat mit einer Topfpflanze gesprochen."

Estella winkte ab. „Das ist Gogo, und die ist nun einmal so."

„Und die haben Stil, ja?", bohrte Jasper nach. „Woher haben sie diese Klamotten? Ich nehme an, dass du etwas damit zu tun hast."

„Gib mir die Brieftaschen." Fordernd streckte sie ihre Hand aus. Horace wich zurück.

„Ich kapiers nicht, Stel", fuhr Jasper fort. „Ich kann nichts Besonderes an ihnen finden. Ist es nur, weil sie Geld haben? Geld kann jeder haben."

„Jeder nicht – und das ist es auch nicht – nicht wirklich", antwortete sie knapp. „Gib mir die Brieftaschen. Sofort."

„Nö." Jasper hüpfte spielerisch zurück. „Nicht bevor wir unsere alte Estella wiedergesehen haben. Diese Leute rufen Cruella auf den Plan. Das ist nicht gut für dich."

„Ich meine es ernst."

Jasper und Horace liefen vor ihr weg, winkten zwischen den am Straßenrand geparkten Autos und duckten sich hinter Bäumen. Sie lachten, aber Estella blieb ernst. Sie zeigte auf eine große Gestalt mit Helm. Sie kam die Straße hoch.

„Da ist ein Polizist", sagte sie. „Ihr habt zehn Sekunden, um zu verschwinden. Danach rufe ich ihn."

„Das bringst du nicht fertig", sagte Horace.

„Zehn."

„Stel." Jaspers Grinsen erlosch. „Komm schon ..."

„Neun."

„Ich glaube, sie meint es ernst", flüsterte Horace.

„Acht."

„Komm schon, Stel", bat Jasper. Den flehenden Blick in

seinen Augen hatte sie noch nie bei ihm gesehen. „Komm einfach nach Hause."

„Sieben."

„Jasper, los, komm ..."

„Stel hetzt keinen Bullen auf uns", versicherte Jasper ihm.

„Sechs."

„Das glaube ich doch", flüsterte Horace.

„Niemals." Jaspers Gesicht verhärtete sich, seine Augen glitzerten.

„Fünf."

„Komm schon, Kumpel." Horace zerrte an ihm. „Sie hat jetzt diese neuen. Sie braucht uns nicht mehr."

Jasper verschränkte die Arme vor der Brust.

„Vier", sagte Estella. Ihr Herz klopfte wie wild.

„Ich bin dann mal weg", verkündete Horace. „Cruella ist hier. Estella sehe ich nirgends. Komm schon, Jasper. Komm!"

„Drei."

Jasper warf Estella einen letzten Blick zu – einen festen, suchenden Blick.

„Du weißt, dass sie nicht deine Freunde sind", sagte er leise.

Zwei. Eins.

„Polizei!" Estella schrie. „Ein Dieb! Halt, ein Dieb!"

Jaspers Augen weiteten sich. Er schaute sie lange und enttäuscht an und rannte dann los, Horace dicht auf seinen Fersen. Die zwei Gestalten zogen sich in die Nacht zurück und ließen Estella allein auf dem Cheyne Walk zurück.

Sie hatte nur geblufft. Es war kein Polizist, sondern nur ein Typ, der mit einem verrückten alten Helm zur Party kam. Jasper und Horace hätten den Unterschied nicht erkennen können, denn sie wussten nicht, dass einige Leute zum Spaß alte Militäruniformen trugen. Sie hatten keine Ahnung von Mode. Es war nicht ihre Welt.

Es war Estellas Welt. Und sie betrat sie allein.

15

DAS MARMELADE-PROBLEM

„HEUTE SIEHT es draußen etwas bedrohlich aus", sagte Betty am nächsten Morgen beim Geschirrabtrocknen. „Ich glaube, es gibt ein Gewitter. Soll ich Ihnen den Tee runterbringen?"

Sosehr Estella ihre Werkstatt auch mochte, an einem grauen Tag wie diesem war es dort ziemlich dunkel.

„Ich arbeite heute Morgen im Wohnzimmer", antwortete Estella.

„Gut. Dann serviere ich ihn dort, Miss."

In den frühen Morgenstunden waren Estella und Betty am Cheyne Walk meist allein. Nur die beiden arbeiteten im Haus. Betty hörte Radio, während sie bügelte und im

Erdgeschoss putzte. Estella nähte Kleider. Heute hatte sie sehr viel zu tun, denn sie war im Rückstand.

Um ehrlich zu sein, war es gerade ziemlich anstrengend für sie. Sie hatte kaum Zeit für neue Entwürfe, denn die meisten ihrer Kunden wollten nur Sachen, die sie bereits designt hatte. Sie mussten einfach „das Kleid haben, das Magda bei den Bag O'Nails getragen hat, aber könntest du es in Grün machen?" Ihre Arbeit fühlte sich immer weniger nach Kreativität und immer mehr nach Plackerei an. Estella seufzte und rief sich in Erinnerung, was für eine einzigartige Chance es für sie war. Seit dem Erfolg des Fernsehauftritts von Electric Teacup war ihre Arbeit gefragter als je zuvor. Und je mehr hochkarätige, abgehobene junge Leute ihre Modelle trugen, desto besser. Da spielte es keine Rolle, ob es inspirierend war, diese Kreationen anzufertigen oder nicht.

Estella ließ sich im Wohnzimmer mit ihren Materialien nieder. Lucy rollte sich neben ihr zusammen. Die Katze hatte es sich angewöhnt, sich auf die Rückenlehne eines der gepolsterten Stühle zu setzen und Estella beim Nähen oder Zeichnen zuzusehen. Manchmal versteckte sie Garnspulen im Garten, die Estella dann verzweifelt suchte.

Irgendwann um kurz nach eins kam Magda die Treppe herunter, in Hotpants und einer passenden Bluse, die Estella ihr genäht hatte. Sie ließ sich auf ihren Kissenstapel fallen und blätterte in der Post, die Betty auf den niedrigen Tisch gelegt hatte. Die Moresby-Plums hatten alle Rechnungs- und Rechtsangelegenheiten extern in Auftrag gegeben, aber manchmal war jemand so dreist, etwas direkt ins Haus zu schicken, was bei Magda, die sich dann unendlich belästigt fühlte, kleine Anfälle hervorrief.

„Idioten!“ beschwerte sie sich und wedelte mit mehreren Briefumschlägen. „Ich habe den Anwälten gesagt, sie sollen nichts hierherschicken, aber es hört mir wohl niemand zu.“ Sie seufzte tief. „Ich glaube, ich muss sie noch einmal anrufen.“

„Schrecklich“, sagte Estella, ohne von ihrer Arbeit aufzuschauen, denn das war die erwartete Antwort.

„Ich weiß. Es wird allmählich immer langweiliger hier. Ich habe heute Morgen mit Michael telefoniert, und er war furchtbar langweilig. Er sprach in Echtzeit über all seine Gedanken und darüber, wie viel ich ihm bedeute. Das klang alles so öde. Penelope war nicht zu Hause – keine Ahnung, wo sie ist. Es gibt keine Partys heute Abend. Es ist alles total *öde.*“

Magda legte die Briefe wieder auf den Tisch, streckte schmollend ihre langen Beine aus und starrte auf ihre Zehen.

„Was hast du gemacht, bevor du hierhergekommen bist, Stellar?“, fragte sie. „Du hattest bestimmt ein aufregendes Leben, als du noch nicht mit uns zusammen warst."

„So ziemlich das, was ich dir erzählt habe." Estella konzentrierte sich auf eine besonders heikle Naht. „Wir haben schwere Dinger gedreht. Ich habe Kleider genäht. Meistens habe ich geklaut, um Mode zu entwerfen."

„Klingt romantisch", sagte Magda. „Ich wäre gern eine Elster. Oder ein *Klauer.* Sagt ihr das so? Ein schräger Vogel aus dem East End mit einem Spitznamen wie Mad Magda oder so ähnlich?"

Estella machte sich nicht die Mühe, sie darauf hinzuweisen, dass sie nicht glaubte, dass es das Wort *Klauer* gab. Sie hatte in einem ausgebombten Haus in Camden gewohnt und nicht im East End, und einen Spitznamen hatte sie auch nicht. Es hätte keinen Zweck, sie zu korrigieren, nicht wenn Magda so eine Laune hatte.

„Genau, das machen wir heute!" sagte Magda und wurde plötzlich fröhlicher. „Wir drehen ein Ding!"

Estella legte ihre Näharbeit beiseite und starrte die nun strahlende Magda an. „So einfach ist das nicht."

„Wieso nicht?"

„Na ja, es gibt ziemlich viel zu lernen."

Magda nickte, als wäre das eine Selbstverständlichkeit. „Also bringst du es mir bei. Du hast es doch auch von jemandem gelernt, oder?"

„Aber du *musst* doch gar nichts stehlen“, räumte Estella ein.

Plötzlich verwirrt neigte Magda ihren Kopf. „Das weiß ich“, sagte sie. „Aber es scheint mich magisch anzuziehen. So haben wir uns kennengelernt – du hast bei Liberty gestohlen. Du bist in unserer Welt. Ich möchte deine sehen. Los, komm schon. Das wird unser Projekt.“

Estella wusste, dass die Würfel gefallen waren. Magda war jetzt auf die Idee gekommen und würde nicht mehr lockerlassen. *Wahrscheinlich schadet es nicht weiter*, dachte sie. Peter hatte den ganzen Nachmittag Probe. Es regnete. Und Estella konnte eine Pause von ihrer Fließbandarbeit gebrauchen.

„In Ordnung.“ Estella gab sich Mühe, wesentlich weniger begeistert zu klingen als Magda.

Magda klatschte in die Hände. „Großartig! Wo fangen wir an?“

„Hier.“ Estella wies auf das Wohnzimmer. „Wir fangen nicht in einem Laden an. Wir fangen hier an.“

„Stehlen lernen wie in einem Klassenzimmer?“ Magda lachte. „Was für ein Abenteuer.“ *Stehlen. Ein Abenteuer?* Estella widerstand dem Drang, mit den Augen zu rollen. Gerade hatte sie noch gedacht, nichts in dieser Welt könne sie mehr überraschen.

Das Erste, was Estella jemals gestohlen hatte, war Milch. Milch war ein guter Anfang. Die Milchmänner stellten die Glasflaschen frühmorgens auf die Treppe. Niemand verdächtigte ein Kind, das einen Liter Milch trug, etwas im Schilde zu führen. Man brauchte die Flaschen nur zu nehmen, bevor der Eigentümer es tat. Milch war außerdem ein Grundbedürfnis. Wenn man mit etwas Überlebenswichtigem wie Milch anfing, ging es viel leichter, die Leiter hinaufzusteigen und andere überlebenswichtige Dinge zu stehlen wie Geld, Kleidung oder Nähmaschinen.

Die Herausforderung bestand darin, dass es nichts gab, das die Moresby-Plums stehlen mussten, um zu überleben. Sie brauchten weder Essen noch Kleidung oder Geld. Das stellte Estella vor ein kleines Problem, wenn sie die wichtigsten Grundlagen erklären wollte. *Du wirst nicht erwischt, weil du nicht erwischt werden kannst. Nimm dir Essen, damit du etwas zu essen hast. Nimm dir Kleidung, damit du etwas zum Anziehen hast. Nimm Geld, damit du dir etwas zu essen und etwas zum Anziehen kaufen kannst.*

Doch sie musste zugeben, dass sie nichts so sehr reizte, wie Größeres zu wagen, nach dem Unmöglichen zu greifen, dem Wachpersonal vor der Nase herumzulaufen und im letzten Moment zu entkommen. Aber es war nicht nur ein Spiel, nicht für sie, auch wenn immer ein Element des Risikos und der Chance mit im Spiel waren.

Estella ging in die Küche und nahm sich verschiedene Gegenstände – Gabeln und Löffel, eine Teedose, ein Glas Marmelade und einen Salzstreuer in Katzenform. Sie brachte alles ins Wohnzimmer und reihte es auf dem mittleren Brett einer Regalkombination auf, die die gesamte Länge des Raums einnahm. Mit dieser Methode hatten Jasper und Horace auch sie ausgebildet.

„Also gut“, begann sie. „Es geht um das hier, genau hier.“ Sie deutete auf das Glas Brombeermarmelade.

„Behalt es im Auge“, sagte sie und ging zum anderen Ende des Bücherregals. Sie ging an den aufgereihten Gegenständen vorbei, griff nach mehreren von ihnen, berührte sie, begutachtete sie und stellte sie wieder zurück. Sie verweilte bei der Teedose, hielt sie einen Moment lang in der Hand, betrachtete sie genau, stellte sie wieder hin und ging langsam weiter.

„Und das war’s auch schon“, sagte sie zu Magda.

Magda schaute zu der Stelle, wo das Marmeladenglas gestanden hatte. Es war weg. Estella fischte es aus den Tiefen einer Taschenspieler-Jacke, die sie an einem ihrer Heimweh-Nachmittage genäht hatte.

„Ich habe dich doch beobachtet!“, rief Magda erstaunt. „Das will ich auch können! Zeig mir, wie es geht!“

Estella stellte die Marmelade zurück ins Regal und ließ Revue passieren, was sie genau gemacht hatte.

„Zuerst bewegst du dich ganz langsam." Sie führte es vor. „Bleib nicht zu lange vor etwas stehen. Bleib in Bewegung. Sobald du gefunden hast, was du haben willst, konzentrier dich auf etwas anderes. Ich will zum Beispiel die Marmelade, also konzentriere ich mich auf den Tee."

Sie nahm den Tee wieder in die Hand.

„Achte darauf, dass man dich sieht, während du ihn in der Hand hast. Das ist das Wichtigste. Und in dieser Zeit, hier unten ..."

Estella drehte sich ein wenig, damit Magda sehen konnte, was sie mit der linken Hand tat, während ihre rechte Hand den Tee hielt. Estella nahm die Marmelade vom Regal und hielt dabei die Jacke absichtlich eng am Körper. Die Marmelade verschwand augenblicklich darin.

Magda lachte ihr hohes trillerndes Lachen. „Ungeheuerlich! Zeig es mir noch mal. Ich will es machen. Lass es mich machen."

Estella zog die Jacke aus und gab sie Magda, die von dem Kissen aufsprang und Estellas Bewegungen nachahmte. Sie ging behutsam umher und begutachtete die Waren, die Estella hingestellt hatte. Dann drehte sie sich schnell und entschlossen um und nahm die Teedose aus dem Regal.

„Ich schaue mir die Teedose aufmerksam an“, murmelte sie laut. „Und mit meiner anderen Hand ...“

Mit einer anmutigen Drehung des Handgelenks nahm sie das Marmeladenglas aus dem unteren Regal.

„Du bist ein Naturtalent!“, sagte Estella, nun ebenfalls beeindruckt. „So elegant!“

„Jahrelanger Ballettunterricht“, antwortete Magda leichthin. „Schrecklich langweilig, aber ich wusste, dass es für irgendetwas gut sein muss. Sag mal, wenn du heute stehlen wolltest, wo würdest du normalerweise hingehen?

„Irgendwo, wo viel los ist. Da Hochsaison ist, an einen Ort wie Harrods, wo es wegen der vielen Touristen sehr voll ist. In einem so großen Kaufhaus wird ein gewisses Maß an Diebstahl beinahe erwartet. Es ist etwas anderes, als in einem kleinen Laden zu stehen.“

„Dann lass uns hingehen“, forderte Magda sie auf.

Keine gute Idee, sondern eher eine schreckliche, fand Estella. „Ich dachte, du wolltest nur sehen, wie es geht?“

„Aber ich habe es doch super hingekriegt! Wo bleibt der Spaß, wenn wir es nicht versuchen? Los, komm schon!“

„Ich habe dir nur eine Basisübung gezeigt“, warf Estella ein. „Es braucht Zeit, so etwas zu lernen.“ Lange Zeit, um genau zu sein. Jasper und Horace hatten sie erst nach vielen Wochen einer echten Diebstahlsituation ausgesetzt, in der es keinen Spielraum für Fehler gab.

„Sei keine Spielverderberin!" Magda schaute sie missbilligend an. Zum ersten Mal warf jemand Estella vor, eine Spaßbremse zu sein, und das gefiel ihr überhaupt nicht.

„Gut", antwortete Estella. „Wir gehen zu Harrods!"

Zuerst mussten sie sich ankleiden.

Estella stattete Magda mit einem einfachen blauen Etuikleid aus, das ein geheimes Innenleben hatte. Das Kleid bot nicht so viel Platz wie die Jacke. Also besprachen sie, was Magda stehlen konnte – zum Beispiel einen Schokoriegel oder eine kleine Packung Harrods-Tee. Dann musste Magda ihre Accessoires wählen, einen großen Hut, silberne Sandalen, mehrere Armbänder und eine schwere Halskette. Estella kleidete sich dazu passend und kombinierte einen silbernen Minirock mit einer hauchdünnen blauen Bluse. Sie vergewisserten sich noch einmal, dass die Hüte, Handtaschen und Schuhe auch gut zusammenpassten, und aßen dann Kuchen und tranken Tee. Magda erledigte noch zwei Telefonate. Dann fuhren sie endlich in einem großen schwarzen Taxi nach Knightsbridge. Richard hatte den Jaguar genommen, und Magda hatte keine Lust, den Mini zu fahren.

Estella sah das riesige Kaufhaus fast mit neuen Augen,

während sie die Straße entlangfuhren. In der Sonne sah es prächtig aus, mit seinen Terrakottafliesen und seinen organisch und lebendig wirkenden Jugendstilformen.

Sicher, überlegte sie, als ein Pförtner die Taxitür öffnete, *ich bin gekommen, um zu stehlen, und ich bringe jemanden mit, der stehlen will und es gar nicht nötig hat.* Aber Magda war auch die Art von Klientel, die Harrods sehr schätzte. Sie hatte Geld. Enorm viel. Das bedeutete: Sie wusste, wie sie ein Geschäft betrat, als gehöre sie dorthin, als müssten sie ihr dort dankbar sein, dass sie über ihre Schwelle schritt. Sie waren zwei zauberhafte junge Frauen der feinen Gesellschaft – das Swinging London in Person. Allein dass Magda in ihren vier Wänden weilte, steigerte automatisch das Ansehen von Harrods, selbst wenn sie Dinge mitnahm, ohne dafür zu bezahlen.

„Nicht vergessen, klein!“, erinnerte Estella Magda, als sie sich in den Laden quetschten und von der Menschenmenge mitgerissen wurden.

„Dünn. Preiswert. Standardware. Etwas von einem Stapel oder aus einer Kiste, wo nichts vermisst wird.“

„Klein und dünn. Ja. Rechte Hand Tee, linke Hand nehmen.“

„Nicht zögern. Und auf keinen Fall rennen.“

Magda kicherte.

Jetzt, da Estella wieder in ihrem Element war, kam sie

langsam in Stimmung. Es war schon viel zu lange her, dass sie etwas hatte mitgehen lassen. Wenn sie nicht aufpasste, verlor sie ihr Gespür. Die beiden gingen tiefer in die Lebensmittelhallen hinein. Auch eine der unvermeidlichen zahlreichen Touristengruppen wuselte hier durch die Gänge.

„Pass mal auf", flüsterte sie Magda zu.

Estella nahm ihren Hut ab und wedelte damit wie mit einem Fächer. „Es ist so heiß", jammerte sie laut. Währenddessen streckte sie ihre rechte Hand aus und befreite einen Mann von seiner Uhr. In Sekundenschnelle hatte sie die Uhr in ihrem Hut versteckt und ihn wieder auf ihren Kopf gesetzt.

Sie lächelte Magda an, die in Lachen ausbrach.

„Selbstvertrauen", leitete Estella sie an. „Ruhiges Selbstvertrauen."

In diesem Moment sah sie den Kopf ihres alten Freundes, des rotgesichtigen Wachmanns, dessen Haar wie Rote Bete aus der Menge auftauchte. Normalerweise hätte sie sich davongemacht, sobald er sich näherte. Doch heute war alles anders.

„Geh weg von mir", murmelte Estella Magda leise zu. Magda blickte neugierig zwischen Estella und dem Sicherheitsmann hin und her. „Der Mann starrt dich an, als ob er dich kennt."

„Ja, er kennt mich, und deshalb beobachtet er auch mich und nicht dich. Geh weg. Tu so, als ob du mich nicht kennst. Und zwar sofort. Das ist deine Chance. Los, hol dir was."

Magda drehte sich vorsichtig auf dem Absatz um und ging in eine andere Richtung, während Estella direkt auf den Mann zusteuerte. Als er sie sah, verengte sich sein Blick.

„Ich dachte, ich hätte dir gesagt, du sollst dich hier nicht mehr blicken lassen."

„Ich bin nur eine Kundin, Sir", antwortete sie höflich und lauter als nötig. „Warum reden Sie mit mir? Mutti, Mutti, dieser unheimliche Mann …"

Sie sah sich hektisch um, als suchte sie nach einem Elternteil. Andere Kunden drehten sich um und starrten den Wachmann an, der errötete und zurückwich, ohne seinen Blick von Estella abzuwenden. Sie zog sich langsam zurück, bis der Abstand zwischen ihnen groß genug war. Dann ging sie lässig zu Magda, die mit verblüfftem Gesicht an einer Auslage mit Konfitüre und Marmelade stand.

„Ich habe es geschafft!", flüsterte sie. „Ich habe es geschafft! O, aber ich bin nicht mit der Hand in die Innentasche gekommen, also habe ich es hier reingetan." Sie deutete auf die stark ausgebeulte vordere Tasche des Kleids, in der sich die Form eines Marmeladenglases abzeichnete. Statt eines schönen, flachen Schokoriegels hatte Magda das schwere, gut sichtbare Objekt gewählt, mit dem sie geübt hatten.

„Nein“, sagte Estella und bemühte sich, nicht in Panik zu geraten. „Nein, keine Marmelade. Die ist zu groß. Auf dem Etikett steht Harrods. Du musst sie wieder loswerden. Und zwar sofort. Stell sie zurück.“

Der Wachmann, der möglicherweise Blut gerochen hatte, bewegte sich in ihre Richtung. „O!“ Magdas Augen funkelten aufgeregt. „Er kommt rüber! Er kommt rüber!“

„Stell es zurück“, sagte Estella wieder. „Es ist kein Diebstahl, solange es den Laden nicht verlassen hat. Stell es einfach zurück, und wir gehen.“

Doch Magda stellte es nicht zurück. Stattdessen rannte sie los, das Einzige, was sie nicht hätte tun dürfen, wie Estella ihr eingeschärft hatte. Sie rannte zur Tür, stieß Leute aus dem Weg. Vor sich hinfluchend eilte Estella ihr hinterher. Sie quetschte sich durch die Menschentrauben, die sich vor den Türen gebildet hatten und ihr den Weg versperrten. Sie erreichten den Vorraum zwischen der Innen- und der Außentür des Kaufhauses.

„Magda!“

Magdas Gesicht strahlte jetzt keine Freude oder Aufregung mehr aus. Sie sah regelrecht versteinert aus. Dann stürzte sie auf die Tür nach draußen zu, die ihr einer der grün gekleideten Türsteher von Harrods aufhielt. Estella wollte noch drinbleiben, damit Magda ein paar Sekunden mehr Zeit blieben, aber die Menge drängte auch sie hinaus auf den Gehweg. Magda stand mit leerem Gesichtsausdruck da. Sie nahm die Marmelade aus der Tasche ihres Kleids und drückte sie Estella in die Hand.

„Lass sie verschwinden", sagte sie.

„Magda! Das kann ich nicht ..."

Aber der Sicherheitsmann hatte Estella schon eingeholt. Wenig später lag sie auf dem Boden und hielt das Eigentum von Harrods in den Händen: ein Glas Limettenmarmelade.

Eine Sekunde lang kam ihr alles wie in Zeitlupe vor. Estella sah Magda wegrennen, die nur einmal über ihre Schulter blickte. Das Knäuel von Touristen umringte sie konfus. Schwere Hände drückten auf ihre Handgelenke. Sie überlegte, ob sie versuchen sollte, sich zu befreien, aber die Anstrengung erschien ihr sinnlos.

Manchmal steckte man eben wirklich in der Klemme, wenn man sich erwischen ließ.

16

ERWISCHT, UND WAS NUN?

„HINTER DER bin ich schon lange her“, sagte der Wachmann zu dem Polizisten. Er sah sehr selbstzufrieden aus und fixierte Estella mit seinem Blick.

Estella, der Wachmann und der Wachtmeister waren in einem kleinen Raum hinter einer der Theken in der Lebensmittelhalle. Der Wachmann stellte das Glas mit der Limettenmarmelade auf den kleinen Tisch.

„All das ist ein Missverständnis“, sagte Estella ruhig.

„Ich habe sie schon mal erwischt“, redete der Sicherheitsmann weiter, als hätte Estella nichts gesagt. „Eine Taschendiebin. Ich habe sie schon ein paar Mal beinahe erwischt.“

Estella riss die Augen auf. „Aber warum, Sir, sollte ich ein Glas Limettenmarmelade stehlen?"

Alle schauten auf das Glas Limettenmarmelade auf dem Tisch. Die Limettenmarmelade ihrerseits schwieg.

„Die Leute stehlen alles Mögliche, Miss", antwortete der Polizist, obwohl er ein wenig irritiert wirkte. Estella war gut gekleidet und sprachgewandt. Und Limettenmarmelade zu stehlen, war ein bisschen seltsam – um nicht zu sagen, alles in allem eine ziemlich kleine Sache. Nicht gerade das Verbrechen des Jahrhunderts.

Da Estella einen möglichen Verbündeten witterte, beschloss sie, ihr Glück zu versuchen.

„Dieser Herr versucht nur, seine Arbeit zu machen", fuhr sie fort, um die Aufmerksamkeit des freundlichen Polizisten auf sich zu lenken. „Es ist alles ganz *furchtbar.* Ich bin mit meiner Freundin gekommen. Wir waren shoppen. Ich glaube, sie hat die Marmelade aus Versehen mitgenommen. Sie ist sehr verträumt. Ich hatte keine Ahnung, dass sie sie hatte. Als wir gingen, kam dieser Mann hinter uns her. Meiner Freundin wurde klar, was sie in der Hand hielt, und da geriet sie in Panik. Sie hat mir das Glas in die Hand gedrückt und ist weggerannt."

Estella verstand sich auf die richtige Betonung und Ausdrucksweise. *Furchtbar* hatte sie besonders betont, und sie sah, dass der Polizist es gehört hatte.

„Vor ein paar Wochen hätte ich dich fast erwischt", knurrte der Wachmann.

„Es tut mir sehr leid", sagte Estella. „Ich weiß nicht, was Sie meinen. Ich kann die Marmelade bezahlen. Hier ..."

Sie öffnete demonstrativ ihr Portemonnaie – oder vielmehr Magdas sehr hochwertige Brieftasche. Alles an Estella deutete darauf hin, dass sie niemand war, der zum Stehlen zu Harrods kam.

Der Polizist seufzte. „Vielleicht ist alles nur ein Missverständnis", schlug er dem Wachmann mit einem vielsagenden Blick vor. „Vielleicht auch ein Streich? Die junge Dame hier wirkt recht reumütig, und ich bin sicher, sie wird so etwas nie wieder tun."

Daraufhin nickte Estella heftig.

„Ich sage Ihnen ja, ich habe versucht, sie zu erwischen", wiederholte der Wachmann. „Sie hat bisher immer allein gearbeitet. Sie muss jetzt wohl einen Partner haben."

Estella hatte Lust, ihm zu antworten: „Ja, ich habe jetzt einen Partner. Wir sind Teil dieser neuen kriminellen Vereinigung, die alle Marmeladengläser Londons stiehlt, eins nach dem anderen. Wir spielen das Spiel in seiner langen Version." Aber sie riss sich zusammen, schwieg und ließ stattdessen ihre Unterlippe zart zittern.

„Wie alt sind Sie, Miss?", fragte der Polizist.

Das war immer eine heikle Frage. Machte sie sich zu

jung, dann könnten sie versuchen, die Eltern zu verständigen, und feststellen, dass sie keine Eltern hatte. War sie vermeintlich zu alt, dann könnten sie sie verhaften und mit den Erwachsenen einbuchten. In diesem Fall war es wahrscheinlich am besten, ehrlich zu sein.

„Sechzehn", antwortete sie.

„Vielleicht kann ein Telefonat mit den Eltern des Mädchens die Sache klären", schlug der Wachtmeister vor.

„Sie sind im Urlaub", improvisierte Estella. „In Marokko. Ich wohne bei der Familie meiner Freundin. Meine Freundin wird große Schwierigkeiten bekommen! Wie furchtbar für sie!"

Die Situation erforderte nun etwas mehr Gefühl. Estella brachte ein paar Tränen zustande, gerade genug, dass sie feuchte Augen bekam. Um so zu tun, als ob sie richtig losheulte, fehlte ihr das Talent. Das wäre sowieso zu viel des Guten gewesen. Ein feuchter Schleier genügte, um den Polizisten offenkundig zu verunsichern.

Der Sicherheitsmann hingegen rollte mit den Augen.

„Warten Sie", sagte er. „Behalten Sie sie hier. Ich werde es Ihnen beweisen."

Estella gefiel diese Entwicklung nicht. Was könnte er für einen Beweis auftreiben? Während der Wartezeit bemühte sie sich, bemitleidenswert auszusehen, und tupfte sich die Augen ab. Innerhalb von einer Minute kehrte der

Wachmann mit dem Verkäufer von der Meeresfrüchtetheke zurück

„Erinnern Sie sich an sie?“, fragte er den Fischverkäufer.

Der Verkäufer betrachtete sie einen Moment lang. Estella schniefte.

„O ja“, sagte er. „Sie war vor einer Weile hier. Sie haben sie bis nach draußen verfolgt.“

„Sind Sie sicher?“, fragte der Wachtmeister.

„Ja. Helles rotes Haar. Ich erinnere mich an dich, Schätzchen.“

„Sie ist es“, sagte der Wachmann. „Sie muss jetzt zu einer Bande gehören. Und sie hatte gestohlene Ware bei sich.“

Estella spürte, wie ihr das Blut aus dem Gesicht wich. Die Tränen kamen jetzt viel leichter hervor.

„Ich habe keine Ahnung. Ich war gerade mit meiner Freundin hier!“

„Nein, das ist sie bestimmt“, sagte der Fischverkäufer wie zu sich selbst. „Ich habe im Krieg eine Weile für den Geheimdienst gearbeitet. Da muss man sich Gesichter gut merken können. Man darf sie niemals vergessen.“

Estella dachte darüber nach, wirkte aber nach außen weiterhin durcheinander und bemitleidenswert.

„Also gut“, sagte der Wachtmeister. „Wir gehen einfach rüber ins Polizeirevier. Dort rufe ich die Familie ihrer

Freundin an, und wir gehen der Sache auf den Grund. Du wirst doch keine Dummheiten machen, oder?"

„Sie wird fliehen", warnte ihn der Wachmann. „Sie können sie in einem der Harrods-Wagen hinbringen. Ich lasse einen schicken."

Harrods war in der Tat das Geschäft, in dem es alles gab. In diesem Fall war es ein waldgrüner Van mit dem goldenen Harrods-Logo an der Seite, der dazu genutzt wurde, eine sechzehnjährige Limettenmarmeladendiebin zur Polizeiwache zu bringen.

Limettenmarmelade. Das war so sehr unter ihrer Würde, dass Estella beinahe den Hut abgesetzt und ihnen die Uhr gezeigt hätte, die sie immer noch auf ihrem Kopf trug.

Estella war neugierig, trotz ihrer heiklen Lage.

Es war bemerkenswerterweise das erste Mal, dass sie erwischt worden war und es danach so weit gebracht hatte. Sie war schon einmal aufgeflogen. Da hatte sie fliehen müssen, war Händen entkommen, die nach ihr griffen, hatte sich herausgeredet und weinend Situationen entwunden, sich in Ecken versteckt. Aber sie hatte noch nie in einer Polizeistation auf einer Bank sitzen müssen, während eine Polizistin, die das dunkle Haar zu einem strengen

Knoten hochgesteckt hatte, sie über eine Tasse Tee hinweg anstarrte und mit einem stumpfen Bleistift ein Formular ausfüllte.

„Name?“, fragte die Polizeibeamtin.

„Paulette McCartney.“

„Ich gebe Ihnen noch einen Versuch.“

„Gibbertine Fairywagon.“

„Wie lange wollen Sie so weitermachen?“ Die Frau klang eher müde als richtig verärgert.

Estella zuckte mit den Schultern.

„Sie haben Sie von Harrods hergebracht“, fuhr die Polizeibeamtin fort. „Sie haben Limettenmarmelade gestohlen. War das ein Streich? Sollte das lustig sein?“

„Ich habe sie nicht gestohlen“, antwortete Estella. Schließlich stimmte das.

„Versuchen wir es noch einmal. Name?“

„Elizabeth Windsor.“

Die Frau seufzte und legte den Bleistift weg.

„Na gut“, sagte sie. „Wenn Sie sich so benehmen, müssen Sie in die Zelle.“

Wenige Minuten später fand sich Estella in einer Zelle in Polizeigewahrsam wieder, einem kleinen, weiß getünchten Raum im hinteren Teil des Bahnhofs, der nach Karbolseife und altem Erbrochenem stank. Das einzige Möbelstück war eine harte, in die Wand integrierte Bank. Dort saß Estella und dachte über ihre Situation nach, wobei die Neugierde über ihre neue Lage nachgelassen hatte. Stattdessen war sie zutiefst verärgert. Magda musste gesehen haben, dass der Sicherheitsmann sie niedergeschlagen hatte. Sie war trotzdem weiter weggerannt, ohne dass es ihr eingefallen wäre, Estella zu helfen, dem Schlamassel zu entkommen. Schließlich hatte Magda ihr das eingebrockt.

Estella wusste, was sie im umgekehrten Fall getan hätte. Sie hätte abgewartet und beobachtet. Und wenn Magda nicht bald aufgetaucht wäre, wäre sie zur Polizeiwache gegangen, um ihr dort zu helfen, die Sache zu klären. Eine Weile glaubte Estella auch, dass genau das passieren würde. Sogar noch, als sie auf dem Revier ankam und weder Magda noch Richard in Sicht waren. Sie hatte weiter gehofft, dass sie noch auftauchten. Schließlich hatten sie genug Geld, um jede Strafe zu bezahlen, und Magda würde sich bestimmt Sorgen um sie machen.

Es vergingen Stunden. Estella rollte sich auf der harten Bank zusammen. Sie versuchte zu schlafen, aber das Licht war an, und sie war weder müde, noch war es bequem. Außerdem hatte sie mehr als nur ein wenig Hunger. Irgendwann wurde ihr bewusst, dass es Nacht sein musste. Die Leute, die in den Bahnhof kamen, waren lauter und betrunkener und wurden in die Nachbarzellen eingesperrt. Mehrere andere Frauen landeten irgendwann in der Nacht in Estellas Zelle. Eine von ihnen rüttelte Estella wach, als sie gerade eingeschlafen war.

„Runter da", sagte die Frau. „Ich will diese Bank."

Die Frau war viel größer als Estella und sah wesentlich bösartiger aus, also wäre es dumm gewesen, sich mit ihr anzulegen. Estella stieg von der Bank und legte sich auf den Betonboden. Ihr Blick fiel auf die feinen Risse und sie trauerte dem wunderbaren Bett im Haus der Moresby-Plums nach, das Welten von hier entfernt war. Sogar das kratzige Laken und das knarrende Bettgestell im Unterschlupf wären besser gewesen.

Irgendwann würden Magda und Richard auftauchen. Vielleicht wussten sie nicht genau, wohin Estella gebracht worden war. Aber sie hatten Leute – Anwälte und so weiter –, die Dinge für sie erledigten. Sie riefen sie die ganze Zeit an, um Geld geschickt zu bekommen oder Rechnungen zu bezahlen oder etwas zu erledigen. Sie würden Geld ausgeben, um sie zu finden, und dafür sorgen, dass sie in Sicherheit war. Das wusste sie einfach.

Von diesem Gedanken beruhigt, nickte Estella schließlich ein. Ihr Gesicht lag flach auf dem Boden. Ab und zu erwachte sie und öffnete ein Auge, um sicherzugehen, dass sich niemand über sie lehnte. Irgendwann am frühen Morgen öffnete sich die Zellentür. Estella und ihre neuen Zellengenossinnen wurden alle herausgebracht. Enttäuscht, dass Magda und Richard nicht aufgetaucht waren, saß Estella wieder vor derselben Polizeibeamtin wie am Vortag. Sie hielt denselben stumpfen Bleistift in der Hand und versuchte, dasselbe Formular auszufüllen.

„Name?", fragte sie.

„Belinda Belvedere", antwortete Estella.

Die Polizistin schaute sie skeptisch an, aber es war zumindest ein möglicher Name, also schrieb sie ihn auf.

„Alter?"

„Wie alt sehe ich denn aus?"

„Werden Sie nicht frech", warnte die Polizistin sie. „Also, los jetzt. Wie alt sind Sie?"

Vielleicht war es besser, sich älter zu machen als jünger. Jünger würde zu viele Fragen aufwerfen.

„Achtzehn."

„Gut. Adresse?"

„Keine."

„Keine Adresse?"

„Ich bin neu in der Stadt", sagte Estella.

„Woher kommst du?"

„Frankreich."

Die Polizistin legte ihren Bleistift weg.

„Na, dann komm, Belinda", sagte sie. „Es ist Zeit für einen Besuch beim Richter."

Estella wankte in den Gerichtssaal und setzte sich zu den

anderen Ladendieben, den noch betrunkenen Partylöwen und anderen Verrückten, die täglich im Morgengrauen an Londons Küste angespült wurden. Ein richterlicher Beamter, der aussah wie hundertzwölf, saß auf der Richterbank und war in das Blatt vertieft, das ihm ausgehändigt worden war.

„Belinda Belvedere?“, rief er schließlich. Estella stand auf. „Sie werden beschuldigt, ein Glas Limettenmarmelade aus dem Kaufhaus Harrods gestohlen zu haben. Was haben Sie zu Ihrer Verteidigung zu sagen?“

„Das war ein Missverständnis“, antwortete Estella. „Ein Missgeschick. Ich mag Limettenmarmelade nicht einmal. Ich glaube nicht, dass sie irgendjemandem schmeckt.“

„Da mögen Sie recht haben. Schreckliches Zeug. Ich weiß nicht, warum sie es überhaupt verkaufen.“ Er sah sich den Bericht, der vor ihm lag, genauer an. „Hier steht, der Wachmann hält Sie für eine gewöhnliche Ladendiebin.“

„Der Wachmann irrt sich“, behauptete sie.

„Na ja, ich nehme an, er beherrscht seinen Job. Aber da Sie schon eine Nacht eingesperrt waren, denke ich, dass das für ein Glas Limettenmarmelade genügt. Sollten Sie allerdings noch einmal vor mir stehen, werde ich nicht mehr so verständnisvoll sein.“

Und so wurde Estella wieder in den Londoner Sonnenschein hinausgelassen.

Um kurz nach ein Uhr mittags bog Estella erschöpft und hungrig endlich in den Cheyne Walk ein. Ihr Kopf pochte unter ihrem Hut. Für Essen oder eine Fahrkarte hatte sie kein Geld gehabt. Statt zu riskieren, wieder vor dem Richter zu landen, weil sie ein Brötchen oder ein paar Pfund für die Tube gestohlen hatte, ging sie zu Fuß. Ihre Sandalen, die sie von Magda geliehen hatten, waren etwas zu klein und rieben bei jedem Schritt an ihrer Haut, bis sie beschloss, barfuß zu gehen.

Unterwegs haderte Estella mit den Gefühlen von Wut und Verrat, die in ihr hochkochten, sobald sie der unmittelbaren Gefahr entronnen war. Warum hatten Magda und Richard nicht nach ihr gesucht? Wie konnten sie sie die ganze Nacht in einer Gefängniszelle schmoren lassen, zumal Magda das ganze Desaster überhaupt erst verschuldet hatte? Es musste eine Erklärung geben. Vielleicht war einer von ihnen schwer krank geworden. Ja, das musste es sein. Sie hatten sich in einem der noblen Restaurants eine Lebensmittelvergiftung geholt, sicher in einem von denen, die alles roh servierten. Estella ging schneller. Bei ihrer Rückkehr am Cheyne Walk würde sie Betty vorfinden, die ganz außer sich wäre, sich die Haare raufen, weinen und Estella dann erzählen würde, dass Magda die ganze Nacht im Krankenhaus gelegen hätte, Richard an ihrer Seite. Sobald sie erwacht sei, habe sie nach Estella gefragt. Aber als Estella schließlich an Magdas und Richards Haustür ankam, fand sie keine Spur von Betty. Tatsächlich war niemand da. Die Tür war verschlossen, und sie hatte keinen Schlüssel. Estella klopfte und klopfte, aber niemand antwortete. Zuerst wollte sie auf der Treppe warten, aber dazu hatte sie zu großen Hunger.

Also ging sie zur Raupe. Sie wusste, dort würde sie sie finden. Als Estella hereinkam, sah sie Magda und Richard mit Gogo und Penelope laut über irgendetwas lachen. Die Musik verstummte nicht wirklich, aber es wurde ausgesprochen ruhig. Alle hörten auf zu sprechen, während Estella auf den Tisch ihrer Freunde zuging. Eine Kellnerin erstarrte, neigte verwirrt den Kopf und verschwand langsam hinter dem Perlenvorhang. Hinter sich hörte Estella gedämpftes Gelächter. Sie wusste, wie sie aussah: Sie war barfuß, hatte zerzaustes ungekämmtes Haar und ein schmutziges Kleid. Aber trotzdem richtete sie sich auf, warf ihr Haar zurück, marschierte zu dem Pilz, der Magda und Richard als Tisch diente, und setzte sich.

„Ich sterbe vor Hunger", verkündete sie.

Sie merkte, dass Magda etwas von ihr wegrückte.

Richard inspizierte sie von oben bis unten und wandte sich mit plötzlichem Interesse einem Taschenbuch zu, das vor ihm auf dem Tisch lag. Penelope schien fast in ihre Handtasche zu krabbeln. Nur Gogo sagte etwas und starrte Estella mit ihren großen unschuldigen Augen an. „Warum siehst du so aus, Stelly?", fragte sie.

Jemand ein paar Tische weiter murmelte etwas. Estella hörte das Wort „stinkt".

„Ich habe die Nacht auf der Polizeiwache verbracht." Estella warf ihren Kopf zurück und lächelte, als wäre sie den ganzen Abend auf einer großen Party gewesen.

Gogo sah verwirrt aus. „Warum? Schläfst du gern auf Polizeistationen? Ist das jetzt Mode?" Sie wandte sich an Magda. „Magda, sollten wir auch in Polizeistationen schlafen?"

„Nein, mein Schatz", sagte Magda. Sie wandte sich Gogo zu und es gelang ihr, jeglichen Blickkontakt mit Estella zu vermeiden.

„Warum hat Stelly es dann getan?"

„Estella hat etwas bei Harrods gestohlen", antwortete Richard, der in sein Buch starrte.

Was?

Das hatte Magda ihm erzählt? Estella starrte Magda an, die sich plötzlich für ihre Fingernägel zu interessieren schien.

„Habe ich nicht", stellte Estella klar, der es nicht gelang, ihre Stimme ruhig klingen zu lassen. „Magda schon, aber ..."

„Ach, das war doch nur ein Spaß, und es hat nicht geklappt“, meinte Magda lässig.

„Ja“, sagte Estella und warf Magda einen langen Seitenblick zu. „Ein Spaß, der dazu geführt hat, dass ich die Nacht auf einem Polizeirevier verbringen musste.“

„Tja“, antwortete Magda, „das ist jetzt vorbei. Wir haben gerade über Marokko gesprochen. Ich muss einfach das Haus der Gettys sehen. Du weißt ja, dass Keith und Anita sich dort kennengelernt haben. Sie ist mit Brian hingefahren und mit Keith zurückgekommen ...“

Die Kellnerin kam und sah Estella an, immer noch sichtlich schockiert über ihre Erscheinung.

„Das Übliche“, sagte Estella würdevoll. Sie strich ihr Haar zurück und atmete dabei etwas von ihrem eigenen Geruch ein. Die Person einige Tische weiter hatte nicht unrecht: Sie stank. Penelope betrachtete Estella durch die umwerfend dicke Schicht ihres schwarzen Eyeliners und verzog ihre Lippen zu einem kleinen Grinsen. Estella starrte sie mit glühenden Augen an, bis Penelope ihren Blick in den Tiefen ihrer Handtasche vergrub. Bald tauchte ein Omelett vor Estella auf und es kostete sie enorme Beherrschung, es nicht vom Teller zu reißen und mit den bloßen Händen zu essen. Kaum hatte sie zu essen begonnen, flaute die Unterhaltung ab.

Magda gähnte herzhaft. „Zeit, aufzubrechen“, sagte sie,

„zu einem Bummel durch Carnaby. Ich möchte ein süßes kleines Jäckchen kaufen ...“ Ihre Stimme verlor sich, als die Gruppe aufstand und ihre Sachen zusammensuchte.

Die Gabel voll perfekt gegartem Omelett auf halbem Weg zu ihrem Mund hielt Estella ungläubig inne. „Ihr geht?“

„Wir sind schon seit Stunden hier“, erklärte Penelope.

„Kann ich einen Moment mit dir reden?“, fragte Estella leise und griff nach Magdas Arm.

Magda sah Estella seltsam an, setzte sich aber widerwillig wieder hin.

„Was ist los?“, fragte sie schroff.

„Du gehst, obwohl ich gerade erst gekommen bin?“

„Tja, du kannst doch nicht in diesem Aufzug einfach so in die Raupe kommen.“

Estella, die mehr als die meisten anderen auf Äußerlichkeiten achtete, kam sich wie geohrfeigt vor. „Ich habe heute Nacht auf dem Polizeirevier geschlafen“, wiederholte sie und sprach langsam. „Erinnerst du dich?“

„Das ist wohl kaum meine Schuld“, spottete Magda.

„Kaum deine Schuld? Du hast *Marmelade* gestohlen. Du hast sie mir in die Hand gegeben und bist dann weggelaufen.“

„Ich habe gedacht, du wüsstest, wie das geht“, schrie Magda.

„Ich habe es dir gesagt. Nichts Großes, habe ich gesagt. Und nicht rennen!“

„Wenn du dich darüber *so furchtbar* aufregen willst ...“

„Ich bin deinetwegen geschnappt worden.“

„Ich habe keine Ahnung, was das heißen soll“, gab Magda vor.

„Es heißt, dass du mir das Glas gegeben hast, mit dem ich erwischt wurde.“

„Was hätte ich denn tun sollen?“

Da schrie Estella sie an. „Dich wenigstens nicht so aufführen, als ich hereingekommen bin!“

Magda zuckte mit den Schultern. „Du bist die Diebin“, sagte sie. „Und du solltest ein Bad nehmen und dich umziehen. Wir gehen einkaufen. Hier.“ Sie drückte Estella den Haustürschlüssel in die Hand.

„Die Sachen brauchst du mir nicht zurückzugeben“, sagte Magda, als sie ging und sich noch einmal umdrehte. „Ich weiß nicht, ob dieser Geruch je wieder rausgeht.“

Nachdem sie ihr Omelett aufgegessen hatte, ging Estella zurück zum Cheyne Walk, immer noch barfuß, obwohl ihre Füße inzwischen wund waren. Sie freute sich fast über den Schmerz, denn er lenkte sie von ihrer Wut ab.

Estella schloss die Tür auf. Das Haus war kühl und dunkel. Es roch vom Vorabend nach Weihrauch. Betty musste vom Einkaufen zurückgekommen sein, während Estella zur Raupe gegangen war. Sie steckte ihren Kopf aus der Küche.

„O, da sind Sie ja, Miss Estella." Zumindest Betty schien ihr Aussehen nicht zu erschrecken. Andererseits hatte sie in diesem Haus wahrscheinlich schon so viel gesehen, dass sie nichts mehr überraschte. Wahrscheinlich dachte sie, Dreck sei der neueste Schrei. „Möchten Sie eine Tasse Tee?"

„Nein danke", sagte Estella und stapfte zur Treppe. Die Augen der Moresby-Plums folgten ihr, als sie die knarrenden Stufen hinaufstieg und sich im Gehen den Minirock und die Bluse auszog. Sie schnupperte an den Kleidungsstücken, schreckte zurück und warf sie über das Geländer. Sie landeten auf einer Büste darunter. Im größeren der beiden Bäder, in dem die luxuriöse Klauenfußbadewanne stand, ließ Estella das Badewasser ein. Wütend schüttete sie eine Unmenge von Magdas teurem, parfümierten Badesalz hinein. Nach Rosen und Jasmin duftende Dampfschwaden vernebelten das Bad und ließen die Spiegel beschlagen. Das Wasser war zu heiß, aber Estella legte sich trotzdem hinein und fand sich mit dem Brennen auf der Haut ab.

Sie schnappte sich einen Luffaschwamm und schrubbte sich fieberhaft, bis alle Spuren der vergangenen Nacht verschwunden waren. Zumindest alle körperlichen Spuren.

Hatte Magda ihr die Schuld in die Schuhe geschoben und sie dann verspottet? Ihr gesagt, dass sie stinke? Estella schmorte lange in der Badewanne. Erst ließ sie das Wasser kalt werden, dann ließ sie es halb ablaufen und füllte wieder heißes Wasser auf. Sie ließ die Wanne bis zum Rand mit Wasser volllaufen, ohne darauf zu achten, ob es überschwappte. Als sie hörte, wie Magda und Richard nach Hause kamen, verhielt sie sich still und lauschte auf Magdas Schritte auf der Treppe. Gleich würde ihre Freundin zu ihr kommen und sich entschuldigen. Das musste sie.

Aber auf der Treppe waren keine Schritte zu hören, und bald ertönte Musik. Sie hatten *Sgt. Pepper* aufgelegt und die Lautstärke voll aufgedreht. Die Klänge von John, Paul, George und Ringo schallten bis ins Badezimmer hoch. *Lucy in the Sky with Diamonds* strömte herein, hallte von den Fliesen wider und Estella stellte sich vor, sie triebe in einem Boot auf einem Fluss, mit Mandarinenbäumen und Marmeladenhimmel.

Bloß keinen Marmeladenhimmel, nein danke. Sie würde das Zeug nie wieder essen.

Estella blieb so lange im lauwarmen Wasser, wie sie

konnte, aber nach einer Weile war ihr kalt und sie hatte schrumpelige Haut. Sie stieg aus der Wanne, ohne das Wasser abzulassen, und hinterließ auf dem Weg durch die Diele nasse Fußspuren. Sie ging in ihr Zimmer, schloss lautstark die Tür, legte sich unter die herrlich weiche Bettdecke und zog sie sich bis zur Nasenspitze hoch. Das liebte sie hier wirklich: Das Bettzeug duftete immer nach Orangenblüten.

Sie war so müde. Sie war erschöpft von der vergangenen Nacht und ärgerte sich, wie der Tag verlaufen war. Vielleicht würde ein Schläfchen sie erfrischen und wenn sie erwachte, würde es ihr besser gehen, wie nach einem schlechten Traum.

Das Licht drang sanft durch den Vorhang, Estella fielen die Augen zu, und ehe sie sich's versah, wachte sie wieder auf, als es beinahe schon Abend war.

Unten hatte sich nichts verändert, außer dem Album.

Jetzt hatten sie *Electric Teacup* aufgelegt.

Nach dem Schlafen hatte Estella sich etwas erholt. Sie war Magda freundlicher gesonnen als vorher. Jemand wie Magda konnte vielleicht nicht begreifen, wie es sich anfühlte, die Nacht in einer Gefängniszelle zu verbringen. Estella hatte sich in der Raupe zu krass aufgeführt und Magda praktisch in die Ecke gedrängt. Und apropos krasses Verhalten: Was hatte sie sich nur dabei gedacht, mit ihrem Aussehen und ihrem Geruch in so ein Lokal zu gehen?

Sie hatte einen Fehler gemacht, aber sie würde ihn wiedergutmachen. Es lief doch gerade alles gut für sie. Das würde sie nicht wegen eines Glases Limettenmarmelade kaputt machen. Und sie würde die Treppe hinuntergehen, wieder ganz sie selbst sein und besser aussehen als je zuvor. Sie würde Magda und Richard daran erinnern, dass sie ihre Stellar war und praktisch zur Familie gehörte. Das sollte genügen, um ihre Gunst zurückzugewinnen.

Estella ging ihre aktuellen Entwürfe durch. Nichts erschien ihr passend. Nichts war großartig genug, elegant genug.

Sie hatte Kleider aus Zeitungspapier und Bohnendosenetiketten und Plastik geschaffen. Heute Abend brauchte sie etwas Eleganteres – traditionelle Materialien, die sich besonders gut tragen ließen. Die Spitzenvorhänge von oben, die sie zu einem Baldachin umgestalten wollte. Vorbei an den starren Blicken der Moresby-Plums eilte sie die Treppe hinauf zu den Stoffkisten und nahm die Gardinen heraus. Als sie wieder in ihrem Zimmer war, stellte sie erfreut fest, dass die infrage kommende Spitze nicht einmal genäht werden musste. Sie drapierte sie sich über Kopf und Schultern und befestigte sie am Hals mit einer Sicherheitsnadel. Um die Nadel zu verdecken und den Effekt zu vervollständigen, öffnete sie ihr Fenster und pflückte eine rosa Rose vom Spalier. Die Blüte steckte sie einfach in die Spitze.

Einfach. Wunderschön. Zart. Die Kapuze gab ihrem frisch gewaschenen, glänzenden roten Haar einen eleganten Rahmen, und der Umhang reichte ihr bis zu den Knöcheln und bildete einen Kontrast zu dem Minikleid, das sie darunter trug. Wie eine Heldin aus einem Jane-Austen-Roman in den Straßen von London.

Es war perfekt.

Majestätisch schritt sie die Treppe hinunter, wohl wissend welche Wirkung ihr Outfit haben würde. In Erwartung der herzlichen Beifallrufe von Magda und des zustimmenden Nickens von Richard war ihr beinahe schwindlig.

Magda und Richard saßen im Wohnzimmer. Magda telefonierte, wie immer, als Estella in der Tür erschien.

„Alle wichtigen Leute kommen", sagte sie. „Ich habe von Marianne gehört, dass man dort die schönsten, erstaunlichsten ..."

Sie hörte auf zu sprechen, als Estella den Raum betrat.

„Ich rufe dich gleich zurück", sagte sie und legte auf.

„Seid ihr schon länger wieder zu Hause?", frage Estella, als hätte sie in den vergangenen Stunden keine hämmernde Musik gehört. „Ich habe euch nicht kommen hören."

„O, schon seit Stunden. Stellar! Du siehst umwerfend

aus!“ Magda lächelte. Ihre Stimme war freundlich, genau wie Estella gehofft hatte, aber sie klang merkwürdig.

„Ich weiß“, sagte Estella nur.

„Ist das unsere Spitze von oben?“, fragte Magda.

„Die Spitze aus den Kisten, ja“, bestätigte Estella. „Ich dachte, sie würde sich als Umhang gut machen.“

„Es ist himmlisch“, sagte Magda etwas cooler. „Wir haben Betty gebeten, dir ein Tablett hochzubringen. Du sahst erschöpft aus, du armes Ding.“

Estella winkte ab, als sei Essen ihr völlig unwichtig. „Oh nein, mir ging es gut, aber danke“, antwortete sie, und spiegelte Magdas distanzierten Ton. Wenn Magda sie kühl behandelte, würde auch Estella ihre Gefühle einfrieren.

„Ich gehe zum Konzert von Electric Teacup im Silberzirkus“, fuhr Estella fort. „Habt ihr Lust, mitzukommen?“

Richard hatte sich mit einem Buch in die hinterste Ecke des Wohnzimmers verzogen und war halb in Kissen vergraben. Er lugte aus seinem kleinen Versteck hervor. „Nein“, sagte er. „Ich glaube nicht. Vielleicht bleibe ich heute Abend zu Hause, und es kommen ein paar Leute zu Besuch.“

Estella sah Magda fragend an.

„Ja“, sagte sie mit einem dünnen Lächeln. „Irgendwie bin ich heute erschöpft. Du hast doch noch den Schlüssel von vorhin, oder?“

Estella lächelte steif. „Natürlich“, sagte sie. „Ich habe mich selbst reingelassen.“

„Das machst du doch immer so, oder nicht?“ erwiderte Magda und wandte sich wieder dem Telefon zu.

17

STONEHENGE

ESTELLA DACHTE sich, dass es nicht nur in Ordnung, sondern sogar besser sei, allein in den Silberzirkus zu gehen. Sie brauchte Magda und Richard nicht, sie hatte ja die Band. Wozu benötigte sie Gesellschaft, wenn sie bereits welche hatte?

Der Veranstaltungsort passte perfekt zu Estellas Stimmung. Es gab keinen besseren Ort als den Silberzirkus, um zu fliehen und abzuschalten.

Er zählte zu den kleineren Clubs der Stadt, aber das nutzte der Club zu seinem Vorteil, um seine Exklusivität zu erhöhen. Die Gäste betraten ihn durch einen kleinen Gang zwischen einer Boutique und einem Restaurant in der Nähe von Piccadilly. Die Eingangstür war wie ein Clownsgesicht bemalt. Von dort ging es hinunter in einen engen Keller, in dem fast alles mit Silberfolie ausgekleidet war. Schwingende, sich drehende Lichter, die orange, blau und grün leuchteten, schufen verzerrte Muster an Wänden und Decke. Die Gäste machten es sich auf der zirkusartigen Bestuhlung im Kreis bequem. Der riesige Schattenriss eines Zirkusdirektors beherrschte die Szene, sich drehende Reifen fielen von oben herab. Gelegentlich tauchte ein Artist auf, balancierte auf einem Ball oder jonglierte mit Feuerringen.

Estella schritt stolz die bunten Stufen hinab und ließ ihren Spitzenumhang locker hinter sich herschwingen. Sie fühlte sich wie eine Königin. Und wenn man sich wie eine Königin fühlte, behandelten andere einen manchmal auch so. Die Menge schien sich zu teilen und ihr Platz zu machen, als sie auf die Tanzfläche ging und sich nah vor die Bühne stellte. Der Auftritt der Vorgruppe zum Aufwärmen war gerade zu Ende, und die Bühnenarbeiter bauten das Schlagzeug von Electric Teacup auf.

Estella war vor ihrer Zeit mit Magda und Richard noch nie in einen Club gegangen. Sie war kein Musikfan gewesen. Um ehrlich zu sein, kannte sie sich immer noch nicht mit Musik aus, aber inzwischen wusste sie, wie die Szene tickte. Clubs waren Modenschauen. Orte zum Sehen und Gesehenwerden. Wenn dann noch eine Band spielte, umso besser.

Es war noch Zeit, bis die Teacups spielten, also tanzte Estella bis zum nächsten Auftritt zu der Musik, die aus den Lautsprechern kam. Sie wirbelte zu den Beatles, The Who und den Rolling Stones herum. Es war ihr schon etwas langweilig und schwindlig, als das Licht auf der Bühne anging.

Da kamen sie – allen voran Chris, der seine engste Hose und ein flammend rotes Hemd trug. Peter trug zwar nichts von Estella, aber etwas, das sie ihm zum Kauf empfohlen hatte – einen zweifarbigen Anzug von Lord John in Saphirblau und Violett. Er sah natürlich nicht so gut aus wie Estellas Kreation, reichte aber aus, um ihn vorteilhaft wirken zu lassen. Er bewegte sich auf der Bühne nach vorn. Jetzt versteckte er sich nicht mehr hinter Chris.

Estella ging ein Stück rüber, bis sie direkt vor ihm stand. Er lächelte zu ihr herunter und zwinkerte ihr zu. Einen Moment später spielte er den ersten Akkord von *Everybody's Sun.* Die Menge gab ein seltsames Geräusch von sich – kein wirkliches Brüllen, sondern ein begeistertes Zischen. Mit einem Mal bewegte sich alles Richtung Bühne. Die Leute, die sich eben noch so kontrolliert verhalten hatten, wurden nun zu einer wogenden Masse. Estella wurde gegen den Bühnenrand gedrückt und konnte sich nicht mehr bewegen.

Sie konnte weder tanzen noch sich drehen. Sie war wie ein Schmetterling auf einem Brett, wunderschön und erstarrt. Chris warf den Kopf zurück und sang um sein Leben, während die Band hinter ihm dröhnte. Peter konzentrierte sich auf seine Gitarre, den Rest der Band und ab und zu auch auf das ganze Publikum. Er schien nicht zu bemerken, dass Estella an der Bühne klebte. Er war in seine Arbeit vertieft.

Estella hatte zu ihrer Kleidung ziemlich zierliche Schuhe gewählt, aber sie hatten einen kleinen Absatz. Sie stampfte nach hinten mit dem Fuß auf und traf etwas, das sich wie ein nackter Fuß anfühlte. Ein Mädchen schrie auf. Estella nutzte die Gelegenheit und drängelte sich langsam zurück, Schritt für Schritt. Endlich von der Bühne befreit, erfasste die organische Bewegung der Menge sie – ein ekstatischer Puls. Estella ließ sich gehen, schlingerte hin und her, versuchte zu tanzen. Manchmal gelang es, manchmal stolperte sie. Sie hatte die Band schon einmal spielen sehen. Die Leute hatten es genossen, aber dieses Mal flippten sie total aus.

Sie waren jetzt echte Stars.

Fast eine Stunde lang dauerte die beglückende Bestrafung in Form einer unbändig rasenden Masse sich bewegender Körper. Estella ließ sich von der Strömung mitreißen und bewegte sich durch den ganzen Raum. Sie hatte sich weit aus Peters Blickfeld entfernt und ging völlig in dem Rausch auf. Leute schlugen sich beim Tanzen aus Versehen gegenseitig. Estella bekam das Ende einen peitschenden Zopf ins Auge. Ihr wurde so oft auf die Füße getreten, dass sie es nicht mehr spürte.

Und dann, genauso schnell, wie sie begonnen hatte, hörte die Musik auf. Chris bedankte sich bei den Zuschauern. Die Band verließ die Bühne. Die Menge wurde langsamer, trieb zurück zur Bar und zu den Tischen. Einige bewegten sich sanft zu *White Rabbit* von Jefferson Airplane. Die Bühnenarbeiter räumten die Instrumente weg.

Estella ging zurück zum Bühnenrand, um Peter zu suchen. Sie war nicht die Einzige. Viele Leute drängten zur Bühne, riefen die Namen verschiedener Bandmitglieder und suchten Kontakt. Die Bühnenarbeiter ignorierte sie alle.

Schließlich sah Estella aus dem Schatten eine Hand auf sie zeigen. Ein Mann kam an den Rand der Bühne und half ihr hoch.

„Estella?“, fragte er. „Komm mit. Dein Typ wird verlangt.“

Stolz fand sie hinter der Bühne ihren Weg ins Dunkel der Seitenbühne, wo Peter wartete und sie in die Arme schloss.

„Wo warst du gestern Abend?“, fragte Peter, als er sie zurück in die Tiefen des Clubs begleitete. Estella hätte nicht gedacht, dass hinter der Bühne alles so klein und schäbig war. Es gab nur einen engen Raum mit beschriebenen Wänden. Auf dem Boden lagen Kabel und Drähte, Überreste von Sandwiches und leere Tassen herum.

„Im Knast“, sagte sie und kuschelte sich an ihn.

Peter lachte überrascht. „Na klar. Komm mit. Ich muss packen.“

Die Bandmitglieder mochten auf der Bühne Stars sein, aber wenn sie sie wieder verlassen hatten, mussten sie immer noch hinter sich aufräumen. Gitarren, Schlagzeug, Verstärker –alles wurde durch die Eingeweide des Clubs nach hinten in eine Gasse geschleppt, wo der grob in wirbelndem Rot und Orange lackierte VW-Kleinbus der Band auf sie wartete.

Alles wurde hineingepackt – jede Menge Ausrüstungsgegenstände.

Chris hatte seine verschwitzte Bühnenkleidung gegen ein frisches geblümtes Hemd und einen wallenden weinroten Flanellmantel ausgetauscht. „Herein, meine Damen und Herren, herein“, sagte er und lotste die Gruppe in den hinteren Teil des Wagens.

„Was passiert jetzt?“ Estella kletterte in den Minibus und duckte sich, um durch die Tür zu passen.

„Es ist Vollmond.“ Peter drehte sich mit einem schelmischen Funkeln in den Augen zu ihr um. „Wir machen eine Abenteuerfahrt.“

Der Satz versetzte Estella einen Stich in den Magen. Sie hatte gestern ein Abenteuer erlebt, und das war nicht gut gelaufen. Aber – das hier war Peter. Ihr Peter. Und die Electric Teacup und Estella, und zwei Mädchen, die sie nicht kannte, die wohl zu Chris und Charlie gehörten. Insgesamt waren sie zu siebt, plus Instrumente, in einem VW-Bus, in den sie definitiv nicht alle passten.

Sie setzte sich auf Peters Schoß. Er schlang seine Arme um ihre Taille. Tom übernahm das Steuer. „Los geht's!“, rief er und ließ den Motor an. Er schaltete in den ersten Gang und der zum Leben erwachende Kleinbus ächzte unter dem Gewicht all der Menschen im Innenraum. Er trudelte vorwärts und gewann ein wenig an Fahrt, als er aus der Gasse in die Hauptstraße einbog.

„Wohin fahren wir?“, fragte Estella Peter.

„Stonehenge“, antwortete er.

„Stonehenge?“

„Ja. Ein großer Henge aus Stein“, sagte er. „Man kann es nicht verfehlen. Es ist der größte Henge weit und breit.“

Sie stieß ihn sanft mit dem Ellenbogen an.

„Ich weiß, was ein Henge ist." Sie rollte mit den Augen, obwohl sie in Wirklichkeit nur wenig darüber wusste, weil sie nie einen gesehen hatte. Im Grunde war es ein Henge, was auch immer das war. Große Felsbrocken. „Ist das denn nicht – sehr weit?"

„Ein oder zwei Stunden", sagte Chris und drehte sich von seinem Platz in der Reihe davor zu ihnen um.

Vorne stellte Tom das Radio an und Musik dröhnte durch den Bus, der London verließ. Es war viel zu laut, um sich zu unterhalten. Sie machte es sich auf Peters Schoß bequem, während er sie fester umarmte, und sang die Musik mit. Der Wind peitschte durch die offenen Fenster.

Es war ziemlich offensichtlich, dass der Fahrer so gut wie gar keine Ahnung hatte, wo es lang ging. Chris sang und lachte wie ein Verrückter, hielt manchmal eine Taschenlampe zwischen den Zähnen und schaute auf eine Karte, die im Fahrtwind flatterte. Sie schienen sich in der Nähe von Twickenham verfahren zu haben. Sie umrundeten die Stadt mehrere Male, riefen singend „Wieder Twickenham!" und fuhren immer weiter im Kreis. Sie hielten am Hampton Court Palace, damit sich einige der Jungs erleichtern konnten. Chris führte am Tor einen Tanz für den Geist von Heinrich VIII. auf. Das Benzin war fast alle, aber in der Nähe von Basingstoke fanden sie eine Nachttankstelle, was ihn zu einem weiteren Tanz veranlasste.

Die seltsame Reise durch die Nacht wurde schnell zur längsten Reise, die Estella je erlebt hatte. Ganz England defilierte an der Autobahn vorbei. Es war zu dunkel, um richtig zu sehen, aber sie schaute trotzdem. Sie erkannte die Umrisse von Pubs, Häusern und Bäumen und sah unglaublich viele offene Flächen. Estella hatte vergessen, dass die Welt eine solche Weite haben konnte.

Mehrere prüfende Blicke auf die Karte schienen darauf hinzudeuten, dass sie stundenlang auf dem falschen Weg gewesen waren, aber das wurde jetzt korrigiert. Chris lehnte sich aus dem Fenster und zeigte auf Andover, was wieder zu einem Song inspirierte. Dieses Mal war es „Andover Andover Andover“, was wenigstens etwas mehr Sinn ergab. Dann ließen sie die Städte hinter sich, und zu beiden Seiten des VWs erstreckten sich weite, leicht hügelige Ebenen.

Der Vollmond beschien die Erde. So konnten sie die großen stehenden Steine mitten in der Salisbury-Ebene sehen. Im Wageninneren brach Begeisterung aus. Tom fuhr an den Straßenrand und hielt an. Die Tür öffnete sich, und der reisende Electric-Teacup-Zirkus sprang auf die Wiese. Alle rannten los.

„Wir sind Druiden!“, schrie Chris und hob die Arme. Er lief Richtung Stonehenge, sein großer flauschiger Mantel flatterte hinter ihm her.

Estella stieg aus, schaute in den Nachthimmel hoch und blieb hinter den anderen zurück. Selbst wenn es dunkel war, wurde das Licht der Planeten in London durch Rauch, Smog und die Atmosphäre der Stadt gedämpft. Hier gab es nichts zwischen ihr und dem Mond. Er stand tief und war viel heller und größer, als sie ihn je gesehen hatte. Er beleuchtete die Ebene mit klarem grün-blauem Licht. Sie konnte die weißen Nachtschatten der vorbeiziehenden Wolken erkennen.

Sie hatte Bilder von Stonehenge in Büchern gesehen. Es hatte nie nach viel ausgesehen – bloß ein paar alte Felsen, einige standen und einige lagen wie Türstürze auf den stehenden Steinen. Als sie jetzt in dieser seltsamen Mondnacht selbst dort war, wurde ihr klar, warum sie eine solche Faszination ausübten. Sie waren so einsam und streng. Die monumentalen Steine bildeten einen perfekten gebrochenen Kreis. Die Formation vermittelte ein Gefühl von Ewigkeit, etwas Geheimes, das verschleiert hinter vorgehaltener Hand kommuniziert wurde. Dies war der Ort der Magier und alten Geheimnisse. Es war kalt. Estella fröstelte in ihrem dünnen Spitzenumhang. In einem überfüllten Londoner Club bot er genügend Schutz, aber an einem solchen Ort definitiv nicht.

„Hier", sagte Peter, der wieder neben ihr aufgetaucht war. Er zog seine Jacke aus und half ihr hinein. Er nahm ihre Hand, und die beiden gingen langsam hinter den anderen her, die nun näher an den Steinen waren.

„Was hast du vorhin damit gemeint, als du gesagt hast, du warst im Knast?“, fragte Peter. Endlich konnten sie reden, ohne dass pfeifender Wind durch die Fenster des VWs peitschte. Estella zuckte mit den Schultern. „Ich habe gemeint, was ich gesagt habe. Ich war gestern Nacht im Gefängnis.“

„Der große Zugüberfall hat dich doch noch eingeholt, oder was?“

„Magda wollte lernen, wie man in Geschäften klaut. Ich bin mit ihr zu Harrods gegangen. Es ist schiefgegangen. Sie hat ein Glas Limettenmarmelade gestohlen und es mir in die Hand gedrückt, als der Kaufhausdetektiv kam. Sie haben mich festgenommen. Ich habe die Nacht im Knast verbracht.“

Peter lachte so laut, dass das Echo in der Ebene widerhallte.

„Wie kann es dich bloß geben?“, fragte er ungläubig. „Du verrücktes, verrücktes Ding.“

„Magie“, antwortete sie lächelnd. Wenn er so mit ihr sprach, gelang es ihr beinahe, den kalten Boden der Zelle zu vergessen. Die ganze Begebenheit nahm ferne, traumartige Züge an, als wäre es vielleicht nie geschehen, besonders aus der Perspektive der heutigen unwirklichen Nacht.

„Und wie bist du wieder rausgekommen? Haben Magda und Richard ihre Anwälte geschickt?"

„Nein", sagte sie. Das war ein unangenehmer Teil der Realität dieser unwirklichen Nacht. „Niemand ist gekommen." Als Peter sie von der Seite ansah, fing sie sofort an, die beiden zu verteidigen, obwohl sie es gar nicht wollte. „Ich habe mich vor dem Richter herausgeredet. Es war ja schließlich nur Limettenmarmelade."

„Trotzdem", sagte Peter und schüttelte missbilligend den Kopf, „man lässt seine Kumpels nicht einfach so im Stich. Ich wäre gekommen, um dich zu holen. Du hättest mich anrufen sollen."

Jetzt war ihr warm. Die Wärme kam von innen und durchströmte sie komplett.

„Ich kenne sie nicht so gut", fuhr Peter fort, „Ich weiß eigentlich nur, dass sie deine Freunde sind. Aber ich habe nie viel Zeit mit vornehmen Leuten verbracht."

Estella war verwirrt. „Ich dachte, sie kannten dich schon vor mir."

„Nein", sagte er. „Sie kennen Chris. Und ich glaube, sie kennen Chris nur, weil er jetzt, wo wir in der Szene sind, eine Menge *Poshos* kennengelernt hat. Sobald man es geschafft hat, klopfen Leute mit Titeln und gefüllten Taschen an deine Tür. Ich wusste gar nicht, dass es so viele Sirs und Ladys gibt."

Er sah Estella in die Augen. „Sie verstehen Leute wie dich und mich nicht. Und das werden sie wahrscheinlich auch nie."

Estella nickte, ließ Peters Worte auf sich wirken, lehnte ihren Kopf an seine Schulter und schaute sich die Umgebung an. Das Besondere an diesem Ort war seine Ruhe. Estella hatte noch nie eine solche Stille erlebt, eine uralte, große Stille, die sich über das Land erstreckte. Es gab nur sie und Peter. Die anderen trieben sich irgendwo da hinten herum, aber sie und Peter waren allein in dieser gedämpften Welt.

Peter drückte ihre Hand fester. „Wie auch immer, ich wollte dir sagen, dass wir heute etwas Neues erfahren haben", fuhr er fort. „Deshalb ist diese Reise eine kleine Feier. Der Auftritt im Fernsehen neulich Abend ist echt gut gelaufen. Die Plattenfirma schickt uns auf Tournee. Zwanzig Termine in England." Er strahlte über das ganze Gesicht. „Fünf weitere in Schottland. Und sie wollen uns für zwei Wochen nach Amerika schicken." Er stieß ein leises Jauchzen aus. „Kannst du das glauben? Amerika!"

„Du ... du gehst weg?" Estella versuchte beiläufig zu klingen, obwohl ihr innerlich eiskalt wurde.

„Nein. Na ja, eigentlich ja. Aber wir fahren nur herum. Und wolltest du nicht schon immer mal Amerika sehen?"

„Amerika?"

„Du weißt schon, New York, Kalifornien und was es da sonst noch für Städte gibt."

Estella blinzelte ihn in der Dunkelheit an. „Du willst, dass ich mitkomme?"

„Tja, da müssen wir uns etwas einfallen lassen", sagte er und lächelte. Dann beugte er sich zu ihr herunter und küsste sie. Es war ein sanfter Kuss, denn dies war nicht der richtige Ort für mehr. Aber als seine Lippen ihre berührten, spürte sie ein angenehmes Kribbeln in ihrer Wirbelsäule.

Estella in Amerika. Sie musste zugeben: Das klang ziemlich gut.

„Die Zeremonie muss beginnen!", verkündete Chris von oben, als Estella und Peter sich ihm und den anderen näherten. Sein wuscheliger roter Mantel zeichnete sich scharf gegen den Mond ab. Er hatte sich auf einen der Steine gesetzt, die von dem Monument gefallen waren, als wäre er seine persönliche Bühne.

„Was führt er da denn auf?", murmelte Peter lächelnd.

Estella und Peter setzten sich zu den anderen der Gruppe vor den Stein, legten sich zurück, stützten sich auf den Ellenbogen ab. Was Peter ihr gerade erzählt hatte, wirbelte Estella noch immer durch den Kopf, aber sie würden warten müssen, um es zu besprechen.

Chris stellte sich hin und hob die Arme hoch in die Luft. „Wir sind an diesen mystischen Ort gekommen, um die Alten um Unterstützung für unsere Tournee zu bitten!“ In Momenten wie diesem wurde klar, warum Chris der Leadsänger war: Er hatte einen Hang zum Theatralischen.

„Wir bitten euch, all ihr Zauberer und Hexen, die ihr hier wohnt, wir bitten dich, König Artus, wir bitten dich, Gandalf, wir bitten dich, Beowulf, und Bilbo Beutlin und …“ Er hielt inne. „Äh, fehlt noch jemand?“

„Winnie Puuh“, rief eines der Mädchen.

„Ja! Winnie Puuh und Tigger auch! Wir rufen euch. Und du …“

„Sherlock Holmes“, fügte Tom hinzu.

„Genau! Wir rufen Sherlock Holmes an und Ebenezer Scrooge und James Bond und die Queen, Gott segne sie.“

Er verbeugte sich tief, und die Mitglieder der Gruppe verbeugten sich im Liegen.

Chris fuhr fort. „Wir rufen diese Geister an, uns auf unserer Reise zum Höchsten des Allerhöchsten zu helfen, auf dass wir den Berg des Ruhms erklimmen, ohne ins Tal des Wahnsinns zu fallen, dass wir eine Menge Kohle verdienen und die Könige der Charts und der Herzen werden. Dafür zünden wir heute in Stonehenge ein Licht an!“

Er klopfte kurz auf seine Taschen. „Hat jemand Feuer?", fragte er mit seiner normalen Stimme.

Jemand warf ihm ein Heft mit Streichhölzern zu. Chris sprang vom Felsen, um es aufzuheben, kletterte wieder hoch und zündete in der Dunkelheit ein winziges Streichholz an.

„Seht!", rief er. „Wir opfern diese große Flamme! Diese mächtige Fackel! Wir, Electric Teacup, bitten euch um Unterstützung, ihr Alten! Was sagt ihr dazu?"

„Hau ab, du Trottel!", rief Tom mit komischer Stimme. „Wir versuchen hier unten zu schlafen."

„Ich verstehe, Alter", sagte Chris in feierlichem Ton, duckte sich und hob beschwichtigend die Hände. Das Streichholz ging aus. Er stöhnte auf. „O verdammt. Wir haben unsere Fackel verloren und ich habe einen der Alten aufgeweckt. Macht nichts! Wir bitten Stonehenge und den Mond! Helft uns, die Nummer eins zu werden! Nummer eins! Alle im Chor jetzt, Nummer eins!"

„Nummer eins! Nummer eins!", skandierten alle. Estella stimmte ein. „Nummer eins! Nummer eins! Nummer eins!"

Die Sprechchöre gingen weiter, bis Chris sich umdrehte und aus Versehen vom Felsen fiel, was die Gruppe prompt zu lautem Jubelgeschrei veranlasste. Er ließ sich bequem im Gras nieder.

„Ich denke, das sollte genügen“, sagte er. „Und jetzt, macht, was ihr wollt.“

„Das lasse ich mir nicht zweimal sagen“, rief Peter, drehte sich zu Estella und küsste sie.

18

BÖSES ERWACHEN

ESTELLA ERWACHTE spät am nächsten Morgen in ihrem Schlafzimmer im Haus von Magda und Richard. Draußen sah es grau und bedrohlich aus. Estella wälzte sich herum und schlug die Decke zurück. Sie trug noch das Kleid vom Abend zuvor. Der Spitzenumhang lag auf dem Boden.

Die Realität rückte wieder in ihr Bewusstsein. Nach dem Rederitual von Chris hatten sich die Electric Teacups und ihre Begleitung gegen morgen wieder in den VW-Bus gequetscht. Die Rückfahrt verlief ruhiger und friedlich. Fast alle schliefen schon, vielleicht sogar Tom. Denn irgendwann schreckten sie auf, als der VW-Bus von der Straße abkam und erst im letzten Moment wieder auf die richtige Spur kam.

Estella hatte sich auf Peters Schoß gekuschelt und war immer wieder eingedöst. Als sie einmal verschlafen ihre Augen öffnete, sah sie das frühmorgendliche England vor den Fenstern vorbeiziehen. Schöne, gepflegte Häuser mit Blumen in den Gärten. Sie sah Pubs mit schwarz-weißem Fachwerk im Tudor-Stil und Geschäfte. Die Leute schoben Kinderwagen und gingen zur Arbeit. In den Kleinstädten auf dem Land bildeten Grünflächen, Kricketplätze und repräsentative Uhren mit Bänken darunter die wichtigsten Orientierungspunkte.

Irgendwann muss sie ganz tief eingeschlafen sein und wachte erst wieder auf, als sie im Cheyne Walk anhielten. Sie stolperte hinein, die Treppe hinauf und ins Bett.

Estella griff nach der kleinen silbernen Uhr auf ihrem Nachttisch. Es war fast zwei Uhr nachmittags.

Auf dem Weg zum Bad begegnete sie Betty, die einen Stapel gefalteter Kleidungsstücke auf dem Arm trug.

„Oh, da sind Sie ja, Miss Estella“, sagte Betty freundlich. „Ich wollte Sie nicht wecken. Ich bringe Ihnen eine Kanne Tee. Sind Sie auch bald weg?“

„Weg?“

„Mit Miss und Mr. Moresby-Plum?“

„In der Raupe? Nein. Heute nicht.“

Betty sah sie etwas verwirrt an, aber sie lächelte. „Ich hole den Tee“, sagte sie. „Ich stelle ihn neben die Badezimmertür.“

Estella ging ins Bad, stellte das Wasser an und starrte gedankenverloren ins Waschbecken, während das Wasser lief. Das Waschbecken war aus holländischem Porzellan und hatte ein blau-weißes Muster. Sie hatte es noch nie richtig betrachtet. Es zeigte eine von Blumen umgebene Windmühle auf einem Feld. Bis gestern wäre ihr dieses Bild vorgekommen wie aus einem Märchen. Aber sie hatte die Felder und die Blumen gesehen. Sie war in der Morgendämmerung über die Ebenen gelaufen. Sie gehörte nun zu dem seltsamen Kollektiv von Electric Teacup. Die ganze skurrile Welt gehörte ihr, sogar die hübsche Windmühlenzeichnung im Waschbecken.

Das laute Geräusch von etwas Schwerem, das die Treppe hinuntergetragen wurde, riss sie aus ihren Gedanken. Dann noch etwas. Und etwas Drittes. Sie drehte den Wasserhahn zu, linste aus der Tür und sah Betty, die einen großen Koffer die Treppe hinunterhievte.

Neugierig geworden, zog Estella ihren Morgenmantel an und folgte ihr. Als sie die Treppe hinunterging, sah sie, dass die Diele mit Koffern gefüllt war. Magda stand vor dem Spiegel an der Tür und probierte einen großen braunen Hut mit schlaffer Krempe an.

„Was ist denn hier los?“ fragte Estella.

„O, guten Nachmittag.“ Magda drehte sich um und begrüßte Estella mit einem strahlenden Lächeln. „Passt dieser Hut zu dem Kleid? Ich bin mir einfach nicht sicher.“

„Nein“, antwortete Estella reflexartig. Selbst wenn sie durcheinander war, konnte sie Kleidungsfragen beantworten. „Zieh das schwarze an. Was macht ihr?“

„O.“ Magda tauschte die Hüte. „Wir verreisen nach Marokko. Marianne hat angerufen, weißt du, es gibt eine super Party. Die Stones kommen, und wir müssen einfach hin. Das habe ich dir doch schon erzählt, oder? Es war schon lange geplant, weißt du? Alle fliegen nach Marrakesch. Fast alle sind schon da.“ Sie schob den Hut hin und her, um auszuprobieren wie er am besten saß.

„Fahrt ihr ... jetzt?“, fragte Estella.

Magda kicherte. „Nein, Dummerchen.“ Sie zog einen Schmollmund. „Erst heute Abend.“

„Ach so.“ Estella setzte sich schwer auf die Treppe, um ihre Gedanken zu sammeln. „Gut. Wie lange bleibt ihr dort? Eine Woche?“

„Ein bisschen länger. Drei Monate? Sechs Monate? Wir reisen in Marokko herum und bleiben vielleicht auch noch in Südfrankreich. Im Frühjahr sind wir wieder da, nehme ich an. Wir halten es hier im Winter nicht aus. Es ist viel zu trostlos.“ Magda drehte sich um und sah Estella an.

„Meinst du, du kannst bis heute Abend ausziehen? Wir fahren um sechs Uhr ab."

„Ausziehen?"

„Na ja. Das Haus muss renoviert werden. Du musst dir eine neue Bleibe suchen."

Betty kam mit einer Tasse Tee aus der Küche und reichte sie Estella über das Treppengeländer.

„Möchten Sie auch Ihren Kosmetikkoffer mitnehmen, Miss Moresby-Plum?", fragte sie.

„Hmmm, ja, ich denke schon", murmelte Magda, bereits abgelenkt. „Und noch diese Hutschachtel. Die nehme ich auch mit."

„Natürlich."

Estellas Gedanken rasten. Wie konnten sie einfach so – verschwinden? Nach Marokko? Jetzt? Und sie ohne ein Dach über dem Kopf zurücklassen? Sie bemühte sich, ruhig zu bleiben. Versuchte, an ihrem Tee zu nippen, ohne dass ihre Hand zitterte.

Denk nach. Denk nach. Was sollte sie jetzt sagen?

Richard kam aus dem Wohnzimmer. Er sah Estella auf der Treppe sitzen und blickte Magda vielsagend an.

„Lass uns bald in die Raupe gehen", sagte er. „Gogo wartet bestimmt schon auf uns."

„Ja", antwortete Magda. „Klar." Sie nahm den Hut vom Kopf und drehte sich um. „Lass den Schlüssel hier auf dem

Tisch liegen, wenn du gehst. Wir hatten echt eine witzige Zeit."

Dann war sie weg und Estella saß mit ihrem Tee allein auf der auf der Treppe.

England, so hieß es, hatte vielleicht zwei Wochen im Jahr einen guten echten Sommer. Mit seinem blauen Himmel und den langen Sonnentagen war es in diesem Jahr großzügig gewesen. Aber jetzt hatte das Wetter beschlossen, es sei an der Zeit, in seinen Normalmodus zurückzukehren – nass, trostlos, wechselhaft. Der Himmel hatte die blasse Farbe von Schiefer, und es war kälter geworden. Zwar regnete es noch nicht, aber ein verräterischer, unverwechselbarer Geruch lag in der Luft und kündigte kommende Sturzfluten an.

Estella schaute durch das Fenster im vierten Stock des Hauses am Cheyne Walk. Sie war allein, bis auf Betty, die weit weg von ihr unten saß und Kleidung zusammenfaltete und in Koffer packte. Nur Estella und das Zimmer mit den Antiquitäten waren bisher weder umgeräumt noch weggeschafft worden. Natürlich hatte sie schon schlimmere Situationen erlebt. Das hier war gar nichts. Überhaupt nichts. Es kam nur unerwartet: Sie musste nur nachdenken.

Zurück in den Unterschlupf konnte sie nicht. Das hatte sie vermasselt. Wenn sie jetzt dort auftauchte, würden Jasper und Horace sie hochkant rausschmeißen. Estellas Blick landete auf den herumliegenden seltenen Instrumenten. Da kam ihr eine Idee.

Peter. Tournee. Estella in Amerika.

Ja, natürlich. Er hatte sie gebeten, ihn zu begleiten. Klar, es war ein bisschen früh zum Zusammenziehen, aber er würde sie in der Wohnung von Electric Teacup unterbringen. Sie lief zum Telefon in der oberen Diele und wählte seine Nummer. Es war besetzt. Estella versuchte es mehrmals, kam aber nicht durch. Was nun? Sie könnte es den ganzen Nachmittag weiter versuchen, aber das würde nur Zeit kosten. Sie musste jetzt mit ihm reden. Das Problem war, dass sie seine Adresse nicht hatte.

Aber Magda hatte sie bestimmt. Magda wusste, wo alle wohnten. Es stand in ihrem kleinen goldenen Adressbuch, das voller Geheimnisse steckte.

Estella rannte die Treppe hinunter ins Foyer, wo das Gepäck stand. Magda und Richard hatten viele Koffer, elf an der Zahl, plus kleinere Handtaschen, Huttaschen und Kosmetiktaschen. Magdas Adressbuch musste in einer von ihnen sein. Estella lauschte, um zu hören, wo Betty sich gerade aufhielt, denn sie wollte nicht beim Schnüffeln erwischt werden. Das Knarren der Dielen deutete darauf hin, dass sie in einem der Schlafzimmer war. Estella öffnete eine Tasche nach der anderen und wühlte zwischen Kleidern, Dutzenden von Seidenschals, Strümpfen, Boas, sechzehn Paar Schuhen, Sonnenbrillen und Hüten und einem ganzen Köfferchen voller Lidschatten und Lippenstifte herum.

Nichts.

Sie wählte Peters Nummer ein weiteres Mal vom Telefon im Erdgeschoss. Immer noch besetzt.

„Leg das verdammte Telefon weg!“, zischte sie, als sie auflegte. Sie brauchte das Adressbuch – und zwar schnell.

Magda musste es bei sich haben, in ihrer Handtasche. Das bedeutete, dass Estella in die Raupe gehen musste, wahrscheinlich zum letzten Mal.

Zehn Minuten später war Estella in einem Taxi auf dem Weg zur Raupe. Dafür hatte sie sich Kleingeld ausgeliehen, das im Haus herumlag. Sie trug ein einfaches Kleid, kleine rote Gummistiefel und einen scharfen weißen Regenmantel.

Während der Fahrt dachte Estella nach. Vielleicht war das Problem, dass sie Magda und Richard nicht richtig erklärt hatte, dass sie unbedingt eine *Bleibe* brauchte. Es war eine Notwendigkeit, keine Option. Sie hatte nur einmal erzählt, ihre Mitbewohner seien schwierig. Die beiden hatten nie weiter gefragt. Wenn sie wüssten, dass sie nirgends hinkonnte, würden sie vielleicht alles anders sehen. Estella strich ihr Haar glatt. Allzu bedürftig durfte sie nicht wirken, das würde nicht funktionieren. Sie musste nur dafür zu sorgen, dass sie es verstanden. Als sie ankam, saßen Magda, Richard, Penelope und Gogo wie immer an ihrem Tisch. Estella hockte sich auf ein freies Kissen. Penelope sah sie über ihre kleine Teetasse aus Porzellan hinweg an.

„Du bist ein wenig nass“, bemerkte sie.

„Tja, es regnet eben“, erwiderte Estella. Den schnippischen Ton hatte sie nicht beabsichtigt. Ihre Antwort kam nicht gut an. Estella spürte förmlich, wie die Wolke ihrer nassen, gewöhnlichen Anwesenheit die Stimmung am Tisch verdüsterte.

„O, hallo.“ Magda sah Estella geradezu verwirrt an, als würde sie sie zwar erkennen, aber nicht richtig einordnen können. „Wie kommst du voran? Bist du fertig geworden?“

„Fast“, log Estella. Sie hatte noch nicht gepackt. Aber um ehrlich zu sein: Alles, was sie besaß, würde in einen von Magdas Koffern passen.

Gogo sah sie mit großen Augen an. „Fliegst du auch nach Marokko, Stelly?“, fragte sie.

„Nein“, sagte Estella, als sei sie froh darüber. „Ich bleibe hier. Du weißt schon, mit Peter. Und ich arbeite weiter an meinen Designs."

„Ja, klar." Penelope nickte, aber ihre Augen glitzerten böse. „Du musst hart arbeiten. Unsere Little Nell."

Dieses Mittagessen würde also noch schlimmer werden als das vorherige. Cool bleiben. Sie musste Haltung bewahren. Sie gab vor, sich für die Reisepläne der Gruppe zu interessieren, sich gar mit ihnen zu freuen. So wie es sich anhörte, wollten sie alle verreisen. Magda und Richard heute Abend, Gogo am Wochenende und Penelope in der kommenden Woche. Sie sprachen beiläufig von Heathrow, Autos in Marrakesch, großen Häusern und Nächten unter dem Sternenhimmel. Estella wurde mit jedem Augenblick unsichtbarer für sie. Sie spürte, wie sie verblasste, nicht präsenter war als das Bild des auf den Boden projizierten Himmels.

Als alle ihr Eis aufgegessen und ihren Tee getrunken hatten, blieb Estella sitzen, lächelte so süß, wie sie konnte, und sagte zu Magda: „Kann ich dich einen Moment sprechen? Ich möchte dir auf Wiedersehen sagen."

Richard seufzte ungeduldig. „Ich hole das Auto."

Als Richard und die anderen gegangen waren, sagte Estella behutsam zu Magda: „Ich glaube, wegen der Sache bei Harrods waren wir beide verärgert. Ich möchte das nicht so stehen lassen."

„Ach, schon gut, nicht der Rede wert“, antwortete Magda leichthin, als wäre sie am stärksten betroffen gewesen.

Estella schluckte und kämpfte gegen die Welle der ungewollten Wut an, die in ihr aufstieg. „Gut“, fuhr sie fort. „Da bin ich froh. Und … ich habe mich gefragt, ob ich nicht vielleicht einfach im Haus bleiben kann? Es für euch hüten? Ich könnte bei der Renovierung helfen, darauf achten, dass die Maler alles richtig machen …“

„O, du bist ein Schatz! Aber Betty kann sich darum kümmern.“

„Und ich kann dir natürlich mehr Kleider machen“, fügte Estella schnell hinzu. „Ich habe eine Menge Entwürfe, die ich für dich fertigstellen möchte. Wenn ich mich richtig anstrenge, kann ich dir bis zu deiner Rückkehr jede Menge Sachen nähen.“

Magda winkte ab, als verscheuchte sie eine Fliege. „Ach, auf der Reise kaufen wir bestimmt jede Menge. Die anderen haben himmlische Sachen aus Marokko mitgebracht. Und natürlich aus Paris …“

Estella wurde immer verzweifelter. „Die Sache ist die …“, unterbrach sie Magda, „ich habe im Moment kein Zuhause.“

„Du hast eine Wohnung“, erinnerte Magda sie hilfsbereit.

„Nicht mehr“, erwiderte Estella. „Ich kann nicht dorthin zurück. Ich kann nirgends hin.“

Magda blinzelte. Estella sah, wie sie diese Vorstellung zu verdauen versuchte. In Magdas Welt gab es immer einen Ort, an den man gehen konnte. Man wohnte in einem seiner Häuser. Wenn eines nicht verfügbar war, zog man einfach in ein anderes. Es gab immer freie Häuser. Abgesehen davon gab es Ferienhäuser und Hotels. Man konnte immer irgendwo hin.

„Tja ...“ Magda und schob den Löffel in ihrer leeren Teetasse hin und her. „Das ist sehr bedauerlich, aber ich bin sicher, du findest eine Lösung.“

„Magda, bitte“, flüsterte Estella. Ihre Augen füllten sich mit Tränen, und sie hasste sich dafür. Magda holte tief Luft und sah gelangweilt und ein wenig genervt aus, als fühlte sie sich sehr belästigt.

„Hör zu, Estella, wir hatten wirklich einen Riesenspaß“, sagte sie. „Aber wir bewegen uns in verschiedenen Kreisen. Du verstehst schon. Andere Welten. Wir hatten einen schönen Sommer, aber es ist wohl das Beste, wenn sich unsere Wege jetzt trennen. Du hast es leichter.“

„Ich?“, fragte Estella ungläubig.

„Ja natürlich“, erwiderte Magda selbstbewusst auf Estellas schärferen Ton. „Wir sind dazu bestimmt, mit verschiedenen Arten von Menschen zusammen zu sein. Schon allein wegen unserer Herkunft. Ich werde bald heiraten, Kinder bekommen, zu Partys und Veranstaltungen gehen. Und du wirst in einem Laden arbeiten oder so ..."

In Estella stieg etwas auf, während Magda weiter über ihr künftiges aufregendes Leben in der High Society redete, im Gegensatz zu der unbedeutenden Zukunft, die Estella erwartete. Das Gefühl schien aus dem Mittelpunkt der Erde zu kommen und sich seinen Weg durch die vielen Schichten unter London zu bahnen – Tunnel, Grundmauern und alte Pestgruben. Schneidend drang es durch den Boden der Raupe, durch ihre Schuhe, wanderte ihre Beine empor und schoss durch ihre Wirbelsäule in ihren Kopf. Es war, als fiele die rote Farbe einfach von ihrem Haar ab und als würde ihre wahre Haarfarbe durchscheinen.

Cruella war da.

„... wie auch immer, du verstehst schon", beendete Magda ihren Satz.

„Ja", sagte Estella und lächelte so heftig, dass ihre Wangen schmerzten. Ihre Stimme war süß wie Sirup. „Du wirst deine Zeit mit gleichaltrigen, inzestuösen Schwachköpfen verbringen. Wahrscheinlich wirst du einen fetten Aristokraten heiraten, irgendeinen grottendämlichen Geldsack in einem Tweedanzug, der sich mit deiner totalen geistigen Leere und deinem Mangel an Originalität abfindet. In der Zwischenzeit werde ich, wie du sagst, in einem Laden arbeiten, genauer gesagt in einem Modehaus. Ich werde Kunstwerke kreieren und die Trends setzen, denen du hinterherrennst und die du ständig einzuholen versuchst, was du aber nie ganz schaffst. Wahrscheinlich sehe ich dich deine abartigen kleinen Kinder durch London schleppen. Auf jeden Fall, Schätzchen, halte diese Blutlinie aufrecht. Der Stammbaum deiner Familie, nun, er hat ziemlich kurze Äste, oder? Und wenn ich dich dann so sehe, werde ich mich an unseren gemeinsamen Sommer erinnern, in dem ich tatsächlich verstanden habe, warum Mittelmäßigkeit eine Plage ist, die es zu überwinden gilt."

Magda sagte nichts. Ihr Mund stand offen. Estella streckte ihre Hand aus, hob Magdas Kinn sanft an und schloss ihn.

„Ich wünsche dir eine tolle Zeit in Marokko", endete Estella.

Bevor Magda etwas sagen konnte, erhob Estella sich würdevoll, ließ ihre Zähne in einer Art Abschiedslächeln aufblitzen und verließ das Lokal. Sie wartete, bis sie ganz draußen war. Dann zog sie das goldene Adressbuch aus dem Ärmel, das sie aus Magdas Handtasche entwendet hatte, während sie sie zerfleischt hatte.

Zum Cheyne Walk konnte sie jetzt nicht mehr zurück. Der Regen war stärker geworden. Er riss die Blätter von den Bäumen und ließ die Gehwege glitschig werden.

Menschen eilten mit schwarzen Regenschirmen und gesenkten Köpfen vorbei. Estella spannte ihren Schirm auf und stemmte sich gegen den Wind, um ihre Frisur und ihr Make-up so gut wie möglich zu schützen.

Geh zurück. Bestraf sie noch mehr. Es soll ihr richtig wehtun.

„Hau ab, Cruella!", rief Estella, während sie durch den sich verdunkelnden Tag eilte. „Ich habe zu tun."

19

LIEBE IN SCHWARZ-WEISS

UNTER DER Markise eines Plattenladens zwei Straßen weiter blieb Estella stehen und blätterte in dem kleinen goldenen Buch. Unter Peter war nichts eingetragen. Estella seufzte frustriert, dann fiel ihr etwas ein. Chris. Bestimmt hatte Magda die Adresse unter seinem Namen eingetragen. Er war der Leadsänger und das berühmteste Mitglied der Band, und sie wohnten alle zusammen. Warum hätte Magda sich da mit Peter abgeben sollen?

Das Problem war: Estella kannte Chris' Nachnamen nicht. Aber sie wusste, wie sie ihn herausfinden konnte. Sie rannte in den Laden und riss jemandem ein Album von Electric Teacup aus der Hand.

„Hey!“, beschwerte sich der Typ.

„Ich brauche nur eine Sekunde“, beruhigte sie ihn und versuchte, die vollen Namen der Bandmitglieder auf dem Album zu finden.

Da: Chris Isherhall.

Sie gab dem verärgerten Kunden das Album zurück und blätterte unter dem Buchstaben I durch Magdas Adressbuch. Das war er bestimmt: Chris Isherhall. Beak Street, Soho.

„Völlig durchschaubar“, murmelte sie.

Estella hatte das ganze Geld, das sie sich im Cheyne Walk genommen hatte, für die Taxifahrt ausgegeben. Zu dieser Adresse musste sie also zu Fuß gehen. Aber zum Glück war sie schon in Soho, verirrte sich aber bald in dem dichten Labyrinth der Straßen, Gassen, Ecken und Winkel, für die das Viertel bekannt war. Sie musste mehrmals anhalten, um Passanten nach dem Weg zu fragen. Jeder Zweite schickte sie in die falsche Richtung. So ging sie wieder zurück oder im Kreis, während der Regen immer stärker wurde und ihr Regenschirm eigentlich nichts mehr nützte. Irgendwann stand sie endlich in der Beak Street und schaute an einem braunen Backsteingebäude empor.

Im Erdgeschoss befand sich eine Buchhandlung für Schund.

Eine weiße Tür führte in den Laden, aber sie sah keine

Möglichkeit, in die Stockwerke darüber zu gelangen. Sie musste etwas gegen ein Fenster werfen.

Estella schleuderte das Adressbuch nach oben. Beim dritten Versuch traf sie ein Fenster, von dem sie hoffte, dass es zur Wohnung gehörte, und fing das Buch auf dem Weg nach unten wieder auf.

„Hey!“, rief sie.

Endlich öffnete sich das Fenster über ihr. Toms Wuschelkopf schaute heraus.

„Estella? Bist du das?“ Er blickte skeptisch auf ihre durchnässte, zerknautschte Gestalt.

„Ist Peter da?“, fragte Estella ungeduldig.

„Peter? Er ist ...“ Tom kratzte sich am Kopf. „Ich glaube, er ist die ganze Nacht im Studio geblieben. Er arbeitet an etwas.“

„Was für ein Studio?“ Estella versuchte, geduldig zu bleiben. „Wo ist es?“

„Dynamo. Drüben in St. Anne’s Court. Gleich um die Ecke.“

Er deutete vage zu der Straße, aus der sie gerade gekommen war. Sie holte tief Luft, winkte zum Abschied und rannte in die angegebene Richtung. Die Kälte schnitt durch ihren Lackmantel und in ihren Stiefeln rutschte sie immer wieder aus.

Wie die Straße, in der der Unterschlupf lag, gehörte

auch St. Anne's Court zu den Londoner Straßen, die während des Kriegs stark zerstört worden waren und sich noch nicht ganz davon erholt hatten. Es war eher eine kurze Gasse als eine richtige Straße. Eine Seite bestand aus einem bröckelnden Mauerstück, dem einzigen Überrest eines zerbombten Hauses. Estella sah ein chinesisches Restaurant, einen Waschsalon und eine kleine Tür mit einem Schild, auf dem Dynamo-Studio stand. Sie öffnete die Tür und betrat einen kleinen Empfangsraum. Ein Mann mit rosigem Gesicht und dichtem Schnurrbart saß hinter einem Schreibtisch. Er las *Die Geschichte des Krickets*.

„Ich möchte zu Peter Perceval", sagte sie.

Der Mann legte das Buch langsam mit den Seiten nach unten auf den Schreibtisch.

„Wer ist das?", fragte er, ohne eine Miene zu verziehen. „Bandname?"

„Er ist von Electric Teacup."

Der Mann brauchte gefühlte drei Monate, um sich eine Lesebrille aufzusetzen und das Papierklemmbrett zu konsultieren, das vor ihm lag.

„Und Sie sind?" Er schaute Estella über seine Brille hinweg fragend an.

„Eine Freundin von ihm."

„Und wie heißen Sie?" Der Mann musterte sie skeptisch.

„Estella."

Er sah sich die Liste noch einmal an, als studierte er einen historischen Text.

„Estella steht hier nicht."

„Er weiß nicht, dass ich komme." Sie gab sich Mühe, nicht ungeduldig zu klingen. Sie bemühte sich wirklich sehr.

„Nun ..." Der Mann setzte das Klemmbrett ab. „Wir lassen hier nicht einfach jeden rein, wissen Sie? Alle möglichen Leute versuchen ständig, hier hereinzukommen, um die Bands zu sehen. Meistens Mädchen. Sie versuchen alles Mögliche und klettern sogar durch die Fenster."

„Nun, ich kenne ihn", antwortete Estella kurz und wünschte, sie würde überzeugender klingen.

„Das mag ja sein, Liebelein, aber Ihr Name steht nicht auf dieser Liste." Er tippte zum Beweis auf die Liste.

„Können Sie ihm nicht einfach sagen, dass ich hier bin?"

„Nein", sagte er und wippte seinen Stuhl zurück. „Wir stören sie nicht bei der Arbeit, um sie über jeden zu informieren, der hier auftaucht. Wie gesagt, es kommen den ganzen Tag alle möglichen Leute hierher. Sie betteln und heulen, um die Bands zu sehen. Von morgens bis abends. Du bist die Erste heute. Aber sie kommen den ganzen Tag lang, jeden Tag. Einmal waren die Beatles bei uns. Das hättest du sehen sollen. Es kommen immer noch Leute, die sie sehen wollen."

Estella erkannte, dass sie es mit jemandem zu tun hatte, der es genoss, anderen Menschen schlechte Nachrichten zu überbringen. Dieser Mann hatte ganz offenkundig die Absicht, sie so lange zu belehren, bis ihm der Atem ausging. Sie überlegte, ob sie ihn unterbrechen und einfach durch den Flur rennen sollte. Sie könnte ihm mit Leichtigkeit davonlaufen. Aber das war kein guter Einstieg.

„Dann warte ich einfach hier auf ihn", erklärte sie, als störte sie das nicht besonders.

„Na ja, wissen Sie, das ist auch nicht erlaubt. Sonst könnte ich mich hier vor Mädchen nicht mehr retten. Es zu erlauben, wäre das ein Verstoß gegen die Brandschutzordnung." Er schüttelte den Kopf. „Nein, das kann ich nicht zulassen. Draußen können Sie warten, so lange Sie wollen. Freies Land und so weiter. Aber hier in der Lobby können Sie nicht bleiben, wenn Sie hier nichts zu suchen haben und nicht auf der Liste stehen ..."

„Ich habs kapiert", unterbrach Estella ihn und ging zur Tür.

Sie trat hinaus in das scheußliche Wetter. In der Nähe stand eine Telefonzelle, die einen guten Blick auf das Studio bot. Sie wartete, dass der Mann darin sein endloses Gespräch beendete, und klopfte gegen die Scheibe, um ihn dazu zu bewegen, sich zu beeilen, während der Regen an ihrer Jacke abperlte. Er antwortete mit einer unhöflichen Geste. Sie hämmerte wieder und wieder, bis er genug von ihr hatte und auflegte.

„Notfall!", sagte sie, als er herauskam. Er schüttelte den Kopf, sagte aber nichts. Estella ging in die Kabine und schloss die Tür. Bald war ihr heiß und kalt zugleich. Das Haar klebte an ihrer Stirn und das Kleid an ihren Beinen. Sie musste immer wieder die beschlagenen Scheiben abwischen, um hinauszuschauen und das Studio im Auge zu behalten.

Ein paar Minuten später sah Estella Chris die Straße entlanggehen. Seine schwarze Mähne flatterte im Wind.

„O, hallo!" Er wich erschrocken zurück, als sie aus der Telefonzelle sprang. „Estella." Er schüttelte den Kopf. „Was ..."

„Ich bin hier mit Peter verabredet." Sie lächelte, als hätte sie den wunderbarsten Tag ihres Lebens. „Aber der *grässliche* Mann an der Rezeption will mich nicht reinlassen."

Chris sah einen Moment lang verwirrt aus. „Du triffst dich hier mit ihm?"

„Ja. Ich war in der Nähe in der Raupe, und er hat mir gesagt, ich soll vorbeikommen, wenn ich so weit bin."

Chris hielt inne, als versuche er, etwas zu begreifen. Dann sagte er: „Okay. Kein Problem. Komm mit. Du holst dir hier draußen noch den Tod.“ Netterweise bot er ihr seinen Arm an, damit sie sich einhaken konnte.

Die beiden stießen die Tür zum Studio auf, wo der Mann mit dem borstigen Schnurrbart mit seinem geliebten Klemmbrett Wache hielt.

„Hi, Mac“, grüßte Chris fröhlich. „Ich habe eine Freundin mitgebracht. Sie gehört zu uns.“

„Recht hast du“, antwortete der Mann fröhlich, ohne das vorherige Gespräch zwischen ihm und Estella zu erwähnen. „Studio vier, wie immer.“

Der geschäftliche Teil des Studios war ein erstaunlich nüchterner Ort – ein leerer Flur mit einer Reihe nummerierter Türen. Sie öffneten die Tür mit der Nummer 4 und betraten einen Raum voller Ausrüstung und einer riesigen Konsole mit Knöpfen, Hebeln und Einstellrädern. Durch das große Fenster war nur die Decke eines Proberaums eine Etage tiefer zu sehen.

Aber es war etwas zu hören: Eine einsame Stimme sang in satten hallenden Tönen zur sanften Melodie einer akustischen Gitarre. Es war ein neuer Song.

When everything's in color
And everything is bright
I thought love was rainbows
Turns out love is black and white.

„Er schreibt ständig Songs“ Chris Tonfall klang zugleich spöttisch und bewundernd. „Ein fleißiges Kerlchen, unser Peter. Der ist gut, oder? Klingt für mich wie eine Single. Was meinst du?“

Es war ein gefühlvolles Lied, und es schwang etwas Rohes und Echtes in seiner Stimme mit. *Aber dann stellt sich heraus: Die Liebe ist Schwarz-Weiß.*

Estella griff an ihren Kopf und berührte ihr Haar. Außer Jasper und Horace gab es nur einen Menschen, der wusste, dass es in Wirklichkeit schwarz-weiß war.

Nun war alles klar. Alles – ihr ganzes Leben – war in diesem Moment im Einklang. Selbst ihre Begegnung mit Magda und Richard, so schrecklich die beiden auch waren, hatte einen Sinn, denn sie hatte sie indirekt zu Peter geführt.

Jetzt war alles in Ordnung. Ihr ganzer Körper entspannte sich.

Peter sang immer noch, seine Stimme drang sanft aus den Lautsprechern.

I don’t need the whole paint box
To paint a picture of you
Love’s like words on a page
And they show you what’s true ...
Love in black and white

Sie versuchte, das dämliche Grinsen zu unterdrücken, das sich auf ihrem Gesicht ausbreitete, aber es war unmöglich. *Liebe.* Das war das Wort. Er liebte sie, und sie ihn. *Liebe.* Bis jetzt hatte ihr dieses Wort nichts gesagt. Sie hatte es noch nie ausgesprochen. Nie wirklich verstanden.

„Ich glaube, er mag dich." Chris zwinkerte ihr wissend zu, indem er seinen dichten Augenbrauen wackelte. „Zwei Songs in den letzten Wochen. Das ist ein Rekord! Komm, wir machen mal ein wenig Mucke zusammen."

Chris öffnete eine weitere Tür, ließ Estella hindurchgehen, stieg eine Treppe in den Hauptaufnahmeraum hinunter – einen leeren, offenen Raum mit weißen Wänden und langen senffarbenen Vorhängen. Auf dem Holzboden lagen hier und da Teppiche. Raumteiler gliederten den Raum in ein Dutzend Nischen. In jeder stapelten sich Instrumente, Verstärker, gerollter Schaumstoff, Sandsäcke und Kabelrollen. Mittendrin saß Peter mit seiner Gitarre allein auf einem hohen Stuhl. Sein Blick war auf eine der kleinen Kabinen an der Wand gerichtet. Er hatte grüne Kopfhörer auf und hörte sie nicht hereinkommen. Er war offensichtlich in den Song vertieft, klimperte und ging gefühlvoll in der Musik auf.

Chris begann mitzusingen, synchron mit Peter.

Peter sprang auf, nahm seine Kopfhörer ab und ließ beinahe seine Gitarre fallen.

„Ganz schön nervös, mein Lieber“, lachte Chris. „Ich hab Estella draußen getroffen und sie mit reingebracht. Du hast ihren Namen unten nicht hinterlassen.“

Peter machte ein seltsames Gesicht. Er stellte sich neben Chris, um Estella sehen zu können.

„Stel?“, sagte er. „Ich ...“

„Es ist wundervoll“, unterbrach Estella ihn.

„Was?“

„Das Lied.“

„Ach so. Ja ...“ Er kratzte sich einen Moment lang am Kopf. „Nun, es stimmt noch nicht alles. An ein paar Feinheiten muss ich noch arbeiten.“

„Nein“, beharrte sie. „Es ist perfekt.“

Chris schaute zur Wand und dann wieder zu Peter.

„Hast du Estella den Regieraum gezeigt?“, fragte Peter ihn seltsam förmlich. „Von da oben kann sie viel besser zuhören.“

„Jaaaa ...“, antwortete Chris ein wenig zögernd. „Ach so ... klar. Der Regieraum. Komm, Stel. Dort geht es wirklich magisch zu.“ Er legte seinen Arm um ihre Schultern, um sie zum Regieraum zu begleiten.

Estella blickte verwirrt zu Peter, was er nicht sah – oder tat er nur so? Irgendetwas stimmte nicht. Chris und Peter tauschten Blicke. Sie löste sich aus der Umarmung von Chris und ging auf Peter zu.

„Peter, was ist los ...?“ Estellas Stimme setzte aus, als sie nun auch in die Kabine vor ihm blicken konnte und sah, dass noch jemand im Raum war. Peter hatte nicht die Wand angesungen – er hatte jemanden angesungen.

Er hatte den Song jemandem vorgesungen.

Einem Mädchen.

20

HALLO, GRAUSAMES HERZ

DAS MÄDCHEN saß auf einem Kissen, teilweise im Dunkel der Kabine. Ihr Rücken lehnte an der Wand. Die langen Beine hatte sie vor sich ausgestreckt. Estella hatte sie irgendwo schon einmal gesehen, vielleicht auf der Party an dem Abend, als die Band im Fernsehen gewesen war. Oder irgendwo anders? Ihr langes schwarzes Haar kam ihr bekannt vor.

„Ach so …“, sagte Peter und tat so überrascht, als hätte er das Mädchen gerade selbst erst bemerkt. „Estella, das ist Angie. Angie, kennst du Estella?“

„Ich glaube, wir sind uns schon mal begegnet“, antwortete das Mädchen mit einem kleinen Lächeln. Angie

Walker-Weatherford. Das Mädchen, das Estella einmal mit Magdas On-Off-Freund gesehen hatte und über das Magda so unbekümmert schlecht geredet hatte. Angie gähnte, streckte die Arme nach oben und nahm sie lächelnd wieder herunter. „Es war ein langer Tag", sagte sie. „Du weißt ja, wie es mit Künstlern ist. Ich glaube, ich gehe kurz raus, eine Tasse Tee trinken. Bin gleich wieder da."

Sie erhob sich langsam vom Boden – jeder einzelne Körperteil bewegte sich wie in Zeitlupe – und ging geschmeidig aus dem Zimmer.

Peter stellte seine Gitarre ab und hantierte mit seinen Kopfhörern und Kabeln.

„Peter, kann ich mit dir reden?", fragte Estella.

Er schreckte auf, als stünde sie nicht sowieso direkt vor ihm. „Ach so, na klar. Komm mit."

Estella vermied es, Chris anzusehen, und folgte Peter die Treppe hinauf durch den Regieraum und durch den Flur.

„Da hinten ist eine kleine Küche, falls du etwas essen willst", sagte Peter und gab Estella ein Zeichen, ihm zu folgen.

„Peter ... die Küche interessiert mich nicht. Bleib stehen. Ich muss mit dir reden." Aber sie hatte bereits vergessen, aus welchem Grund sie ursprünglich gekommen war. Ihr Verstand vernebelte sich, während sie ihm in die Küche folgte.

„Was macht sie hier?“, hörte sie sich fragen.

„Angie? Sie ist ... Ich habe an einem Song gearbeitet. Den habe ich ihr vorgespielt.“

Das hatte sie auch gesehen.

„Was machst du eigentlich hier?“, fragte Peter.

„Ich war bei deiner Wohnung. Du warst nicht zu Hause.“

„Du warst bei mir? Ich hätte nicht gedacht ... woher wusstest du, wo ... warum?“

„Weil ich ...“ Weil sie nirgends mehr wohnen konnte. Weil Magda und Richard sie benutzt und verraten hatten. Weil sie die einzigen wahren Freunde, die sie je gehabt hatte, verloren hatte.

„Ich musste mit dir reden.“

Peter antwortete nicht. Er schien sich plötzlich sehr für die Uhr an der Wand zu interessieren.

Estella hörte die Uhr jetzt lauter ticken. Oder war das ihr Herzklopfen?

„Ist sie ... ist Angie ... mit jemandem aus der Band zusammen?“, fragte sie.

„Ich brauchte nur jemanden, der sich das neue Lied anhört“, wiederholte er sich und wich ihrer Frage aus.

Was hatte Magda über Angie gesagt? *Sie trägt immer Weiß. Das hält sie für ihr Markenzeichen, was lächerlich ist.*

Schwarze Haare, weißes Kleid.

Liebe in Schwarz-Weiß.

„Du hast ihr ein Lied geschrieben", dämmerte es Estella langsam.

Peter zuckte mit den Schultern und bekam rote Wangen. „Nun ja, das tue ich nun einmal. Ich schreibe Songs. Über Themen, Leute ... Ich bin in einer Band, Stel. Ich mache das jeden Tag."

„Aber du hast diesen Song für sie geschrieben. *Liebe in Schwarz-Weiß.*"

„Hör mal, Stel ...", sagte er.

Das war alles, was er zu sagen hatte. Er streckte die Hand aus und wollte ihr Gesicht berühren. Sie wich zurück.

„Es ändert nichts daran, was ich für dich empfinde, wirklich nicht. Niemand ist exklusiv, nicht wahr? Du bist mein magisches Bohnenmädchen."

„Niemand ist exklusiv?"

Ihr fiel wieder ein, was Magda in der Carnaby Street gesagt hatte. *Man darf nicht eifersüchtig oder besitzergreifend sein.* Aber Estella hatte gedacht, das gelte für andere Menschen und nicht für sie und Peter. Denn sie und Peter hatten etwas geteilt. Hatte Peter nicht gesagt, niemand sonst sei wie sie beide?

Peter redete immer noch, aber seine Worte lösten sich in Luft auf.

„Das heißt nicht, dass wir nicht trotzdem so weitermachen können. Nichts hat sich geändert."

Dabei hatte sich alles geändert. In diesem Moment brachen bei ihr alle Dämme.

„Was ist mit der Tournee?", fragte Estella. „Mit der Reise nach Amerika?"

„Was soll damit sein?" Er sah ernsthaft verwirrt aus.

„Ich sollte doch mitkommen."

„Das habe ich nie gesagt", erwiderte Peter.

„Du hast gefragt ... du hast gefragt, ob ich Amerika sehen will."

„Sicher", antwortete er und hatte wenigstens den Anstand, verlegen auszusehen. „Aber das war – das war nur eine Frage. Ich habe nie ... Es tut mir leid, wenn du es falsch verstanden hast. Wir können niemanden auf die Tournee mitnehmen. Die Plattenfirma erlaubt es uns nicht. Es ist teuer und ..."

„Aber du hast gesagt ..."

„In dem Moment war ich so aufgeregt. Ich meine, sicher, wir könnten uns hier und da treffen, falls du kommen willst, aber ..."

Estella war kalt. Ihr Körper war steif, gefühllos. Nicht einmal Cruella würde sich jetzt einschalten.

Die Tür öffnete sich. Chris schaute hindurch und kam dann behutsam auf sie zu.

„Hey", sagte er leise. „Wir müssen bald loslegen. Die anderen kommen gleich und unsere Zeit beginnt in einer halben Stunde. Wir müssen uns vorbereiten."

„Ich bin gleich da", antwortete Peter. Als Chris weg war, sagte er zu Estella: „Hör zu, ich rufe dich später an, okay?"

„Spar dir die Mühe", sagte sie. Natürlich konnte er sie nirgends anrufen. Nicht, dass sie es gewollt hätte. Trotzdem dachte sie, er würde protestieren, sich vielleicht sogar entschuldigen, versuchen, sie zurückzugewinnen.

Stattdessen schüttelte er nur den Kopf, als sei er enttäuscht von ihr. „Wenn du es nicht anders willst."

Estella drehte ihm den Rücken zu. Wartete und hoffte darauf, dass er nach ihrer Schulter greifen und ihr sagen würde, alles sei ein Fehler gewesen, es tue ihm leid, sie würden es wieder hinkriegen, er liebe sie, sie sei sein magisches Bohnenmädchen ...

Aber sie hörte Schritte, die sich entfernten. Und dann andere Schritte, die auf sie zukamen. Plötzlich stand Chris vor ihr und lehnte sich an die Wand.

„Tut mir leid, Liebes", sagte er. „Er macht das immer so. Unser Peter ist ein bisschen so wie ein unbeschriebenes Blatt. Ich schätze, für die ganze Songschreiberei muss er irgendwie zu seinem Material kommen. Am ersten Abend habe ich versucht, dich zu warnen."

Hüte dich vor ihm. Der macht nur Ärger.

„Ich habe das für einen Witz gehalten", antwortete sie mit gesenktem Kopf.

Chris sah sie an, in seinen Augen stand Mitleid. „Ich glaube, er mag dich wirklich, Stel. Du bist schon länger am Start als die meisten. Aber ohne ihn bist du wahrscheinlich besser dran. Du hast eine Menge Talent. Er braucht dich vielleicht, aber du brauchst ihn nicht, wenn ich ehrlich sein soll."

Er tätschelte kurz ihre Schulter und ging dann über den Flur davon. Estella hörte, wie sich die Studiotür schloss.

Der schnauzbärtige Mac sah Estella über seinen Schreibtisch hinweg an, als sie kurz darauf abwesend an ihm vorbeiging. Offenbar sah er ihr an, was passiert war.

„Diese Musikertypen sind es nicht wert, Liebelein. Das sehe ich täglich, so lange ich hier sitze. Jeden Tag", sagte er zu ihr.

Sie wollte etwas erwidern, brachte aber kein Wort heraus.

„Suchen Sie sich einen netten jungen Mann aus einer anderen Branche", fügte er hinzu. „Vielleicht einen Milchmann oder so. Lassen Sie die Finger von den Musikern. Von ihnen ist nichts Gutes zu erwarten, glauben Sie mir. Ich sehe es jeden Tag. Wirklich jeden. Verdammte Schurken, die ganze Bande."

In der Nacht, in der Estellas Mutter starb, hatte es geregnet. Heftig gedonnert und geblitzt. Estella erinnerte sich an den krachenden Himmel über dem alten Herrenhaus, in dem die spektakuläre Party gefeiert wurde.

Sie hatte diese Regennacht für die einsamste ihres Lebens gehalten, aber diese hier war fast genauso schlimm. Während sie durch die Straßen ging, prasselte der Regen auf sie herab und durchnässte ihre Kleidung, ihr Haar und ihre Schuhe. Aber sie spürte nichts. Das warme Gefühl, das in ihr aufgeflammt war, dieses Aufflackern von Liebe, war zu Asche geworden. Sie ging durch alle Winkel in ihrer Erinnerung und zertrümmerte jeden Raum, in dem sie auf Peter traf.

Die dunkle Küche auf der Party – sie vernichtete jeden Gedanken daran.

Der Türrahmen auf dem Dachboden bei Magda und Richard, wo sie sich zum ersten Mal richtig unterhalten haben. Zerschmettert.

Seine langen, schlanken Finger, mit denen er die alten Instrumente erklingen ließ. Gelöscht.

Der erste Kuss im Unterschlupf, Tanzen bis zum Morgengrauen in Stonehenge, durch die Felder rennen. All das musste verschwinden.

Estella weinte nicht. Ihr Inneres verhärtete. Sie zwang sich, sich mit ihren Erinnerungen auseinanderzusetzen, sie neu zu erleben, sie über sich zu ergehen lassen – und sie dann zu zermalmen. Und dabei wurde sie jedes Mal stärker.

Von Peter wanderte ihr geistiges Auge zu Magda und Richard, die sich Menschen anschafften und sie wegwarfen wie alles andere auch – Kleidung, Häuser, Dinge. Estella war eine Zeit lang nützlich für sie gewesen. Interessant und neu, wie ein exotisches teures Haustier.

Das war alles, was sie die ganze Zeit für sie gewesen war. Ein Accessoire.

Wie hatte sie das zulassen können? Warum hatte sie es nicht gemerkt?

Sie spürte die Nässe nicht, ging nicht zur Seite, wenn Autos sie mit kaltem, schmutzigem Wasser bespritzten. Sollten sie doch. Sie setzte sich allem aus, ließ alles auf sich wirken, das ganze Chaos und die Finsternis des grausamen Londons. Es konnte sie nicht brechen.

Ich habe versucht, es dir zu sagen. Cruella tauchte an diesem Tag schon zum zweiten Mal auf. *Das alles ist nichts für dich. Liebe. Freundschaft. Das sind schwache Ideen, die sich schwache Menschen ausgedacht haben. Starke Menschen – Genies – arbeiten allein. Sie glauben an nichts und niemanden. Sie glauben nur an sich selbst.*

Estella schickte Cruella nicht weg. Sagte ihr nicht, sie solle den Mund halten.

Ab jetzt übernehme ich. Nur du und ich. Aus dir kann etwas Großartiges werden, etwas, das diese reichen Dummköpfe nie erreichen können. Vertrau mir! Ich habe dich nie belogen. Ich habe mich immer für dein Wohl und deine Interessen eingesetzt. Siehst du jetzt, was passiert, wenn du mich ignorierst?

„Na gut, Cruella", sagte Estella laut. „Du hast gewonnen."

Estella war im Regent's Park angekommen. Bei dem Wetter war sie dort ganz allein. Sie setzte sich auf den Rand des altvertrauten Springbrunnens und ließ den Regen an sich hinunterlaufen. Vielleicht fand sie für eine Nacht einen Schuppen in einem Garten von irgendjemandem, um ihren nächsten Schritt zu planen. Oder sie schlief unter einer Brücke oder im Schutz eines dieser zerbombten Gemäuer im St. Anne's Court.

Plötzlich sah Estella zwei Typen. Einer war klein, der andere groß. Sie trugen schiefe und teilweise kaputte Regenschirme. Die verschwommenen Umrisse kamen Estella bekannt vor. Sie rieb sich heftig die Augen, obwohl sie wusste, dass sie damit ihr ohnehin schon flüssiges Augen-Make-up in ihrem ganzen Gesicht verschmieren würde.

Der eine war Jasper. Und neben ihm ging Horace.

„Wie ich es mir gedacht habe“, sagte Jasper und ging auf Estella zu.

Im ersten Moment war sie so erstaunt, dass sie nicht wusste, wie sich verhalten sollte.

„Woher wisst ihr, dass ich hier bin?“, fragte sie schließlich.

„Nun, weißt du …“, antwortete Jasper, „es hat sich herumgesprochen. Jemand hat angedeutet, dass du bei Harrods geschnappt worden bist.“

„Wegen irgendwelcher Limettenmarmelade.“ Horace rümpfte die Nase. „Abscheuliche Wahl. Haben wir dir denn gar nichts beigebracht?“

„Also haben wir uns bei dem Knast da oben umgehört. Jemand sagte, sie haben dich rausgelassen. Daraufhin sind wir zu deinem schicken Haus gegangen und haben uns umgeschaut. Haben gesehen, wie die Leute, bei denen du wohnst, ihre Sachen gepackt haben.“

„Ich wohne nicht mehr dort“, sagte Estella.

„Das habe ich schon kapiert, als das blonde Vögelchen deine Sachen aus dem Fenster warf“, antwortete Horace. „Wohin wollen sie denn? Nach einem Umzug sah es nicht aus, aber sie hatten eine Menge Taschen.“

„Sie fliegen nach Marokko."

„Was ist das?", fragte Horace.

„Das ist ein Land. In Afrika."

„Klingt weit weg."

„Ist es auch", stimmte sie zu.

„Ich nehme an, du fährst nicht mit", sagte Jasper.

„Nein."

Jasper nickte. „Dachte ich mir. Also haben wir das einzig Vernünftige getan. Wir waren neugierig. Wir sind jetzt Detektive. Sie waren geradezu leichtsinnig, haben ihre Tür offen gelassen, als sie ihre Sachen herumräumten. Man muss vorsichtig sein, in dieser Stadt lungern alle möglichen Leute herum. Also sind wir reingegangen. Das Mädchen war ganz aufgeregt. Sie beklagte sich, du seist gemein zu ihr gewesen und sie finde ihr Adressbuch nicht mehr, das du gestohlen haben musst. Sie telefonierte und heulte das jemandem dabei lautstark vor. Sie sagte, sie müsse dich finden und es zurückholen, weil alle ihre wichtigen Informationen darin stehen. Zufällig haben wir etwas von einem Studio am St. Anne's Court mitbekommen. Das ist von uns aus quer durch die Stadt ..."

„Durch die ganze Stadt", sagte Horace.

„Wir kommen zu diesem Studio und sehen da niemanden – außer diesem Kerl, mit dem du dich herumgetrieben hast, und er ist ..." Jasper sprach nicht weiter.

„… mit einem anderen Mädchen zusammen“, beendete Estella seinen Satz. Sie merkte, dass ihre Nase lief, und wischte sie mit ihrem Handrücken ab. Weinte sie? Sie wusste es nicht genau bei diesem Wind und Starkregen.

„Mit einem anderen Mädchen“, wiederholte Jasper ihre Worte etwas leiser, wie ein Echo.

„Nicht hübsch“, fügte Horace hinzu.

„Wir sind ihnen ein Stück gefolgt und haben sie darüber reden hören, wie du gegangen bist. Dass du sie überrascht hättest. Ein Typ hat sich zu ihnen gesellt und den beiden ein Ohr abgekaut, dass dein Freund dich besser hätte behandeln sollen. Ab da konnten wir uns ein Bild machen. Du wohnst nicht mehr in dem feinen Haus, und dieser Kerl hat sich wie ein Schurke benommen.“ Jasper spreizte seine Hände. „Nachdem wir das kapiert hatten, sind wir hierhergekommen.“

„Warum hierher?“

„Hier gehst du immer hin, wenn etwas nicht stimmt“, lautete die schlichte Antwort.

Darüber hatte sie nie nachgedacht, aber es stimmte. Das Einzige, was Estella eingefallen war, war, an diesen Ort zu gehen, der so viel Hoffnung bedeutet hatte, als sie und ihre Mutter ihre unglückselige Reise nach London angetreten hatten. Der Ort, an dem sie Jasper und Horace zum ersten Mal begegnet war.

„Sie haben mich ausgenutzt." Ihre Stimme klang bitter. „Um ihnen ihre blöden Kleider zu machen. Alle. Sie haben mich alle ausgenutzt."

„Das habe ich versucht, dir klarzumachen", bekräftige Horace.

Estella hielt ihren Kopf gesenkt.

„Es tut mir leid", sagte sie schließlich.

Einen Moment lang herrschte Schweigen.

„So etwas kann passieren", meinte Jasper schließlich. „Außerdem warst du es gar nicht. Es war Cruella."

„Aber ich bin Cruella. Cruella ist ich."

„Nicht für uns. Und außerdem ist es uns sowieso egal."

Sie lauschte den Regentropfen, die auf der Wasseroberfläche im Brunnen landeten. Es klang sanft und beruhigend. Der Regen hatte etwas nachgelassen und wirkte beinahe freundlich. Reinigend.

„Willst du nach Hause kommen?", fragte Jasper.

Estella starrte ihn mit offenem Mund an. Wie konnten sie sie zurückhaben wollen, nach allem, was sie ihnen angetan hatte? Nachdem sie sich so benommen hatte?

Weil sie deine Familie sind. Cruella kam ihr immer sinnvoller vor.

„Komm schon", forderte Jasper sie auf. „Es war nur ein heftiger Streit. Wink und Buddy laufen immer noch bei uns herum. Willst du?"

„Ja, ich will nach Hause kommen."

Jasper stand auf und reichte ihr die Hand, um ihr beim Aufstehen zu helfen. Es wäre zu viel des Guten gewesen, sie anzunehmen, obwohl die Geste sie rührte. Sie stemmte sich hoch und drückte ihre Gefühle weg. Jasper und Horace waren in Ordnung, aber niemand sonst. Keine Magdas und Richards mehr, die sie ausnutzen wollten. Und schon gar kein Peter. Niemand würde sie mehr in Stücke reißen. Nie wieder.

Horace und Jasper machten unter ihren kaputten Regenschirmen Platz für sie, und das Trio verließ den Park.

„Wir haben noch eine gute Neuigkeit für dich", sagte Horace. „Wir haben das Auto, das ich wollte."

„Echt?"

Horace hielt einen Schlüsselbund hoch.

„Am Ende kann er doch fahren", gab Jasper zu und klang ein wenig mehr als beeindruckt.

„Ich habe es beim Fernsehen gelernt und ein Buch darüber gelesen. Es ist ganz einfach", wiegelte Horace ab.

„Woher habt ihr ein Auto?"

In diesem Moment sah Estella den VW-Bus von Electric Teacup, der am Straßenrand geparkt war. Na ja, genauer gesagt, nicht geparkt. Kaum eine Haaresbreite von einem Briefkasten entfernt, war er schräg in eine Lücke gequetscht worden.

„Die haben sich alle so eifrig unterhalten", erzählte Jasper. „Da haben wir ihnen einfach den Schlüssel abgenommen. Schöner neuer Anstrich, neues Nummernschild – dann ist er im Handumdrehen fast wie neu."

Als er die Tür aufschob, sah sie, dass alle Instrumente von Peter noch darin lagen.

„Schöne Gitarren." Jasper grinste. „Ich will echt an mir arbeiten. Ich glaube, ich könnte eine Zukunft als Musiker haben. Ein Keyboard ist auch drin. Gutes Set."

Estella stieg in den Bus und widerstand dem Impuls, zu lachen. Sie waren vor dem Regen geschützt und wieder zusammen.

„Gut, dass ihr diesen Bulli habt", sagte sie. „Wir werden ihn brauchen, um das ganze Zeug zu transportieren."

„Zeug?" Jasper drehte sich zu ihr um.

„Sie sind schon auf dem Weg zum Flughafen." Sie lächelte ihn an. „Magda und Richard. Wir rauben ihr Haus bis auf die Nägel in den Wänden aus. Und wenn wir mit ihnen fertig sind ..."

Sie hielt Magdas goldenes Adressbuch hoch, das zwar vom Regen durchnässt, aber im Großen und Ganzen noch in Ordnung war. Jasper grinste zurück.

Horace startete den Motor, schaltete in den ersten Gang, und sie fuhren durch die regnerische Londoner Nacht.

DANKSAGUNG

Danke an meine Lektorin Elana Cohen, die dieses Buch trotz der weltweiten Pandemie möglich gemacht hat. Und wie immer geht mein Dank auch an meine Agentin, Kate Schafer Testerman.